LES ALLEMANDS CHEZ NOUS

PAR PAUL MAHALIN

PARIS

L. BOULANGER EDITEUR

83, RUE DE RENNES, 83

LES ALLEMANDS

CHEZ NOUS

DU MÊME AUTEUR

Les Galants de la Couronne (*Épuisé*).
Au Bal masqué (*Idem*).
Les jolies Actrices de Paris.
Au bout de la Lorgnette.
Caprice de Princesse.
Le Fils de Porthos.
La belle Limonadière.
Les Patriotes.
La Reine des Gueux.
Le Duc rouge.
Les Monstres de Paris.

EN PRÉPARATION

Mesdames de Cœur-Volant.
L'Hôtellerie sanglante.
Les Prussiens de Paris.

Imprimerie de Poissy. — S. Lejay et Cie.

Les ALLEMANDS CHEZ NOUS

Metz Strasbourg

Par PAUL MAHALIN

PARIS

L. BOULANGER, ÉDITEUR

83, RUE DE RENNES, 83

LES ALLEMANDS
CHEZ NOUS

METZ

—

I

SUR LA FRONTIÈRE

A la gare de Novéant. — La douane allemande. — *Elsass-Lothrin-gen !* — Premier essai de germanisation. — Peintre et gendarme. — Conséquences d'une *fumisterie* parisienne. — Chef de station et employés. — Les émigrants. — Pauvres diables? — Quelle est la patrie de l'Allemand? — Départ pour Metz. — Des différentes façons d'être traité selon la classe que l'on occupe. — Un mot de Meyerbeer. — Application de celui-ci aux circonstances actuelles.

— *Tut le monte en pas pur la fisite tes pacaches!*

— Mais je n'en ai pas, moi, de *pacaches!* se récrie un des voyageurs.

— *C'est écal : tescentez tut de même.*

A cette réplique, barbarisée par l'accent, je m'aperçois que nous ne sommes plus en France.

En effet, en quittant Pagny-sur-Moselle, le train a passé à toute vapeur — comme s'il tenait à m'en déro-

1

ber la vue — devant un poteau écussonné d'une aigle noire aux ailes déployées, au bec féroce, aux serres menaçantes : armes parlantes de l'Allemagne.

A ma droite, dans la petite gare de Novéant où nous venons de stoper, sur les panneaux, gris de poussière, de ces wagons à bestiaux qui servent aussi à transporter les gens de guerre à la boucherie, je déchiffre l'inscription suivante :

ELSASS-LOTHRINGEN

34 *Mann*. — 6 *Pferd*.

laquelle indique que nous entrons en Alsace-Lorraine, et que les véhicules dont il s'agit sont prêts à convoyer trente-quatre hommes ou six chevaux.

Elsass-Lothringen : Alsace-Lorraine! Ce mot est, du reste, répété partout : sur les murs, sur les voitures, sur les poteaux télégraphiques, dans les lieux les moins avouables! Estampille brutalement appliquée par le vainqueur sur le butin de la conquête! Premier essai de germanisation : l'idiome allemand imposé à l'œil et à l'oreille, sinon à la langue et au cœur des annexés lorrains !

Hélas! c'est ainsi que ceux-ci ont appris — malgré eux — que *eingang* veut dire entrée, que *ausgang* veut dire sortie, que *wartesaal* veut dire salle d'attente, et que *restauration* signifie un endroit où l'on est libre de manger et de boire pour son argent.

.**.

A ma gauche, sur le quai, un gros gendarme, coiffé du casque à aiguille, botté jusqu'au poitrail et barbu jusqu'aux bottes, se promène, avec la mine rébarbative des soudards juifs qui molestent le Christ dans les vieux tableaux d'Albert Dürer et de Cranach.

A peine suis-je *descendu*, que le croque-mitaine se met à marcher dans mon ombre avec des reniflements d'ogre en quête de chair fraîche.

Un de mes compagnons de route m'explique que cette surveillance, cette insistance ne sont qu'un hommage rendu à la martialité de ma tournure.

A l'appui de cette assertion, il me régale de l'historiette suivante :

L'an dernier, un de nos peintres les plus connus, — de Neuville ou Detaille, je ne me rappelle plus lequel, — s'en était allé prendre, aux environs de Metz, des croquis pour le *Panorama de Gravelotte* qui est exposé à Vienne actuellement.

Or, comme il avait un ruban rouge à la boutonnière, et, alternativement, à la main une lorgnette avec laquelle il étudiait le pays et un album sur lequel il crayonnait ses notes, un gendarme prussien s'approcha, l'examina, puis l'interpella brusquement :

— Je vous arrête, mon officier.

— Moi?... Mais je ne suis pas militaire... Voyez plutôt mon passeport.

L'Allemand prend le papier, et, toujours soupçonneux :

— Je vais transmettre cette pièce à la *Commandatur*. On vous la rapportera ce soir à votre hôtel.

Le même soir, en effet, l'agent de l'autorité restituait à son propriétaire le passeport sur lequel la *Commandatur* avait lu ces mots rassurants : *Artiste peintre.*

— Eh bien, demanda le Français, êtes-vous convaincu, à présent, que je n'appartiens pas à l'armée ?

— Oh ! certainement, monsieur le peintre.

— Alors, continua avec sang-froid notre compatriote, vous croyez tout bonnement que, si le gouvernement français envoyait des officiers en Alsace-Lorraine pour relever les nouvelles fortications de Metz et de Strasbourg, il se gênerait pour leur donner des passeports de peintres ?

Le Pandore germanique demeura stupéfait.

Impossible de deviner dans quelle perplexité le jetait cette insidieuse question.

Notre Parisien partait le lendemain. Il n'eut pas le temps d'être inquiété. Seulement, deux jours après, la *Gazette de Lorraine*, feuille officielle allemande, le transformait en un chef d'escadron d'état-major ; les *Militærische Blætters* se plaignaient avec indignation de la « duplicité » de la France qui expédiait des officiers déguisés, chargés d'étudier à la sourdine les moyens de rentrer en possession des provinces annexées, et la gendarmerie de la frontière recevait l'ordre d'interdire l'accès du territoire de l'empire à quiconque aurait l'apparence d'un militaire en bourgeois.

.*.

Du seuil de la *restauration*, je jette les yeux autour de moi.

Comme tout marche à la baguette dans cette gare ! Comme tout y est au point, à l'ordonnance, à l'alignement ! Depuis le « chef de station » qui se cardinalise de chaleur dans sa longue capote de drap à épaulettes de cuivre et sous sa casquette galonnée, aussi lourde qu'un couvercle de daubière, jusqu'aux douaniers qui *fsitent* les *pacaches*, le sabre au côté ! Jusqu'à ces employés propreta, soignés, fourbis, luisants comme pour une parade à Postdam !

Tous, sérieux, sévères, rogues, terribles ! Tous, supérieurement nourris, gras, enluminés, massifs ! Tous, exhalant un solide parfum de bière, de tabac, de choux aigres, de philosophie et de saucisses !

Par contre, voici un troupeau d'émigrants parqué dans la salle d'attente des troisièmes : des hommes avec des cheveux de paille, des yeux de faïence, de longues échines de loups maigres, des chapeaux sans fond, des souliers sans semelles, des redingotes sans manches, des enfants sans chemises et des femmes sans lait dans leurs mamelles flétries !

Ceux-là n'ont pas l'air conquérant. Ils n'ont point profité de nos milliards. Ils sont las, tristes, haves, déloquetés, hideux. Quelques-uns collent leurs figures aux vitres de la *restauration*. Leurs regards boivent l'écume de mon bock et dévorent jusqu'à l'os le jambon dans lequel le *kellner* (garçon) est en train de me tailler un sandwich...

Je leur jetterais bien quelques sous...

Mais ils me reconnaissent pour Français, et ils entonnent le *Wacht am Rhein*...

Pauvres diables !...

Ce Rhin, qu'ils parlent de garder, la misère les chasse loin de lui à coups de fouet...

Et, lorsque leur poitrine s'enfle pour prononcer le mot : *Vaterland*, si vous leur demandiez, avec la chanson belliqueuse : *Quelle est la patrie de l'Allemand ?* leur ventre vide vous répondrait assurément que c'est où ils trouvent ce qu'ils s'en vont chercher : un coin de terre et un morceau de pain.

.*.

Mesdames et messieurs, en voiture, *s'il fus blait!*

Il est bien entendu que ceci ne s'adresse qu'aux voyageurs des premières.

Ceux-là doivent avoir de l'argent dans la poche. Or, l'employé allemand a le culte de l'argent. Aussi se montre-t-il poli, obséquieux et prévenant envers toutes les personnes qu'il soupçonne susceptibles de laisser tomber un *trinkgeld* (pourboire) dans sa main, sinon tendue, du moins toujours prête à recevoir.

Ces privilégiés de la fortune, il s'empresse de les installer dans leur wagon-salon ou dans leur *sleeping-car*.

Froid et hautain, il se contente d'indiquer leur voiture aux « petits bourgeois » des secondes.

Quant aux misérables des troisièmes, ils ont à essuyer de sa part force jurons et horions.

Meyerbeer disait autrefois :

— A la cour de Berlin, tout est réglé d'avance. Notamment pour les réceptions. Ainsi il y a un jour pour les ministres, un jour pour les généraux, un jour pour les ambassadeurs. Il y en a même un pour les artistes...

Quelqu'un demanda :

— Et comment le roi de Prusse traite-t-il ces derniers ?

— Ma foi, répondit l'illustre compositeur, j'ai remarqué qu'il n'était pas plus poli avec eux qu'avec les autres.

A la gare de Novéant, j'ai remarqué — non sans plaisir — que les employés allemands n'étaient pas moins hargneux, pas moins grossiers, pas moins

bourrus avec le menu fretin de leurs compatriotes
qu'avec nos Alsaciens-Lorrains.

II

ARRIVÉE A METZ

Les nouveaux forts à l'horizon. — La porte Serpenoise. — Les
souvenirs. — Le boulanger Harelle. — Charles-Quint. — Fusiliers brunswickois. — Pendant le trajet. — La *Mute*. — Les
sergents de ville. — Les noms des rues. — Héroïque espoir ! —
— La vieille femme et le fonctionnaire. — A l'hôtel. — Effet
de surprise. — Les journalistes et la police. — Défiance ! —
Inter pocula et dapes. — Le commis-voyageur et les officiers bavarois.

Nous voilà repartis. Le train file comme l'éclair à
travers cette campagne que j'ai si souvent parcourue au
temps heureux où elle était nôtre. Nous approchons de
Metz. Voici la flèche de la cathédrale, qui se découpe,
ainsi qu'une pendeloque de jais, sur un ciel allumé des
pourpres du couchant. Je remarque de légères lignes
blanches qui tranchent sur le vert sombre des collines
dont la ville est entourée. On dirait des murs de jardin. Si vous les regardez à l'aide de la lorgnette, vous
apercevrez à leur surface comme des fils noirs régu-
lièrement espacés...

Ces lignes noires sont des embrasures et ces lignes
blanches sont les nouveaux forts.

Cela n'a l'air de rien, et c'est formidable.

Il est six heures du soir. Nous sommes arrivés. En
face de la gare, la porte Serpenoise, reconstruite depuis le nouvel aménagement de cette gare. Sur son

fronton, couronné de trophées, je lis cette indication :
Banhof's-Thor, — *Porte de la Gare*. Toujours le même
système de débaptisation. Au moins a-t-on eu la pudeur
de respecter les deux inscriptions françaises qui
flanquent cette porte, et dont l'une rappelle la présence
d'esprit et le courage du boulanger Harelle, qui y dé-
joua, en 1473, une surprise tentée par les gens de
Nancy, tandis que l'autre constate que ce fut là que vint
se briser, en 1552, le suprême effort de Charles-Quint
contre les murailles défendues par les soldats du duc
de Guise.

Au bout de la voûte, un corps de garde.

Les fusiliers du régiment de Brunswick, avec les
« chandeliers » sur lesquels reposent les armes du détachement. Les funèbres soldats que ces Brunswickois
avec leur tunique et leur pantalon d'un noir sale et leur
shako à double visière et à époussette de crin ! Les
croque-morts de l'armée allemande !

La voiture longe les jardins de l'Archevêché. Elle
passe devant l'ancienne caserne du génie. Elle traverse
la place de la Citadelle, où se dresse la statue de ce
Michel Ney qui aima mieux se laisser juger par les pairs
de Louis XVIII que se réclamer de la patrie allemande.

L'Esplanade masse, derrière, ses parterres, ses om-
bragés et ses jets d'eau. Une musique militaire y joue
en ce moment, et des fragments de la *Marche des pèle-
rins*, de *Tannhæuser*, me bruissent à l'oreille, apportés
par des cuivres puissants, tandis que la *Mute*, — la
belle cloche de la cathédrale au son d'or, — répand
dans l'air ses vibrations graves et douces...

On dirait la plainte, la prière de la cité lorraine, de la
cité dolente, — de la *filia dolorosa* brutalement arra-
chée à sa mère, — s'élevant vers le ciel au milieu des

fanfares de triomphe et des clameurs de joie de ses ra-
visseurs impunis !

.·.

La voiture s'engage par les rues. Au coin de chacune
de celles-ci stationne un personnage casqué, dont l'uniforme d'un bleu sombre s'éclaire d'un galon d'argent
au collet et aux parements. Ce sont les nouveaux sergents de ville. On les a recrutés la plupart parmi les
gens de Bade et des provinces rhénanes, afin qu'ils
sachent assez de français pour pouvoir donner, au besoin, un renseignement aux étrangers...

Car nous sommes désormais des « étrangers » à
Metz !...

Les plaques qui portent le nom de ces rues sont encore en français. Mais, au-dessous du mot français, il y
a le mot allemand. Nos vainqueurs comptent bien, en
effet, que le premier sautera avec le temps.

Tel n'est pas l'avis des Messins. Ils espèrent, eux,
qu'avec le temps ils seront libres. Quand ? Ils hochent
la tête et n'osent parler. Mais ils espèrent. *Ils espèrent
contre tout espoir.*

Une vieille femme des environs de Metz adressait je
ne sais quelle réclamation à un fonctionnaire allemand.

Celui-ci, impatienté, lui répondit en gouaillant :

— Vous repasserez dans vingt-cinq ans.

La paysanne le regarda en face :

— Dans vingt-cinq ans, répliqua-t-elle, je serai
morte, et j'espère bien vous voir partir avant de mourir.

.·.

La voiture s'arrête devant un hôtel que l'on me per-

1.

mettra de ne point désigner autrement, de crainte d'attirer sur son propriétaire les foudres tracassières de
l'administration. Un garçon, vautré sur un banc, près
de la porte, considère mélancoliquement l'herbe qui
pousse entre les pavés de la cour. A l'aspect du véhicule qui m'expectore sur ce pavé, il se dresse, comme
mû par un ressort à boudin, bat des bras avec effarement et pousse ce cri :

— Un voyageur !

Dans l'intérieur de l'établissement, soudainement mis
en rumeur, on entend répéter, du rez-de-chaussée aux
combles :

— Un voyageur!. . Un voyageur!... Un voyageur!

Puis, l'hôte apparaît en personne sur le perron, suivi
de sa femme, d'un sommelier, d'une servante et d'un
marmiton, — tous étonnés, ahuris, éperdus, les yeux
écarquillés, la bouche grande ouverte, avec des gestes
de gens qui se tâtent pour s'assurer qu'ils ne rêvent
pas et un échange d'exclamations où l'incrédulité se
mêle à l'excès de la joie.

Je demande :

— Avez-vous une chambre?

L'hôte me contemple avec stupeur. Il a l'air de me
reprocher une plaisanterie déplacée. Ensuite, voyant
que je suis sérieux :

— Nous en avons une quarantaine. Toutes sont inoc-
cupées. Monsieur prendra celle qui lui conviendra le
mieux.

On me débarrasse de ma valise. Nous entrons dans
le bureau. Mon homme continue :

— Monsieur voudra bien se conformer à l'usage et
me donner les renseignements exigés par la police...
Celle-ci est fort sévère ici, à cet endroit : dix marcs

d'amende si nous négligeons de noter sur le livre, dont elle prend connaissance chaque matin, les nom, qualité, provenance et nationalité d'un voyageur... Et, quand le voyageur vient de France, l'amende est portée à vingt marcs...

— Très bien : voici ma carte.

Il la déchiffre d'un coup d'œil, et, se tournant vers sa femme avec un signe d'intelligence :

— Y es-tu?... Prends la plume et écris... Ecris : *M. Paul Mahalin,* — *de Paris,* — *propriétaire...*

— Mais non ! Mais non !... Pas propriétaire du tout !... Simple rédacteur au...

Mais lui, m'interrompant et me saisissant le bras :

— Silence!... Si la police savait que vous êtes journaliste, vous ne feriez pas un pas dehors sans être *filé* par un agent en bourgeois... Et pas une de vos lettres ne vous arriverait intacte : on les décacheterait, on les lirait, on les supprimerait, au besoin, là-bas, dans le *cabinet noir*.... Demandez plutôt à M. Jules Claretie, qui a logé ici, il y a quelques années, et qui n'y a jamais rien reçu de ce qui lui était adressé de Paris...

Puis, baissant la voix et se penchant à mon oreille :

— Il faut se défier de tout le monde... Metz est plus criblé de *mouches* qu'un fromage en été... On vous susciterait quelque méchante histoire pour vous forcer à repartir...

— Merci : vous êtes un brave homme.

— Monsieur, je suis de Thionville.

Nous échangeons une poignée de main.

Ensuite, j'aventure cette question :

— A quelle heure la table d'hôte ?

— Monsieur dînera quand il lui fera plaisir : il n'y a plus de table d'hôte.

— Plus de table d'hôte ? Et pourquoi ?

— Parce qu'il n'y a plus de voyageurs.

.˙.

Je dîne seul, sur un coin de table, dans la longue
salle à manger vide, silencieuse et morne ; le « patron »
est venu me tenir compagnie au dessert, et, en vidant
avec moi un flacon de ce petit vin de la Moselle dont
le rire est si clair dans le verre :

— Voyez-vous, m'explique-t-il, les Allemands
descendent dans les hôtels allemands. Quant aux Français, on n'en voit pas. Qu'est-ce qu'ils viendraient faire
ici ? Des affaires ? On n'en fait plus. S'amuser ? On ne
s'amuse plus. Moi, je suis tenu : j'avais un bail. Un
bail qui a encore dix-huit mois à courir. Après quoi,
je ferme boutique et je vais m'établir à Paris. Vous
comprenez : j'ai un gamin qui s'en va sur ses dix-sept
ans. Or, je n'ai pas envie de le voir coiffer un chaudron
à canule.

C'est navrant, cette table morte, dans le cercueil de
cette salle sombre ! Je me prends à regretter autour
d'elle les commis-voyageurs d'antan et leurs flambées
de gaieté triviale : propos d'estaminet et de comptoir,
assiettes cassées, coqs-à-l'âne abrutissants, couteaux
tenus en équilibre sur le nez ! Je m'ouvre de ce regret
à mon hôte. Il secoue la tête tristement :

— Ah ! oui, les commis-voyageurs !... Il en vient
encore quelquefois ; mais ils arrivent le matin, et ils se
hâtent de repartir le soir, histoire de ne pas se rencontrer face à face avec les *mangeurs de choucroute*... Ça
ferait un tas de potins, de querelles, de batteries !...

Tenez, il y en avait, un jour, un qui déjeunait là, où
vous êtes...

A l'autre bout de la table, quatre officiers bavarois déjeunaient pareillement. Ils avaient reconnu la nationalité de leur voisin, et ils parlaient haut, en français, de la dernière guerre. L'un d'eux racontait :

« — A Wissembourg, j'avais en face de moi un grand diable noir de turco. Je lui fends le crâne d'un coup de sabre. Je me retourne, j'en vois un autre, et je l'embroche d'un coup de pointe. Au même moment, j'entends un cri : A votre droite, *hauptmann !* C'était un de mes chasseurs qui me prévenait qu'un de ces enragés me visait. Je saisis mon revolver, je tire, le Français tombe. Un quatrième se présente... »

Mon commis-voyageur souriait gracieusement et caressait ses favoris.

A cet instant, il se lève, et s'avançant, le chapeau à la main, vers le conteur :

« — Ah ! c'est parfait, mon cher monsieur. Voilà quelques minutes que je vous écoute, et, ma foi, vous m'intéressez. Mais, de bonne amitié, ne trouvez-vous pas qu'il doit y avoir une limite aux meilleures choses ? Trois hommes morts, c'est beaucoup. Eh bien. *si vous avez le malheur de toucher à un cheveu du quatrième,* je vous fais entrer dans cette bouteille. »

Il avait l'air si résolu, que les Bavarois ne soufflèrent mot. Ils achevèrent leur repas dare-dare et se retirèrent silencieusement. Seulement, vingt minutes plus tard, la police arrivait pour happer au collet notre compatriote.

Par bonheur, j'avais forcé celui-ci à filer immédiatement vers la gare, où il avait pris le train pour Pont-à-Mousson.

III

ASPECT GÉNÉRAL

Accueil dans un café. — Soif de nouvelles. — Disette de journaux.
— Encore le *cabinet noir*. — Physionomie actuelle. — Le *Campo-
Santo* des rues. — L'indifférence des habitants. — L'Esplanade.
— La place d'Armes. — Le drapeau de la cathédrale. — Roger
Bellet. — Le soir du 27 octobre 1870. — La statue de Fabert.
— L'inscription de son piédestal. — Une ronde de petits enfants.
— L'arbre de Bazaine. — On le pendra !

Entrez dans un café fréquenté par les Messins...

Au bruit de la porte qui évolue sur ses gonds, toutes
les conversations cessent, toutes les têtes se lèvent,
tous les regards deviennent inquiets et défiants...

La dame de comptoir vous toise, les garçons vous
scrutent, les consommateurs vous analysent du haut en
bas...

Physionomie, costume, tournure, tout y passe ! On
attend. On attend que vous parliez...

Car ces pauvres gens ont acquis une subtilité d'oreille
prodigieuse : à l'accent ils savent non seulement distinguer un Alsacien d'un Allemand, mais encore un Slave
d'un Teuton, et parmi les différents peuples qui composent l'empire germanique, un Prussien d'un Saxon,
un Wurtembergeois d'un Badois, un Bavarois d'un
Poméranien...

Si votre langue dénonce, si votre prononciation tra-
hit l'étranger, tout le monde se tait, toutes les figures
se cuirassent d'une impénétrabilité farouche, un ma-
laise plane dans le silence profond, et l'établissement
se vide peu à peu...

Si l'on vous reconnaît, au contraire, pour un enfant de la mère-patrie, — fussiez-vous Gascon ou Normand, Breton ou Franc Comtois, Picard ou Tourangeau, Parisien ou Flamand, — alors, oh ! alors, tous les visages désarment, toutes les mains se tendent, toutes les bouches s'ouvrent à la fois...

On vous entoure, on vous accueille, on vous interroge,— on vous interroge surtout :

— Qu'est-ce qu'on fait *là-bas ?* Comment vont *les affaires ?* Y aura-t-il bientôt *du nouveau ?*

Là-bas, c'est à Paris, c'est en France, c'est de l'autre côté du poteau écussonné de l'aigle noire.

Les affaires, c'est la réorganisation de l'armée. Il ne saurait y en avoir d'autre. On n'attend rien que de celle-là.

Le nouveau, c'est l'inconnu, c'est *l'alea*, c'est ce qui tarde, hélas ! depuis plus de douze ans ! C'est ce dont a soif et a faim cette héroïque population, qui ne veut pas être résignée, qui ne veut pas être consolée ! Sans cesse frémissante sous le joug et impatiente de délivrance !

.•.

Les Messins sont avides de nouvelles. Ils reçoivent, en effet, assez peu de feuilles françaises, du moins dans les établissements publics exposés au contrôle et au bon plaisir de l'autorité. On ne trouve guère le *Voltaire* qu'au café Bride et le *Figaro* qu'au café Parisien. Quant aux particuliers, il n'est pas rare que leurs journaux leur arrivent mutilés par les ciseaux du *cabinet noir*. Celui-ci n'y va pas de main morte : quand un article lui porte ombrage, il le sabre tout simplement. A moins que, plus simplement encore, il ne se contente de mettre le journal au panier !

J'ai eu sous les yeux nombre de numéros de la *France* et du *Temps* ainsi expurgés, tailladés, massacrés par ces censures. On m'a montré pareillement plusieurs exemplaires de l'*Illustration* et du *Monde Illustré* qui avaient eu le même sort. Dans ceux-ci, on avait enlevé les gravures qui représentaient les funérailles de Gambetta, ainsi que les portraits de M. de Galiffet, de Skobeleff, du député Antoine et de Chanzy.

·.·

Autrefois, les habitants de Metz étaient plus d'à moitié soldats.

L'habitude de vivre en contact avec une garnison dans laquelle ils comptaient des fils, des frères, des amis, des compatriotes ; les souvenirs glorieux de la cité ; le caractère lorrain où dominent les instincts belliqueux et le goût du métier des armes, tout cela donnait à ces bourgeois je ne sais quel cachet militaire et quelle gaieté de troupiers.

Aujourd'hui, ils semblent avoir l'horreur intense de l'uniforme, — de l'uniforme allemand, — s'entend, et, plutôt que de s'exposer à le coudoyer sur le pavé, ils préfèrent rester chez eux, ensevelis dans l'amertume de leurs regrets et dans la ténacité de leurs espérances.

De là une tristesse poignante dans ces rues qu'emplissait naguère le fourmillement d'une population active, bruyante, travailleuse et guerrière à la fois. Pas un promeneur au Jardin-d'Amour; pas un auditeur sur

l'Esplanade, les jours de concert militaire ; pas un curieux à la parade de midi sur la place d'Armes, aux
exercices de l'île Chambière et aux revues de Frescaty.
Pas un gamin, le soir, à la retraite, derrière les fifres
et les tambours. Les Messins se désintéressent absolument de tous ces spectacles. Je demandais à l'un
d'eux, il y a deux ans, à l'époque des grandes manœuvres de cavalerie, alors que le prince Frédéric-Charles
encombrait la ville du fracas et de l'éclat de ses mar-
tiales chevauchées :

— Comment donc est-il, ce *prince rouge?*

— Je ne l'ai jamais vu.

— Cependant, il est passé, ce matin, sous vos fenêtres, avec tout son état-major de principicules, de
grands-ducs et de généraux...

— Est-que je m'occupe de ces gens-là?

.·.

A part cette mélancolie qui se dégage de la solitude
et du silence, la physionomie de Metz ne s'est pas considérablement modifiée.

Les Allemands n'ont rien eu à y rebâtir comme à
Strasbourg. Ils n'y ont élevé aucune de ces constructions, — hôpitaux, écoles, temples, casernes, — dont
ils ont doté à profusion l'ancienne capitale de l'Alsace.
Une église (l'église de la garnison), sur le rempart
Belle-Isle et un kiosque, ou buvette, à l'extrémité de
l'Esplanade, voilà à quoi se sont bornés leurs travaux
d'utilité ou d'embellissement. Nous ne parlons pas ici
des travaux de défense dont ils ont entouré la place et
des magasins d'approvisionnement dont ils ont couvert
le Ban-Saint-Martin. Nous les visiterons tout à l'heure.

1. reste de la ville est demeuré tel que nous le connaissions.

L'Esplanade, avec ses massifs, ses bronzes, ses jets d'eau filant en aigrettes de diamant vers les voûtes de feuillage ou retombant en pluie de perles sur les fleurs des parterres; l'Esplanade est restée la merveilleuse promenade d'où l'œil embrasse un panorama qui n'a de comparable que celui que l'on découvre du haut de la terrasse de Saint-Germain ou de celle de Richemond.

Voici, maintenant, la place d'armes : *Parade Platz*, comme ils disent.

Voici, entre deux trophées monumentaux, la belle statue d'Abraham Fabert, par Etex, avec la fière inscription de son piédestal.

Voici, en face « l'État-Major » devenu la *Commandatur*. A droite, l'Hôtel-de-Ville, avec sa façade de pierre sombre. A gauche, le vaste vaisseau de la cathédrale dégagée de deux ou trois bâtisses qui l'engonçaient auparavant.

Au-dessus de ce vaisseau, la flèche s'élance, hardie, légère, effilée, vers le ciel, avec, à la pointe extrême, un petit drapeau de fer-blanc.

Ce drapeau portait jadis les couleurs nationales. Dès les premiers moments de l'occupation, les Allemands offrirent une certaine somme à qui irait l'enlever. Personne ne se présenta. Ils s'adressèrent alors à un couvreur, nommé Roger Bellet, dont c'était la spécialité d'opérer cette ascension, les jours de fêtes publiques, pour allumer là-haut des illuminations :

— Quatre cents francs pour vous, lui dirent-ils, si vous allez chercher le drapeau.

Roger Bellet refusa.

Quelques soldats allemands tentèrent l'aventure.

Ils s'y rompirent les jambes et le cou.

On menaça Roger Bellet : les menaces ne réussirent pas mieux que les promesses.

On fut donc obligé de mander de Francfort un gymnasiarque de profession, qui parvint, non sans peine, à se hisser jusqu'au drapeau, mais qui ne put le détacher et qui dut se borner à effacer les couleurs françaises sous une couche de blanc de céruse.

.˙.

Le 27 octobre 1870, au soir, cette place, où nous sommes, offrait un spectacle à la fois étrange, grandiose et terrible.

On venait de poser à tous les coins de rues les affiches qui annonçaient la capitulation. La population était au désespoir. Metz la pucelle, *nunquam polluta,* allait donc être déflorée devant l'histoire, sans avoir défendu sa virginité ! Dès midi, le temps avait tourné à l'orage. On aurait dit que le soleil s'était caché pour ne pas assister à ce dénouement d'une tragédie que son principal acteur avait changé en la plus pitoyable et la plus odieuse des comédies.

Cette intervention des éléments était tellement extraordinaire, en cette saison et avec le climat de la Lorraine, que les plus incrédules étaient tentés de voir dans cette perturbation de la nature un signe de la colère divine.

La pluie faisait rage : il y avait, par l'air ébranlé, des mugissements de vent et des déchaînements d'averses comme si les âmes indignées des héros de Borny, de Rezonville, de Saint-Privat, de Servigny, de Ladomchamp, donnaient aux vivants l'exemple de la révolte.

Aux bruits de l'ouragan se mêlaient les volées de la *Mute*, qui sonnait le tocsin, et les clameurs de la foule, avant-courrières de la vengeance publique.

Pendant que, dans le camp, les soldats s'agitaient dans la boue, et que les officiers sanglotaient sous la tente, à cette idée qu'il allait leur falloir déposer les armes; pendant que plusieurs généraux songeaient à faire brûler ou enterrer les drapeaux qu'ils auraient eu honte de rendre le lendemain à l'ennemi, et que d'autres, sans les comprendre, obéissaient aux ordres criminels du commandant en chef, des flots de gardes nationaux roulaient, furieux, devant l'état-major, sous les fenêtres du général Coffinières.

Des blessés clopinaient, silencieux, au milieu de ces groupes en émoi.

Parmi eux, de loin en loin, des cuirassiers de la garde, dans leurs longs manteaux rouges, avaient l'air de spectres teints de sang.

Les équipages d'artillerie affluaient vers l'arsenal, où ils emportaient les dépouilles des remparts, et, chaque fois qu'un de ces convois passait au galop à travers la houle des citoyens, toute une trombe de plaintes et de malédictions montait vers le ciel noir, du pavé ruisselant,

On avait entouré d'un crêpe la statue de Fabert, dont le bronze semblait frémir sous ce voile de deuil, et l'on avait allumé devant des pots à feu qui avaient des lueurs d'incendie.

Celles-ci éclairaient, saillantes sur le granit du piédestal, ces paroles héroïques du vaillant enfant de Metz :

« *Si, pour empêcher qu'une place, que le roi m'a confiée, tombât aux mains de l'ennemi, il fallait met-*

tre à une brèche ma famille, ma personne et tous mes biens, je n'hésiterais pas à le faire. »

Ce simple et mâle langage était la condamnation du crime de lèse-patrie qui allait se consommer et du misérable qui n'avait pas hésité à le commettre.

Ah ! Bazaine ! un souvenir planté comme un poignard dans le flanc de ce pauvre peuple !

J'ai entendu, dans la banlieue de Metz, les petits enfants chanter en ronde, pendant que les pères écoutaient, — le sourcil froncé et l'œil sombre :

> As-tu vu Bazaine,
> A la porte des Allemands,
> Vendant la Lorraine
> Pour cent mille francs ?

Et l'on m'a montré, au Ban-Saint-Martin, le château où, pendant cette agonie de ses soldats et de la « bonne ville, » le général en chef de l'armée du Rhin soupait copieusement, sans remords, après avoir, dans la journée, paraphé l'acte qui livrait à l'Allemagne cent mille Français et l'une de nos principales places de guerre.

On m'a montré pareillement, en face de ce château, un peuplier que l'on a baptisé l'*Arbre de Bazaine*.

— Pourquoi ce nom ? ai-je demandé.

— Parce que c'est à l'une de ses branches qu'on le pendra sûrement quelque jour.

IV

LE COMMERCE

Enseignes allemandes. — Émigration et immigration. — Le bon
tour du pharmacien. — Oiseaux de proie. — Fortunes man-
quées. — L'aveu de M. de Kœnneritz. — Les faillites. —
Leurs causes. — Un *pouda*. — Pension servie à sa veuve. —
Magasins subventionnés. — Les *Cigarrenhændler*. — Amour,
mystère et ladrerie.

Çà et là, dans les rues, des enseignes allemandes :
Apothecke, pharmacie ; *Conditorei*, confiserie ; *Weinhandlung*, *Bierhandlung*, commerce de vin ou de
bière ; — *Cigarrenhændler*, débit de cigares, etc., etc.,
etc.

En plus grand nombre, des écriteaux portant ces
significatives indications : *Hôtel* ou *Maison à vendre*, —
Magasin ou *Appartement* à louer, — *Vente par suite
de cessation de commerce, de départ, de faillite*, etc.,
etc., etc.

Ah ! dame ! c'est que les affaires « ne brillent pas »
dans Metz teutonisé !

Pas même entre les mains des aventuriers qui
sont venus tout exprès d'outre-Rhin pour faire
fortune !

Et Dieu sait s'il y en a, de ces sauterelles !

Dans les premiers moments de l'occupation, ce fut
comme une fièvre d'émigration affolée. Quiconque se
trouvait en mesure de le faire fuyait la ville désolée et
profanée. Celui-ci vendait sa propriété ; celui-là

cédait son commerce ; d'autres, plus expéditifs ou plus pauvres, se bornaient à faire leurs paquets...

Et il y avait là, juste à point, — un, — deux, — dix, — vingt, — trente Allemands tout prêts à acheter la propriété, à reprendre la suite du commerce, ou à remplacer les partants dans le logis abandonné.

Tout cela, au plus bas mot, bien entendu. Pour rien même, s'il était possible. Que diable ! il faut savoir profiter de l'occasion !

Voici, cependant, le bon tour qui fut joué à l'un de ces habiles :

Un jeune pharmacien du quartier Mazelle, ayant opté pour la nationalité française, avait décidé d'aller s'établir à Nancy.

Il mit son officine en vente. Un Prussien se présenta pour l'acheter. Défiant et retors :

— Ecoutez, dit-il au Messin, je vous payerai en proportion du chiffre d'affaires que vous faites. Seulement, pour m'assurer *de visu* de l'exactitude de ce chiffre, vous trouverez bon que, pendant un certain temps, je vienne m'asseoir à côté de vous au comptoir. De cette façon, je pourrai contrôler par moi-même les bénéfices de chaque journée, et c'est là dessus que je me baserai pour traiter.

— A votre aise, répondit notre compatriote.

Et il s'en fut incontinent chez ses amis, chez ses voisins :

— Voulez-vous, leur demanda-t-il, m'aider à berner un de ces malins dont nous sommes si souvent les dupes ?

— De grand cœur. Parlez. Que faut-il faire ?

— Eh bien, il s'agit de venir, les uns après les autres, acheter tous les médicaments que renferme ma

pharmacie : vous me les renverrez, quand je serai à
Nancy, et je vous rembourserai ce qu'ils vous auront
coûté.

Ainsi fut fait.

Du matin au soir, pendant une semaine, la boutique
ne désemplit pas. Le Prussien était émerveillé. Il s'empressa de conclure l'affaire sur le pied d'une moyenne
extraordinaire de bénéfices quotidiens.

Le lendemain du départ du vendeur, il n'encaissa
pas un centime !

Et, moins de trois mois plus tard, il était obligé de
mettre la clef sous la porte.

.·.

Ce n'est pas le bonheur qui fait les émigrants : c'est
le malheur sous toutes ses formes. Les populations qui
souffrent sont toujours prêtes à s'élancer hors de chez
elles. Jugez quelle effroyable volée de corbeaux trans-
rhénans s'abattit sur le sol des provinces annexées :
juifs sordides et rapaces, trafiquants aux doigts crochus,
goujats à la suite des armées, déclassés, décavés,
loqueteux, faméliques, — tous aussi dépourvus de
scrupules que de *pfenigs !*

Toute cette canaille sans coiffe et sans semelle
s'établit carrément dans les magasins laissés vides.
Elle se frottait les mains à tour de bras et se pourléchait
les babines à la pensée des gains qu'elle allait empo-
cher. Metz était une ville commerçante. On y mangerait
du pain blanc, avec beaucoup de beurre dessus, quand
on n'avait eu jusqu'alors que du pain noir tout sec à
se mettre sous la dent ! Même, il y avait eu des jours où
le pain noir avait manqué !

Les gains rêvés manquèrent aussi.

Avant la fin de la première année d'occupation, plus de deux cents de ces commerçants improvisés avaient déposé leur bilan.

M. le baron de Kœnneritz, alors préfet de Metz, faisait, à ce propos, ce curieux aveu à un notable de la ville :

— Vos concitoyens ont tort de s'éloigner. C'est le pays qui souffrira de leur départ. Il apprendra bientôt, à ses dépens, ce qui lui arrive à leur place.

.·.

Depuis lors, les faillites ne se comptent plus à Metz.

Il me serait facile de citer tel bel et vaste immeuble de la rue Serpenoise dont le rez-de-chaussée a été, dans l'espace de dix ans, successivement occupé par sept négociants allemands, qui, tous les sept, y ont fait banqueroute avec une même émulation.

Il ne saurait en être autrement.

Les neuf dixièmes et demi des employés, dont la nuée s'est abattue sur l'Alsace-Lorraine, n'ont pas le moindre patrimoine. En revanche, ils ont une nombreuse famille et de maigres appointements. Ils sont donc contraints de se refuser tout ce qui n'est pas d'une absolue nécessité.

Les fonctionnaires mieux pourvus tirent tous objets de Berlin : Berlin étant devenu, à leurs yeux, la capitale qui dicte au monde entier les lois de l'élégance, de la mode et du goût.

Quant aux officiers, c'est l'Etat qui se charge de tout leur fournir, — moyennant finances, s'entend, — depuis

2

le sel de leur cuisine jusqu'à leur linge de corps, leurs cigares et leurs gants.

Dans ces conditions, quoi vendre ?

Ajoutez que pas un Messin ne franchirait le seuil de l'une de ces boutiques.

Partant, force à celles-ci de fermer.

Il est vrai que ceux qui les tiennent en sont quittes pour aller en rouvrir d'autres ailleurs, — à Strasbourg, à Colmar, à Mulhouse ou à Haguenau.

Parfois, les choses ne se passent pas d'une façon aussi bénigne... pour les Messins.

Un négociant allemand, établi à Metz depuis nombre d'années, était soupçonné d'y avoir fait de l'espionnage pour le compte de ses compatriotes. Après la guerre, son magasin fut mis à l'index. Ruiné, notre homme se pendit...

La ville fut condamnée à servir une pension à sa veuve!

.**.

On prétend que, pour encourager nombre de ces industriels à continuer leurs affaires malgré leurs insuccès, le gouvernement leur alloue un subside assez considérable.

Il est constant qu'à Metz comme à Strasbourg, des magasins restent ouverts, dans lesquels n'entrent pas dix acheteurs par an. Ce sont, le plus souvent, les chapelleries, à la montre desquelles on remarque toute sorte de casquettes *nationales* pour militaires, employés, élèves des écoles, etc.; les papeteries qui exhibent les portraits de l'empereur, du *Kronprinz*, du prince Frédéric-Charles, de MM. de Bismarck et de

Moltke, ainsi que des estampes représentant les hauts faits des armées alliées pendant la campagne de France; enfin, les débits de *delicatessen*, où l'on trouve tous les éléments d'une consciencieuse indigestion : conserves de homards, poitrines d'oie fumées, saucisses de toutes les provinces de l'empire et fromages de tous les Etats de la confédération.

Et puis, il y a les *Cigarrenhændler*.

Ceux-ci abondent. On en rencontre dans tous les coins. Ils sont tenus pour la plupart par des demoiselles de *haulte graisse*, qui, si vous les interrogez, vous Français, sur leur lieu de naissance, vous répondront invariablement qu'elles sont originaires du grand-duché de Luxembourg.

Histoire de ne point rabrouer la pratique en avouant qu'elles sont Allemandes de la tête aux pieds !

Aux pieds surtout !

Ces jeunes personnes sont, d'ordinaire, d'un caractère communicatif et enjoué.

A la vente des puros, des londrès, des trabucos de pacotille et des *brevas de calidad* fabriqués à Hambourg, j'imagine qu'elles joignent un commerce plus lucratif et plus récréatif à la fois.

Chacune de leurs tabagies est, en effet, doublée d'un *buen-retiro*, dont tout le mobilier consiste en un sopha : un sopha qui pourrait en remontrer à celui de Crébillon fils.

On entend, par moments, sortir de ce réduit toute sorte de roucoulements amoureux mêlés à des cliquetis d'éperons et de sabres.

Mais il paraît que les sabres ne sont pas généreux et que les éperons *n'éclairent* pas facilement.

Car une de ces Aspasies d'arrière-boutique m'avouait mélancoliquement :

— Sans les passants, nous ne ferions pas de quoi payer la blanchisseuse.

Dieu sait, cependant, si elles peuvent leur devoir des sommes folles, à la blanchisseuse, avec leur linge *américain*, en papier-fil, et leurs *dessous* plus négligés que ceux d'un théâtre de banlieue !

V

LA GARNISON

Les recrues. — Conduite en musique. — Guerriers à contre-cœur ! — Chiffre ancien de la garnison. — Chiffre actuel. — Les soldats. — Leurs quatre uniformes. — Les sous-officiers. — Un Boquillon allemand. — Le couteau et la fourchette. — La solde et l'ordinaire. — A la brasserie. — Les rixes. — Ce qui arrive aux assistants. — L'amende inévitable. — Librairie militaire. — La photographie de l'empereur. — Attendrissement. — Comparaison. — Les estampes. — Les portraits. — *Les Scènes familières de la vie du soldat.* — Les caricatures. — Une leçon donnée à la France.

Je suis brusquement réveillé par l'allegro de l'ouverture de *Guillaume Tell* joué à grand renfort de cuivres, de cymbales et de grosse caisse...

Me voilà à la fenêtre...

Sous celle-ci défile une musique militaire que suivent une centaine de jeunes gens alignés par quatre. Des paysans, des ouvriers, quelques fils de bourgeois. Ceux-ci en blouse, ceux-là en veste, avec des casquettes ou des feutres mous. Une demi-douzaine seulement en redingote et en chapeau rond. Tous portant, dans un mouchoir, un petit paquet à la main.

Ce sont des recrues que la musique du régiment est allée chercher à la gare et qu'elle conduit à la caserne sur un air vif, engageant et belliqueux.

Cet air n'est pas celui de ces pauvres garçons.

Ils ont une mine piteuse, désolée, lamentable. Ils marchent péniblement, lourdement, comme à regret. Des sous-officiers, qui vont et viennent, ainsi que des chiens de berger, sur les flancs de la colonne, sont obligés de les rudoyer pour leur faire allonger le pas.

On dirait bien plutôt d'un troupeau de moutons mené à l'abattoir ou d'un convoi de prisonniers surveillé par la chiourme, que d'un contingent de futurs *guerriers* (*kriegsmanner*) destiné à renforcer la garnison de Metz.

.*.

Celle-ci était, à ce qu'il paraît, de quinze mille hommes au début.

On affirme qu'elle est, maintenant, de vingt-cinq à trente mille.

Il est de fait que, dans les rues, on ne rencontre que des soldats.

De tous les corps et de tous les pays de l'empire. Fantassins, cavaliers, artilleurs, pontonniers. Bleu de ciel ou bleu sombre, vert foncé ou vert tendre, avec des retroussis, des parements, des collets, des passe-poils de toutes les couleurs ; des casques à canule, à aigrette, à chenille, à panache ; des sabres à garde de cuivre ou de fer, des dragonnes, des pompons, des brandebourgs, des fourragères, et de hautes bottes garnies de longs éperons au talon ou de larges clous sous la semelle.

Tout cela est éclatant, superbe, pittoresque, — le

dimanche et les jours de fête, de revue ou d'*anniver-saires*, comme ils disent : celui de Sedan, celui de la proclamation de l'empire à Versailles, celui de la naissance du *kaiser*, du *kronprintz* et des autres membres de la famille impériale ; ces jours-là, on endosse, flambant neuf, l'uniforme *numéro un*.

Car le soldat allemand reçoit quatre uniformes :

Celui de grande tenue et de grande cérémonie, qu'il n'endosse que dans les circonstances solennelles, et qu'il est tenu, en le dépouillant, de déposer au magasin, de peur qu'il ne se salisse ou ne se détériore ;

Un deuxième, pour les dimanches ordinaires ;

Un troisième, pour les exercices et les manœuvres ;

Un quatrième, enfin, pour rester dans ses quartiers, vaquer aux corvées journalières et sortir par la ville en semaine.

Auprès de ce dernier, la souquenille de cuisine du plus *rossard* de nos troupiers est un chef-d'œuvre de propreté flamandissime.

L'œil se détourne avec dégoût de ces bérets poisseux, de ces chemises noires de crasse, de ces vestes de toile blindées de graisse, de ces tuniques tigrées de taches, de ces capotes rapetassées de fils de différentes nuances et de ces pantalons qui montrent la corde, — quand ils ne montrent pas autre chose.

.•.

Le corps de sous-officiers est magnifique. Tous gaillards bien portants, tirés à un quarteron d'épingles, d'aspect posé, sérieux et froid. Les soldats sont petits, robustes, carrés d'épaules et de crâne, le teint clair, les joues rondes, l'œil en faïence, une moustache nais-

sante sous le nez ou une barbe follette au menton.
Dans les intervalles du service, ils foisonnent sur les
promenades, occupés à teter de grosses pipes de porcelaine, à dormir, vautrés sur les bancs, ou à courtiser
des servantes rougeaudes et maflues, à la tignasse
couleur de soufre, aux éclanches excessives et aux pâ-
turons exorbitants. La naïveté de ces tourlourous ger-
maniques ne le cède en rien à celle de notre Boquillon
légendaire. Un exemple entre dix mille :

Un touriste de qualité obtient pour lui et pour trois de
ses compagnons de voyage la permission de visiter
l'arsenal de Metz.

A la porte de celui-ci, la sentinelle l'arrête .

— Votre laisser-passer ?

— Le voici.

— Mais il est pour quatre personnes : où sont les
trois autres ?

— A l'hôtel, dans leur lit, fatiguées de la route.

— Ça ne me regarde pas : allez les chercher.

.·.

Ces soldats se montraient arrogants au commencement de l'occupation. Mais ils trouvaient, le plus souvent, à qui parler. L'un d'eux entre, un jour, chez un
cultivateur de Montigny-lès-Metz et demande à manger.
Puis, pour intimider son hôte, il tire son sabre et le
place sur la table...

Le Lorrain sort sans souffler mot. Une minute après,
il revient avec une fourche et la pose en face du sabre.
Ensuite, comme l'Allemand l'interroge du regard :

— Eh ! réplique-t-il avec bonhomie, vous avez
voulu me montrer que vous avez un beau couteau ;

de mon côté, je vous fais voir que j'ai une jolie
fourchette.

Ces garnisaires, du reste, sont devenus moins
farouches.

On vient d'en envoyer (avril 1884) deux régiments
sur la frontière de Russie.

On les accusait de « trop chercher à *se familiariser*
avec l'habitant. »

.[.].

J'ai entendu dire à quelqu'un qu'ils regretteraient
« les bons poulets » de la Lorraine.

Je ne crois pas qu'à moins de les avoir volées, ils y
aient jamais mangé beaucoup de volailles.

Leur ordinaire est, en effet, des plus succincts et leur
solde des plus modestes :

Une livre de mauvais pain par jour, une écuellée de
gruau le matin, un *rata* au lard à midi, avec *trente*
thalers par an, ou *onze* francs *vingt-cinq* par mois,
sur lesquels on leur retient un *groschen* un quart
(quinze centimes) pour la nourriture dont nous venons
de parler...

Il leur reste donc à peu près *deux sous et demi* pour
souper !

Les hommes de la réserve, rappelés sous les drapeaux à l'époque des manœuvres, ne reçoivent aucune
ration.

Il leur faut apporter des vivres avec eux ou s'en faire
expédier par leurs parents.

Il est vrai que la poste se charge à moitié prix de
ces transports de victuailles et gratis des envois
d'argent.

Ah ! quand une de ces aubaines familiales tombe
dans la poche de l'un de ces gars, qui ne sont sobres
que par contrainte, c'est fête, le soir, à la brasserie, où
l'on met en action le refrain de l' « Ecot de joyeux
compagnons » de la taverne d'Auërbach, dans
Faust :

> Nous buvons, buvons, buvons,
> Comme trente-six mille cochons !

Or, une bonne *beuverie* d'Allemands, où il n'y aurait
ni dents cassées, ni têtes fêlées, passerait pour médiocre et fade.

On commence par trinquer gaiement à l'unité de la
patrie ; puis, on se chamaille, on s'injurie entre gens
de provinces et d'armes différentes ; puis, l'on finit
fatalement par se gourmer, par s'assommer, par
s'écharper, — à coups de poings, à coups de bouteilles,
à coups de sabres !

Ce que les assistants ont de mieux à faire, alors, c'est
de prendre leurs jambes à leur cou.

Dans une brasserie, auprès du pont des Morts, des
Brunswickois et des Bavarois en viennent aux mains
après boire. Des spectateurs font mine de s'interposer.
La garde arrive, elle arrête les spectateurs, et le
tribunal de police les condamne, le lendemain, en bloc,
à une amende de cinq thalers pour s'être mêlés de ce
qui ne les regardait pas.

Quelques jours plus tard, le même fait se reproduit
dans le même é'ablissemen'. Cette fois, on laisse les
deux partis se houspiller à bras raccourcis. Oui, mais
la garde accourt derechef ; derechef, elle empoigne
les paisibles assistants, et, derechef encore, ceux-ci se

voient condamnés à l'amende pour n'avoir pas essayé de séparer les combattants.

⁂

Ici, les librairies regorgent de petits livres, d'estampes et de journaux à bon marché, destinés à développer, à fortifier chez le soldat l'amour de la patrie et du souverain, le respect de ses chefs et le culte de son métier.

A tous ces étalages, j'ai remarqué une photographie d'exécution naïve, — coût : *quarante pfennigs* ou *dix sous*, — qui représente le vieil Empereur, en grand uniforme, berçant sur ses genoux, dans son maillot de dentelles, le premier-né de son petit-fils. Cette photographie s'est vendue par milliers parmi les troupes de la garnison. Chaque chambrée de caserne en possède une reproduction agrandie. J'ai vu des soldats la contempler avec un attendrissement qui allait jusqu'aux larmes. Un de nos compatriotes me disait à ce propos :

— Essayez donc d'exposer à Paris et de distribuer à nos troupes un portrait du papa Grévy en train de dorloter dans ses bras le poupon du ménage Wilson ! Quel colossal succès de rire ! Et comme civils et militaires se tiendraient les côtes devant !

⁂

Les estampes *ad usum militarem* ont trait, pour la plupart, aux choses de la dernière guerre.

Voici *le Départ et le retour du pieux combattant, la*

*Signature de la capitulation de Sedan, le Bombarde-
ment de Paris, la Rentrée des troupes à Berlin.* Voici
des portraits du *Kaiser*, à pied, à cheval, en voiture,
— en costume impérial ou en tenue de guerre, en redingote bourgeoise ou en triomphateur romain. Voici
ceux de tous les illustres hommes d'épée de l'Allemagne, depuis le Grand-Electeur (*Gross-Kurfurst*) jusqu'au prince Frédéric-Charles en dolman de hussard
rouge, jusqu'à M. de Bismarck en tunique de cuirassier
blanc et jusqu'à M de Moltke, avec les rides de sa face
glabre, le sarcasme de ses lèvres minces et la menace
de son regard profond.

Voici, enfin, *les Scènes familières de la vie du soldat,*
— une image à la Pellerin,— où, dans une suite de petits tableaux expliqués par un texte, « le pillage d'une
ferme *ennemie* » fait vis-à-vis au « tour de valse à la
guinguette » et « l'exécution d'un déserteur » à une
« halte au cabaret ».

Il y a aussi des caricatures.

Celles-ci ne nous ménagent point.

Que pensez-vous de la suivante ?

Une sentinelle française a déposé son chassepot
contre le poteau de la frontière pour parcourir une gazette intitulée : le *Parlement*...

Or, pendant que le fantassin s'absorbe dans cette
lecture, une femme, coiffée mi-partie d'une couronne
royale et d'un bonnet phrygien, se glisse derrière le poteau et escamote le fusil...

Cette femme porte sur son jupon cette étiquette: *Politique*...

Pendant cette opération, de l'autre côté de la frontière, la sentinelle prussienne, — sous les traits du
chancelier de fer, — se frotte le ventre de contente-

ment. Au bas, cette phrase, d'une éloquente briè-
veté :

ARMÉE FRANÇAISE — ESSAI DE RÉORGANISATION.

VI

EXERCICES ET MANŒUVRES

L'infanterie à Chambière. — Perfection de la régularité automa-
tique. — Où le bât les blesse. — Le manque de *diable au corps*.
— Remarque à propos des sonneries. — *Schweinpelz* ! — Les
dragons à Frescaty. — L'uniforme, l'armement et le *paquetage*.
— La carabine-signal. — Surprendre et ne pas être surpris. —
Un épisode de la journée du 16 août 1870. — Les tirailleurs.
— Sincérité et conviction. — Tant pis pour la vedette ! — Les
batteries montées. — Les charges. — Le fantassin et le rhume
de cerveau. — La brave femme de Sarreguemines. — Un éclat
de rire dangereux.

J'ai voulu assister aux exercices de l'infanterie.

Ils ont lieu dans le polygone de Chambière, non loin
du cimetière où se dresse le monument élevé par les
dames de Metz à ceux de nos soldats qu'elles ont soignés pendant le blocus, — malades et blessés, — et qui
sont morts entre leurs bras.

Il faisait froid, ce matin-là. Le vent de bise vous
soufflait tout un jeu d'aiguilles au visage. Dans la vaste
plaine grise, où leurs piétinements empêchent l'herbe
de pousser, les bataillons allaient et venaient, pour
ainsi dire, silencieusement. Par intervalles, un commandant sec et guttural les faisait tourner à droite ou
à gauche, hâter ou ralentir le pas. Par intervalles encore, un tourbillon de poussière les enveloppait et
semblait les emporter. Puis, ils ressortaient de ses

flancs, marchant leur marche régulière, les jambes se levant et s'abaissant dans un ensemble merveilleux, — le fusil vissé à l'épaule, pas une crosse ne dépassant l'alignement, — virant, voltant, changeant de front, s'allongeant, se rétrécissant comme une seule bête à mille pattes !

Et, dans le maniement des armes, toutes ces mains attaquant simultanément le bois du dreysse et, simultanément, rentrant dans le rang et se collant contre la cuisse ! Toutes ces crosses frappant le sol d'un seul coup ! Les charges *à volonté* où tous les hommes arrivent en même temps ! Les feux de régiment où quinze cents détonations se fondent en une seule ! Une armée d'automates mus par un unique ressort ! Vaucanson n'a jamais rien fabriqué de plus complet et de plus parfait !

Par exemple, où le bât les blesse, c'est quand il s'agit de courir.

En tirailleurs, les éparpillements et les ralliements sont lents et lourds.

Quand ils simulent l'abord d'une position, on a beau, pour les enlever, leur faire pousser des cris sauvages, le mouvement manque de vitesse, de précision et d'entrain. Il faut, le plus souvent, qu'une seconde et une troisième ligne soient lancées pour pousser la première en avant et la faire arriver au but.

.˙.

J'ai constaté — non sans étonnement — que les trois quarts de leurs sonneries sont celles de nos clairons.

Il serait bon, ce me semble, de prendre note de ce détail.

3

J'ai remarqué pareillement que les officiers laissent volontiers à leurs sous-ordre le soin de diriger leur peloton. En revanche, ils n'abandonnent à personne celui de distribuer des épithètes désagréables à quiconque est surpris en faute par leur œil actif, scrutateur et vigilant. Parmi ces épithètes, celle de *schweinpelz* est la plus communément employée. Elle signifie *peau de cochon*. Une recrue, que ses chefs ne traitent de *peau de cochon* qu'une douzaine de fois par jour, peut se considérer comme aimée par les dieux et favorisée par les hommes.

.•.

Je me suis rendu, un autre jour, sur le terrain de Frescaty, où une division de dragons « s'entraînait » pour les manœuvres de cavalerie de Saint-Avold et exécutait en petit ce qui devait avoir lieu en grand là-bas.

Très élégante, cette cavalerie, avec sa tunique bleu de ciel à pattes, parements et collet d'un rouge, jaune, rose ou blanc éclatant; avec son pantalon collant bleu foncé, à passepoil écarlate; son gant crispin qui protège le poignet contre les coups de *manchette;* sa haute botte molle, plissée sur le cou-de-pied, et son sabre à garde de fer, moins long et plus léger que le nôtre.

Le casque est celui de l'infanterie. Les hommes sont petits, mais bien râblés. Les chevaux simplement superbes.

Le *paquetage* me semble le même que chez nous. Le harnachement est en cuir fauve, ce qui épargne aux hommes la peine de le cirer. La carabine, dont le bois monte jusqu'à l'extrémité du canon, me paraît d'une portée médiocre :

— C'est plutôt un signal qu'une arme, me dit un officier à qui j'ai été présenté, comme le correspondant d'un journal de Bruxelles.

Un certain nombre de coups, tirés d'une certaine façon par ses éclaireurs, indique à une troupe en marche si elle doit s'arrêter, pousser en avant ou battre en retraite. La cavalerie est à la fois un espion et un rideau : un espion, chargé de nous prévenir des mouvements de l'ennemi; un rideau destiné, à lui dérober les nôtres. Surprendre et ne pas être surpris, tel est l'un des premiers principes de l'art de la guerre. Ce principe, nous exerçons nos cavaliers, d'une manière toute particulière, à le mettre en action...

.*.

Il ajoute en souriant, — persuadé toujours qu'il s'adresse à un Belge :

— Les Français s'occupent surtout, en campagne, de faire bouillir leur marmite; nous, nous tâchons de savoir ce qu'il y a dedans.

Et il me cite ce fait, entre autres trop nombreux :

Le 16 août 1870, la 5e division de cavalerie prussienne, accompagnée de quelques pièces de canon, arrivait à Tronville et attaquait, en avant de Vionville, les divisions de cavalerie Forton et Valabrègue, qui étaient en train de faire le café dans leurs bivouacs...

Soudain, les obus tombent au milieu du campement, des chevaux au piquet, et jusque près de la table du général Forton, qui déjeunait tranquillement, entouré de son état-major...

Une panique folle s'ensuit : nos chasseurs et nos dragons sautent en selle et se dirigent au galop vers Rezonville, abandonnant tentes et bagages.

Cette fuite permit au 3e corps allemand (général Avensleben II) d'atteindre le plateau situé entre le bois de Vionville et de Flavigny, et d'y établir solidement son artillerie pour engager l'action.

.•.

Quand je débouche sur le champ de manœuvres, les quatre régiments exécutent une marche de flanc, masquée par une nuée de tirailleurs : tirailleurs, dont le rôle est absolument confié à l'initiative personnelle; et qui s'en acquittent avec une intelligence et une conviction sans égales, — n'avançant qu'avec précaution, s'abritant derrière tous les obstacles, et profitant, pour se dissimuler, jusque des jeux de lumière qui se produisent sur le terrain...

On leur a dit que l'ennemi était à une certaine distance, et ils se l'imaginent en toute sincérité : ils agissent en conséquence. Selon notre expression parisienne, ils *croient que c'est arrivé.* Ils le croient même si bien que, l'autre jour, dans le simulacre de l'enlèvement d'une grand'garde, un dragon a fort proprement fendu la tête à l'un de ses camarades qui servait de vedette au détachement qu'il s'agissait de surprendre.

En France, tous les journaux n'eussent point manqué d'anathématiser la barbarie du procédé, et le conseil de guerre eût puni le coupable. Ici, tant pis pour la vedette ! Elle n'avait qu'à ouvrir l'œil ! Le meurtrier a reçu les félicitations de ses chefs; le général com-

mandant la place lui a alloué un thaler de gratification ;
il passera sous-officier à la prochaine occasion.

.*.

Derrière les colonnes, et formant face aux intervalles qu'elles laissent entre elles, des batteries montées évoluent.

A un moment, celles-ci prennent le galop, traversent ces intervalles et se portent rapidement en
avant.

Les tirailleurs se sont écartés comme par magie.
Les batteries ouvrent le feu.

Toute la ligne se couvre d'éclairs, de détonations et
de fumée...

Puis elles tournent les talons et retournent à fond de
train à leurs places...

Puis encore, lorsque les colonnes reculent, à leur
tour, par échelons, ce sont les pièces qui, tirant à outrance, comme par de vastes sabords, à travers les intervalles dont je viens de parler, soutiennent et protè-
gent le mouvement de retraite.

Et tout cela sans anicroche, sans embarras, sans
commandements criés. Officiers et soldats savent ce
qu'ils ont à faire et le font en ses lieux et temps. Pas
une monture ne s'emballe. Dans les charges en four-
rageurs, chaque homme s'arrête instantanément au
coup de trompette du ralliement. Dans les charges par
escadron, pas une tête de cheval ne dépasse celle de
ses voisins. Les défilés, surtout, sont merveilleux : les
distances observées, les allures maintenues, la régularité cadencée d'un quadrille équestre dansé par quatre
mille centaures !

∴

Ces exercices et ces manœuvres n'attirent pas un seul curieux.

A Chambière, il n'y avait pour y assister que ma femme, ma fille et moi.

Cette « affluence » insolite intriguait singulièrement les officiers supérieurs qui parcouraient le terrain à cheval.

Ils ne cessaient de passer et de repasser en nous lançant des regards inquisiteurs et défiants.

A un moment, ma fille partit du rire sonore de ses quinze ans :

Elle avait remarqué, au premier rang d'un peloton qui venait de « faire front » devant nous, un gros fantassin à lunettes, aux narines duquel le rhume de cerveau avait suspendu deux girandoles liquides qui descendaient jusqu'à sa bouche...

Au port d'armes, le pauvre garçon semblait fort empêché de supprimer ces stalactites sous sa manche ou entre ses doigts !

A cet éclat de rire toutes les têtes se retournèrent et tous les regards devinrent farouches et menaçants.

Je me rappelai alors, à propos, l'aventure de cette brave femme de Sarreguemines, qui, rencontrant un capitaine de cavalerie en train de se moucher avec le pouce et l'index, avait eu l'imprudence insigne de s'esclaffer en s'écriant :

— Nous leur avons donné cinq milliards et ils n'ont pas seulement de quoi s'acheter un mouchoir de poche!

Faits et paroles pour lesquels la commère avait été

conduite en prison et condamnée à cinq thalers d'amende.

Je fis un signe aux miens, et, sans avoir l'air de prendre garde aux prunelles furibondes qui nous fusillaient de toutes parts, nous rentrâmes en ville en bon ordre, non sans nous demander pourtant si ces yeux soupçonneux n'avaient pas cru reconnaître dans mes deux compagnes une paire d'officiers français déguisés.

VII

LES OFFICIERS

Correction de leur tenue. — Qualités apparentes et défauts cachés — Ces messieurs au logis. — Négligence et malpropreté. — Où il n'y pas de chat les souris ont beau jeu. — Repas économiques. — Le déjeuner d'un capitaine bavarois et de sa famille. — Chez les autres. — Manger sans trêve et boire à toute heure. — Un Romollot allemand. — Histoire d'un lieutenant, d'un sabre, d'un colonel et de la femme de ce dernier.

Quand on les voit circuler dans leur tenue d'une éminente correction : la capote ou la tunique boutonnée jusqu'au menton, la casquette posée d'aplomb, la botte luisante comme un miroir, le sabre à la cuisse et la main au sabre...

Quand on les voit arpenter les promenades du pas mesuré, cadencé de gens qui se sentent chez eux; droits et graves; la moustache tombante ou retroussée; d'aucuns, les favoris flottants; d'autres la barbe en éventail; tous la lèvre sévère, le front intelligent, l'œil reflétant le calme souverain de la force...

Quand on les voit, dans les endroits publics, recevoir

et rendre le salut avec une élégante courtoisie ; se présenter devant leurs chefs avec déférence et bonne grâce ; n'afficher avec ces derniers pas même l'ombre d'une ombre de familiarité, comme n'en tolérer aucune de la part de leurs subordonnés ; causer sans emphase, rire sans bruit, discuter sans animation, ne *s'emballer* en quoi que ce soit...

Quand on les voit, enfin, briller par toute sorte de « qualités négatives, » par une simplicité, par une modestie, par une discrétion apparentes, on ne peut s'empêcher de se dire :

— Si nous prenions modèle sur eux !

Non point que l'officier allemand soit le chef-d'œuvre de la création.

Il ne faut l'admirer, il ne faut le copier qu'en de certains côtés. Quelques-unes des qualités que je signale en lui sont, je le répète, plus apparentes que réelles, la discipline les lui impose, et il ne les pratique qu'à son corps défendant : pratique extérieure s'il en fut, dont il se relâche volontiers, sitôt que les circonstances ne la lui commandent plus.

C'est ainsi que, respectueux, obséquieux envers ses supérieurs, il se montre emporté, violent et brutal avec ses inférieurs, qu'il injurie sans cesse et qu'il frappe quelquefois. C'est ainsi que sa politesse s'arrête net à ses égaux, à ses collègues, et que tout ce qui ne porte pas l'uniforme est traité par lui avec une dédaigneuse et tranchante hauteur. C'est ainsi que, dans les provinces annexées, il affecte — maintenant — de témoigner aux nouveaux sujets de l'empire un excès de pitié plus douloureux pour eux que toutes les vexations et toutes les rigueurs des premiers temps de l'occupation.

J'ai parlé tout à l'heure de la correction de tenue de ces messieurs.

N'espérez point la retrouver dans leur *chez eux.*

Un colonel de cavalerie habitait, depuis neuf ans, dans la rue Serpenoise, une maison appartenant à madame X...

Depuis neuf ans, il n'avait pas fait balayer une seule fois le crottin que laissait dans la cour le passage de ses chevaux. Ce crottin, tassé par les pieds et durci par le temps, formait une croûte épaisse de vingt-cinq centimètres. On fut obligé de l'attaquer avec le pic pour en nettoyer le pavé.

Un autre officier supérieur occupait, sur la place Saint-Martin, un vaste appartement au premier étage.

Lorsqu'il le quitta dernièrement, au départ de son régiment, on dut faire venir un de ces tombereaux qui servent à enlever les boues, pour emporter ce dont le parquet était couvert : poussière, cendres de pipes, crachats et autres immondices d'une nature plus répugnante encore.

Les Allemands ont les chats en horreur. Ils prétendent que ces animaux portent malheur. Aussi toutes les maisons où ils logent sont-elles infestées de rats et de souris. Il faut semer des poignées de blé empoisonné pour se délivrer de ces rongeurs.

.˙.

Les officiers de la garnison de Metz se sont emparés des bâtiments de notre ancienne école d'application

3.

pour y installer une sorte de cantine où ils viennent boire et manger dans les prix doux.

En dehors de ce mess-monstre, ils ne fréquentent guère que la taverne *Germania*, à l'angle de l'ex-place de la Citadelle, et la brasserie-kiosque de l'Esplanade, où, du reste, ils ne se ruinent pas en consommations.

En revenant de Frescaty, je m'étais arrêté dans cette dernière brasserie.

Une douzaine des officiers de dragons que je venais de voir escadronner y entraient, quelques minutes plus tard, en descendant de cheval, et s'y attablaient encore tout resplendissants, sous la poussière, des *ors* de leurs épaulettes et de leur casque, et des argenteries de leur baudrier et de leur écharpe.

Avec cela, un air affamé! Et assoiffé donc! Dame! il était près de midi, et ils étaient en selle à cinq heures du matin!

Je m'imaginai qu'ils allaient dévorer jusqu'aux chaises de l'établissement.

Point du tout.

Celui-ci demanda un portion de fromage et un bock; celui-là, une tasse de café au lait; un troisième, une *knackwurst* (saucisse fumée) et un verre de vin rouge; un quatrième, une salade de pieds de bœuf avec une chopine de vin blanc.

Ah! c'est que ces grands buveurs, c'est que ces grands mangeurs ne boivent à leur soif et ne mangent à leur appétit que chez les autres!

.*.

Tenez, un autre jour, à cette même brasserie, j'avise un superbe capitaine bavarois, — le poil en crocs, le casque en tête, le sabre au côté, — aussi pimpant, aussi fringant, aussi flamboyant dans son uniforme de grande tenue que le Phébus de Chateaupers, de la *Notre-Dame de Paris*, dans son hoqueton d'orfèvrerie.

Il avait avec lui sa femme et ses deux filles : une femme sèche comme un hareng et habillée comme une cuisinière ; deux filles courant sur leurs dix ans et non moins pauvrement fagotées que leur mère.

Toute la famille était à table.

On avait apporté devant le capitaine un seul couvert, un petit pain, du sel, du poivre, de la moutarde, deux chopes et un morceau de gruyère long et large comme les deux doigts.

Le père le tailla en dés minuscules. Puis, piquant de sa fourchette chacun de ceux-ci, les trempant alternativement dans le poivre, le sel et la moutarde, et les accompagnant d'une légère bouchée de pain, il se mit à manger avec une silencieuse componction. La mère l'imita avec le même recueillement. Elle se servait, pour cette opération, de la pointe du couteau de son mari. Par intervalles, tous deux humaient un petit coup et s'essuyaient la bouche, du revers de la main, avec une douce satisfaction.

Les deux enfants regardaient, — les dents aiguisées et les yeux avides.

Quand il n'y eut plus que deux dés de fromage sur l'assiette, que des bribes de pain sur la table et que quelques gouttes de bière au fond des verres, on leur abandonna ces épaves du festin.

Seigneur ! avec quelle joie elles se jetèrent dessus !

Puis, le papa demanda l'addition, paya gravement sans rien laisser au garçon, remit ses gants, donna un tour galant à sa moustache, et s'en fut éblouir les gens

à la parade, en tête de sa compagnie : son déjeuner, —
à lui et aux siens, — avait coûté *quatorze sous!*

. •.

Sobriété forcée! Économie obligatoire! Quand il n'y
a rien à payer, les choses se passent différemment. Un
officier bavarois arrive avec un billet de logement chez
un propriétaire lorrain. Celui-ci lui demande ses ordres.
Le Bavarois tire sa montre et la met sous le nez de son
interlocuteur. Ensuite, désignant midi :

— *Manger.*

— Bon.

L'Allemand désigne trois heures :

— *Manger.*

— Très bien.

L'Allemand désigne six heures :

— *Manger.*

— Parfait.

L'Allemand désigne neuf heures :

— *Manger.*

— A merveille. C'est complet. Vous n'avez pas besoin
d'autre chose?

Le doigt de l'officier fait le tour du cadran en s'arrêtant à toutes les heures :

— *Boire! boire! boire!*

. •.

Ce n'est pas seulement dans les rangs de l'armée française que l'on rencontre le fameux colonel Ramollot.

Le colonel de l'un des régiments d'infanterie en garnison à Metz était, une après-midi, à sa fenêtre, sur la

place de la Comédie. Il aperçoit un de ses officiers qui
traverse cette place sans sabre. Manque de discipline
au premier chef. Notre Allemand fronce le sourcil :

— Voilà, se dit-il, un lieutenant à qui je vais laver la
tête d'importance. Sans compter un mois d'arrêts, pour
lui apprendre l'observation des règlements militaires.
C'est le tarif.

Le lieutenant approchait sans défiance.

Lorsqu'il fut à portée de la voix :

— Hé! montez donc ici, monsieur, tout de suite!

L'officier leva les yeux et reconnut son supérieur. En
même temps, il se rappela qu'il avait laissé son sabre à
la maison. Par malheur, il n'y avait pas à esquiver la
situation : il avait été vu désarmé; il fallait affronter
l'orage et endosser les conséquences de la faute.

La figure du colonel était radieuse.

Il se frottait les mains comme un homme enchanté
d'avoir trouvé une occasion de punir.

Le lieutenant prend son parti : il pénètre dans la
maison, il gravit l'escalier, il entre dans le logis de son
chef...

Dans l'antichambre, le propre sabre de ce dernier est
suspendu à une patère...

Tous les sabres d'officier sont les mêmes dans l'armée allemande.

— *Sacrament!* pense notre délinquant, voilà qui fait
bien mon affaire!

Il décroche l'arme rapidement et la sangle à sa
ceinture; puis, prenant un air innocent, il s'introduit
chez son supérieur, et s'arrêtant, sur le seuil, une
main à la casquette, l'autre collée le long de la
cuisse :

— Mon colonel m'a fait l'honneur de m'appeler?

— Certainement, monsieur : je voulais vous demander....

Ici, le bonhomme s'interrompt avec stupeur.

Le survenant a un sabre !...

Il se fait un instant de silence. Le colonel écarquille
les yeux. Le lieutenant poursuit avec tranquillité :

— Si mon colonel daigne m'apprendre...

Le bonhomme est embarrassé. Cependant sa physionomie a changé, le sourire est revenu sur ses lèvres :

— *Der Teufel !* qu'est-ce que j'avais donc à vous demander ?... Oh ! je me souviens, à présent : des nouvelles de votre famille... Comment se porte M. votre
père ?

— S'il pouvait connaître votre sollicitude à son
égard, il en serait flatté plus que personne : par malheur, il y a vingt ans que je l'ai perdu.

— Ah ! vraiment !... Il est mort !... Il y a vingt
ans !

Et le colonel considérait son interlocuteur avec une
mine ahurie des plus comiques.

— De sorte, continua l'autre, que vous n'avez pas
autre chose à me communiquer ?

— Ma foi, non... Seulement, ne sortez jamais sans
votre sabre... Dans ce cas, voyez-vous, je serais obligé
de vous mettre aux arrêts pour un mois.

— Oh ! mon colonel, il n'y a pas de danger !

Et le bon apôtre frappa audacieusement sur l'arme
qui ballottait à son côté.

— Oui, oui, je vois, mon cher : allez.

L'officier s'empressa de profiter de la permission. Il
salua, quitta le salon, et, en traversant l'antichambre,
remit doucement le sabre de son supérieur à la place

où il l'avait trouvé. Ensuite, il sortit de la maison.

Le colonel avait repris à la croisée son poste d'observation. A la vue du jeune homme qui s'éloignait sans sabre, il appela sa femme à grands cris. Elle accourut :

— Tiens, lui dit-il, regarde ce lieutenant qui s'en va....

— Je le regarde.

— Le distingues-tu en détail ?

— Parfaitement.

— A-t-il un sabre ?

— Non.

— Eh bien, c'est ce qui te trompe : il en a un, et il a l'air de n'en pas avoir.

La femme ne hasarda aucune contradiction. Elle était habituée à croire son époux sur parole. Quant à notre officier, il en fut quitte pour la peur, et, profitant de l'avis donné, jamais il ne s'aventura à travers les rues sans son sabre.

VIII

LES VOYAGES DE L'EMPEREUR

En mars 1871. — Sommation sous peine d'amende. — Patriotique déclaration. — Premier voyage. — Le conseil municipal et le préfet. — Refus du crédit demandé. — Réponse du maire Bezanson. — Deuxième voyage. — Nouveau refus. — Préparatifs allemands. — *Aux trois hures!* — Arrivée de l'empereur. — Les illuminations. — Au café Bride. — Une Judith d'intention. — Incendie de la cathédrale. — Promettre et tenir sont deux.

Au mois de mars 1871, l'empereur Guillaume traversa Metz au galop des chevaux de sa voiture.

L'autorité allemande avait sommé les commerçants français de tenir leurs magasins ouverts sous peine de quatre mille francs d'amende.

Tous ceux qui en avaient le moyen préférèrent payer. — et fermer.

— Vous pouvez nous prendre la bourse, déclarèrent-ils à ce propos; vous ne nous prendrez pas le cœur.

.**.

Quelques années plus tard, son entourage persuada au vieux monarque, qui n'en avait point grand' envie, de faire un voyage officiel dans les provinces annexées.

Aussitôt, le président départemental — ou préfet — con-

voqua le conseil municipal messin et l'adjura de consa
crer une somme, *si minime qu'elle fût*, aux réjouissances
publiques qui devaient célébrer la présence du conquérant au milieu des peuples conquis. Il ajouta habilement:

— Le crédit que je sollicite de vous, messieurs,
n'implique ni une question de sentiment, ni une question
de politique. C'est une simple marque de politesse envers une personne souveraine et de déférence envers
l'âge de l'auguste visiteur. J'ai donc lieu de croire que
la chose ne rencontrera aucune difficulté, et j'espère
qu'elle sera votée par assis et levé.

Hélas ! il en fut pour ses frais de diplomatie et d'éloquence.

Pas un conseiller ne bougea.

— Alors, reprit le fonctionnaire en riant jaune, je
pense qu'il est inutile de procéder à une contre-
épreuve.

— Parfaitement inutile, monsieur, répondit le maire
Bezanson : le conseil municipal de Metz n'a pas l'habitude
d'affecter l'argent de ses concitoyens à la réception des
souverains *étrangers*.

.*.

La même chose se produisit, à la fin de septembre
1879, lors du second voyage de l'empereur.

Il y eut, de la part de l'administration, une nouvelle
demande de fonds Il y eut, de la part du conseil, un
nouveau refus péremptoire. Pas un fifrelin ne fut
voté.

Je me trouvais à Metz au moment de cette dernière
visite.

Au-dessus de la porte Serpenoise, le génie et l'artil-

lerie avaient élevé des trophées de gabions, d'écouvil-
lons, de pelles, de pioches, de refouloirs, de haches,
de casques et de cuirasses de tranchée, au milieu desquels s'ouvraient les gueules noires d'une paire de *nos*
mitrailleuse s.

Plus loin, se dressaient des arcs de triomphe de verdure. Plus loin encore, sur toute la ligne que devait
suivre l'illustre voyageur, des mâts pavoisés d'oriflammes se reliaient entre eux par des guirlandes de mousse,
de feuillage et de fleurs. On avait l'air de se promener
dans une idylle de Gessner.

C'étaient les soldats de la garnison qui avaient agencé
tout cela.

Aux fenêtres des maisons habitées par les Allemands, — à celles-là seules, bien entendu, — flottaient
des drapeaux écussonnés aux armes de l'Empire.

La façade de la plupart de ces maisons exhibait, en
outre, une décoration spéciale qui ne brillait point par
l'exquisité du goût.

Ici, c'étaient un portrait du *Kaiser*, de l'impératrice
Augusta et de *notre Fritz — unser Fritz —* brossés
sur toile par un pinceau naïf, accrochés dans des
espèces de tabernacles en velours cramoisi et entourés de bouts de bougie dans des chandeliers de
cristal.

Là, une figure de la *Germania-Mater*, roulant des
prunelles furibondes et démasquant une herse de crocs,
d'où s'échappait un verset de la Bible, ou une strophe
de la *Wacht am Rhein*.

Un charcutier allemand de la rue des Clercs avait
eu l'ingénieuse idée d'exposer le buste du souverain
juste au dessus de son enseigne, laquelle servait, pour
ainsi dire, de socle à l'effigie impériale. Or, sur cette

enseigne se détachaient en relief deux énormes têtes de sanglier. Uu Gavroche du crû regarde :

— Tiens ! s'écrie-t-il, *Aux trois Hures !*

.•.

A huit heures et demie du soir, le train impérial entrait en gare après avoir suivi, en venant de Strasbourg, cette voie stratégique qui relie les forteresses d'Alsace-Lorraine aux arsenaux d'Ulm et de Spandau.

Le canon tonnait. La *Mute* précipitait au-dessus des curieux ses volées aux vibrations profondes. De la porte Serpenoise à la Préfecture, en longeant l'Esplanade, en remontant la rue Serpenoise, en traversant la place de Chambre et en débouchant par le pont des Grilles, c'était toute une chinoiserie de ballons lumineux ponctuant la nuit pluvieuse de myriades d'étincelles de différentes couleurs.

Ajoutez, sur chaque trottoir, un rang d'individus tenant chacun une perche à l'extrémité de laquelle se balançait un falot allumé. De près, c'était ridicule. Mais, de loin, c'était féerique.

Ces porte falots n'étaient autres que tous les ouvriers employés par l'Etat, tous les hommes de peine des diverses lignes de chemins de fer qui aboutissent à Metz, tous les sans-le-sou d'outre-Rhin, dont un jour, dans son énergique franchise, M. Bezanson disait au préfet :

— Mais ce sont d'affreuses canailles que ces prétendus travailleurs qui nous sont venus de chez vous !

Ce à quoi le fonctionnaire répliquait tranquillement :

— Oh ! vous exagérez peut-être un peu !

..

Du premier étage du café Bride, je vis le cortège —
si l'on peut appeler ainsi cette voiturée de voyageurs
lancée à fond de train — filer plutôt que défiler entre
ces deux cordons de feu :

En tête, deux gendarmes ; un piqueur; le landau de
l'administrateur civil; puis, dans une calèche découverte, l'empereur et son fils avec la capote militaire et
le casque sans plumet; le premier, enfoncé dans un
coin, et saluant, de la main portée à la coiffure, les
hurrahs des soldats répandus dans la foule et les vivats
des enthousiastes salariés...

Je n'en remarquai pas davantage...

A ces hurrahs, à ces vivats, quelque chose avait répondu, — derrière moi, — qui était comme un rugis-
sement sourd ou comme un sanglot étouffé...

Je me retournai vivement...

C'était une dame de Metz, qui, de la fenêtre où elle
avait pris place à mes côtés quelques instants auparavant, venait d'aller s'abattre sur une chaise en proie à
une violente attaque de nerfs...

On la secourut. Elle se remit. Je lui demandai alors
la cause de cette crise...

Et je n'oublierai jamais avec quel geste frémissant
d'indignation, avec quelle voix tremblante de rage,
avec quel front chargé de menace, avec quels yeux
incendiés de haine, elle me murmura cette réponse :

— Croyez-vous que moi, qui suis une femme, une
mère de famille, une chrétienne, je ne puis, — sans
avoir envie de le tuer, — voir ce vieillard qui nous a
« volés » à la France !

..
.

Quelques instants plus tard, des lueurs sanglantes
montaient dans le ciel sombre, à l'extrémité de la rue.

C'étaient des pots-à-feu que l'on avait allumés sur le
balcon du théâtre, comme Guillaume s'arrêtait devant
la préfecture.

A ce moment, une petite fille — celle de la dame dont
je viens de parler — accourut, tout épouvantée, dans
la salle où nous nous trouvions :

— Maman, maman, s'écria-t-elle, est ce qu'on va
encore brûler la cathédrale ?

Ah ! c'est que ce fut un sinistre épisode du premier
voyage du *Kaiser*, c'est que ce fut une nuit terrible,
— pleine d'effarement, rouge de flamme, toute frémissante de clameurs de colère et de détresse — que
celle où les habitants de Metz faillirent voir leur chère
cathédrale s'abîmer dans un effroyable désastre !

Les vainqueurs l'avaient illuminée pour fêter la première visite de l'empereur. A quatre heures du matin,
le feu de joie s'était changé en incendie. La toiture
flambait comme une immense torche, mordant les tours,
léchant le vitrail admirable, menaçant la nef où les
grosses poutres de châtaignier, calcinées, commençaient à tomber dans une poussière d'étincelles, et secouant au vent sur la ville ameutée son panache de
clartés dansantes...

Sur la place d'Armes, qui s'étend au dessous, la population rugissait d'impuissance. Les Allemands, —
soldats, officiers, généraux, — s'agitaient dans une émotion stérile. L'empereur, réveillé par les appels du
tocsin, des clairons et des tambours, se tenait debout,

dans son manteau, au pied de la statue de Fabert.

— Rassurez-vous, messieurs, s'ingéniait-il à répéter aux personnes qui se désolaient autour de lui, ce monument sera sauvé, — et, s'il a subi des dommages, eh bien, on les réparera...

La cathédrale de Metz fut sauvée, en effet.

Oui, mais par les Messins seuls, qui n'hésitèrent point à aller, — pompiers, prêtres et citoyens, — combattre le fléau jusque dans son foyer !...

Quant aux réparations, on les attend encore. La vieille basilique des rois-ducs d'Austrasie reste découronnée de ses combles. C'est à peine si, pour empêcher l'eau du ciel de pénétrer dans le sanctuaire, on a couvert les dessus du chœur d'une façon économique : avec du carton bitumé !

IX

LES TRIBUNAUX

Le Palais-de-Justice converti en *family house*. — La police correctionnelle. — Despotiques abus de la langue allemande. — Un
accusé qui ne comprend rien à ce qui se passe autour de lui.
— Les juges. — Plaisanterie germanique. — Absence de scrupules. — Un témoin récusé. — Au tribunal de commerce. —
Dialogue entre le président et un ancien juge consulaire. — Les
dames à l'amende. — Procès en diffamation. — Plaidoirie. —
Résultat. — Moralité.

Tous ceux qui ont visité Metz n'ont pas été sans remarquer ce beau Palais-de-Justice moderne, dont les
fenêtres monumentales s'ouvrent sur les parterres, sur
les ombrages de l'Esplanade et, au bas de celle-ci, sur
les plaines qu'arrose la Moselle et que domine le fort
Saint-Quentin.

De l'extérieur, aujourd'hui, cet édifice semble en
proie à toutes les tristesses, à toutes les injures de l'a-
bandon.

Ses fenêtres sont noires de saleté. Plusieurs ont
leurs carreaux brisés. Le vent, la pluie et la poussière
entrent librement dans les salles.

A l'intérieur, figurez-vous une sorte de phalanstère
familial.

Les hautes et vastes salles ont été morcelées — par
des cloisons horizontales et verticales — en une suite
de petits appartements où les magistrats allemands se

sont installés, dès l'abord, avec leurs femmes et leurs enfants.

Histoire de ne pas payer de loyer !

On a laissé juste ce qu'il faut pour juger les gens... à l'étroit !

Mon Dieu, oui : on fricote, on pianote dans le « sanctuaire de Thémis. » Il monte par les escaliers, il circule par les corridors une nourrissante odeur de cuisine aux choux. Parfois, des accords d'épinette, des grincements d'archet, des vocalises à l'aigu viennent troubler la majesté de l'audience et interrompre un réquisitoire, une plaidoirie, un résumé...

C'est, dans une pièce voisine, la « dame » d'un procureur qui étudie ses exercices ; ou le « jeune homme » d'un président qui prend sa leçon de violon ; ou la « demoiselle » d'un huissier qui escalade les tonalités à pic d'un morceau de l'*Or du Rhin* ou du *Crépuscule des Dieux*.

.˙.

J'ai assisté à l'une de ces audiences : celle de la chambre correctionnelle.

Il y avait là, au banc des prévenus, une espèce de vagabond d'un aspect peu recommandable. Un voleur, si j'ai bien saisi ce qui se jargonnait autour de moi. Un coquin, à n'en pas douter. Mais quoi ! était-ce une raison pour l'empêcher de s'expliquer et de se défendre ?

Le pauvre hère ne savait pas un mot d'allemand...

Or, c'était en allemand que le président l'interrogeait ; en allemand, que le ministère public le chargeait ; en allemand que son avocat plaidait pour lui !

Il écoutait tout cela sans le comprendre : muet, incertain, stupide!

A la fin, on le condamna à quelque chose : toujours en allemand, parbleu! On l'emmena. Son regard éperdu paraissait demander :

— Pour combien m'en ont ils donné?

.·.

Les juges allemands *marquent mal*. Négligés, débraillés, communs, des figures à pipes et à bocks. Ils *blaguent* volontiers ceux qui ne peuvent leur répondre. L'un d'eux questionnait un prévenu :

— Avez-vous été déjà condamné ?

— Non, monsieur.

— Eh bien, asseyez-vous : vous allez l'être.

Et pas à cheval sur les scrupules! A Metz, en 1870, ils se sont approprié incontinent tout ce que les magistrats français avaient laissé dans le vestiaire du Palais : robes, toques, rabats, serviettes, etc., etc., etc. M. de X.. avait oublié sur sa robe sa croix d'officier de la Légion d'honneur. On refusa de la lui rendre. Un autre membre du parquet messin retrouva sa toque chez un brocanteur de la rue des Juifs. Seulement, le vendeur avait eu le soin d'en enlever le triple galon.

J'ai constaté tout à l'heure que la langue allemande avait été substituée à la langue française dans la procédure. Il est pourtant permis aux avocats de défendre leurs clients en français. Mais ils n'en font rien le plus souvent. Ce serait certainement le moyen de « leur faire attraper le maximum! » Quant aux témoins, tant

4

pis pour la recherche, pour la manifestation de la vérité, s'ils ignorent l'usage de l'idiome décrété d'État
par le vainqueur. Dans une affaire des plus graves, un
témoin se présente et commence sa déposition en
français. Le président l'arrête aux premiers mots :

— Parlez allemand.

— Je ne sais pas.

— Alors, retirez-vous.

.·.

Pas un Messin n'a consenti à faire partie du nouveau
tribunal de commerce. J'ai entendu, à une séance de
celui-ci, s'engager le dialogue qui suit. Il s'agissait
d'une faillite. L'affaire semblait fort embrouillée. Les
juges paraissaient aux abois. A un moment, l'un d'eux
fit observer à ses collègues que M. T..., l'un des notables
négociants français de la ville, ex-juge à ce même tribunal et fort expert en la matière, se trouvant par hasard dans la salle, il serait opportun d'avoir recours à
lui et de lui demander l'appui de ses lumières.

Aussitôt le président invita M. T... à venir s'asseoir
à ses côtés et le pria de vouloir bien lui apporter l'aide
précieuse de sa compétence.

Le Messin répondit, du fond de l'auditoire :

— Si vous croyez que je puisse vous être utile en
quelque chose, je suis prêt à le faire, dans l'intérêt des
parties en cause, — mais sans quitter la place où je
suis

— Il serait, pourtant, à la fois plus commode et
plus convenable de monter ici près de nous.

— Je m'y refuse absolument.

— Prenez garde. Le refus est blessant pour le tribunal. Je vais être obligé de vous condamner à une amende.

— J'ai de quoi payer : condamnez.

.*.

Ai-je besoin d'ajouter que toute atteinte portée par un Alsacien-Lorrain à ce qu'ils appellent « la dignité de l'Empire » est punie par les juges allemands avec la plus extrême rigueur ?

On connaît cette ancienne histoire :

Deux Messines sont assises sur l'Esplanade. Deux officiers prussiens, accompagnés de leurs honorables moitiés, viennent prendre place sur le même banc. Les dames se lèvent. Un officier court après elles :

— Est-ce nous qui vous faisons partir?

— Oui, monsieur.

L'Allemand appelle un agent de police. Celui-ci dresse un procès-verbal de *conduite injurieuse pour l'armée.* Nos deux compatriotes sont traduites devant la chambre correctionnelle et s'entendent condamner à cinq thalers d'amende. Trop heureuses encore d'esquiver la prison.

.*.

La force n'a pas toujours les rieurs de son côté.

Le docteur D..., un vieux médecin qui a son franc parler au sein du conseil municipal, s'était, un jour, écrié, en sortant d'une séance de ce dernier :

— Quel crétin que *ce kreis-director* qu'on nous inflige pour président !

Le propos fut rapporté à celui-ci, qui, furieux, s'empressa d'intenter une action diffamatoire au trop expansif conseiller.

A l'audience, comme le ministère public s'attachait surtout à démontrer que c'était en vertu des dispositions du Code Napoléon, — ce code « qui est encore le vôtre! » répétait-il avec emphase, — que la poursuite avait eu lieu, et qu'il se voyait dans la dure nécessité de requérir contre le prévenu :

— Eh bien, répliqua l'avocat de M. D..., ces dispositions, dont vous vous servez pour nous accabler, nous n'hésitons pas un seul instant à les invoquer pour nous défendre...

Mon client, dites-vous, a diffamé le plaignant...

— Oui : un fonctionnaire public de l'ordre le plus élevé...

— Un fonctionnaire public, c'est vous qui le constatez. Or, le Code Napoléon déclare, dans les termes les plus formels, que, lorsque la diffamation s'adresse à un personnage de cette catégorie, on a le droit d'en faire la preuve. Nous allons donc avoir l'honneur de vous prouver qu'en qualifiant le plaignant de crétin, nous ne l'avons point diffamé.

Et voilà notre défenseur qui, pendant une heure, avec une verve intarissable, cite, coordonne, accumule, commente tous les faits — et il y en avait par douzaines — de nature à établir que l'épithète échappée au docteur pouvait, en toute vérité, s'appliquer au fonctionnaire allemand...

Jugez si celui-ci faisait triste figure!...

Et si tout l'auditoire — Metz entier était là — s'esclaffait à se tenir les côtes!

A un moment, le ministère public se fâcha :

— Ces rires sont indécents, dit-il; nous ne sommes pas ici en France.

— On le voit bien, riposta prestement l'avocat : En France, le ridicule tue, et M. le *kreis-director*, qui est là à me faire des gros yeux, me paraît jouir de la plus florissante santé.

Il est entendu que M. D... fut condamné à l'amende inévitable.

Mais les habitants de Metz avaient passé une excellente journée.

Et le fonctionnaire fut obligé de solliciter son changement.

X

LA MUNICIPALITÉ

Vieille enseigne strasbourgeoise. — Le renard qui prêche aux canards. — L'éloquence de M. de Manteuffel. — Réplique d'un bourgeois. — Les maires supprimés. — Le conseil municipal. — Sa composition. — Fraudes électorales. — Le notaire et le saute-ruisseau. — Les vivants votent pour les morts. — La protestation. — La persécution. — La résistance. — Cercles fermés. — Un projet à l'étude. — L'allemand, langue municipale et obligatoire. — L'expulsion en masse. — Le pot de terre et le pot de fer. — Comparaison d'un cordonnier. — Maires de campagnes. — MM. Chevandier de Valdrome, de Rancourt et Camus. — Franc parler d'un paysan.

A Strasbourg, dans une vieille rue, il est une taverne avec l'enseigne suivante : *Au renard qui prêche aux canards.*

Maître Renard est là, en chaire, sur un tableau naïf. Coiffé d'un bonnet et habillé d'une robe de prédicateur,

4.

il s'épuise en discours et en gestes persuasifs pour attirer à portée de sa patte un troupeau de canards qui l'é-
coute avec une impassible attention. Mais, défiants,
ceux-ci se tiennent à distance...

M. de Manteuffel, — le *statthalter* ou gouverneur-
général actuel des provinces annexées, — a voulu, dès
l'abord, imiter à l'endroit de celles-ci la conduite du rusé
compère.

Recevant, au débotté, le conseil municipal de Metz :

— Je viens, lui déclarait-il, épouser les populations lor-
raines comme le doge épousait jadis l'Adriatique, et je
suis prêt à vous octroyer, en manière d'anneau de fian-
çailles, toutes les concessions compatibles avec le mandat que m'a confié l'empereur.

Ce à quoi un bourgeois messin ripostait avec har-
diesse :

— Hé ! monsieur le maréchal, je crains bien qu'il n'y
ait incompatibilité d'humeur entre l'épousée et l'épou-
seur. Dans ce cas, on fait mauvais ménage. Or, quand
on fait mauvais ménage, voyez-vous, il faut que, tôt ou
tard, l'on en arrive à une séparation.

.*.

Nous retrouverons plus tard M. de Manteuffel et les
façons expéditives qu'il enguirlande volontiers de toutes
les fleurs de sa rhétorique.

Les procédés de ses prédécesseurs avaient, du
moins, le mérite d'appliquer « la mort sans phrases »
aux choses et aux gens qu'ils avaient condamnés.

C'est ainsi que les mesures arbitraires, excessives et
vexatoires de l'administration allemande avaient rencontré, dans la personne du regretté M. Bezanson, un

maire dont l'opiniâtre énergie leur disputait le terrain pied à pied.

Que fit cette administration ?

Pour se débarrasser du maire, elle supprima la mairie.

On sait que le gouvernement d'Alsace-Lorraine est entre les mains du *statthalter* qui a lui-même sous ses ordres trois présidents départementaux ayant leur siège à Metz, à Strasbourg et à Colmar.

Celui de ces fonctionnaires qui réside à Metz est à la fois maire de la ville et préfet du département.

Il n'en mène pas pour cela une vie plus aisée, — administrativement parlant.

Il ne cesse, en effet, de se heurter, dans le conseil municipal, à un adversaire non moins vaillant, non moins tenace, non moins inébranlable que défunt M. Bezanson.

Le conseil municipal de Metz se compose de trente-cinq membres. On n'y compte guère que *cinq* Allemands. Il n'y en avait même que *deux* avant le dernier renouvellement. Encore au prix de quelles fraudes électorales patentes, grossières et éhontées! Au prix de quelles consciences achetées par la nécessité où la menace! Au prix de quelle pression exercée sur quiconque, de près ou de loin, touche un salaire de l'État! Un notaire allemand disait à un gamin de douze ans qui lui servait de saute-ruisseau :

— J'entends que votre père vote pour nos candidats.

— Mais, monsieur, il est mort depuis 1875.

— *On vous autorisera à voter à sa place.*

.*.

Chaque fois que le conseil municipal se réunit à

l'Hôtel-de-Ville, voici l'incident inévitable et toujours le même qui sert de prologue à la séance :

Sitôt que celle-ci est ouverte, sous la présidence du préfet-maire ou de son représentant, un membre français se lève, demande la parole, et, après en avoir donné lecture à haute voix, dépose sur le bureau de l'agent impérial une protestation signée de tous ses collègues contre l'ordre de choses en vigueur.

Il va sans dire qu'il est immédiatement passé outre à cet acte, que le fonctionnaire allemand s'empresse de déclarer illégal, nul et non avenu...

Qu'importe ? Cette petite scène se reproduit à chaque nouvelle réunion, chacun des conseillers se chargeant à tour de rôle, — à l'exception de nos cinq Allemands, bien entendu, — d'élever le ton pour répéter la revendication du Droit contre le Fait...

Et l'administration ne sait quel moyen employer pour avoir raison d'un entêtement qui, si enfantin qu'il paraisse et si inutile qu'il puisse être, ne laisse pas cependant que de l'exaspérer à l'instar d'une piqûre de taon.

C'est ainsi que les membres lorrains du *Landesausschuss* ayant donné leur démission lorsque l'usage de la langue allemande fut imposé à cette assemblée provinciale, M. de Manteuffel espéra un instant que le conseil municipal de Metz n'hésiterait pas à agir pareillement dans des circonstances identiques.

L'usage de la langue française fut donc interdit — par ukase — dans les séances du conseil municipal.

Le *statthalter* était convaincu que, plutôt que de se soumettre à l'emploi de l'idiome détesté, les conseillers messins abandonneraient leurs sièges à ceux de ses compatriotes qu'il avait sous la main, prêts à les remplacer.

Il n'en fut rien.

Les conseillers messins demeurèrent au poste où les avait appelés le suffrage de leurs concitoyens et où les retenait l'intérêt de la cité.

—. Voyez-vous, me disait l'un d'eux, nous apprendrons l'allemand, s'il le faut, pour crier aux préfets de M. de Manteuffel que nous voulons rester Français.

.·.

Et ce n'est pas seulement l'élimination de l'élément français du corps municipal de Metz que rêve le gouvernement de l'empereur :

C'est l'expulsion en masse de la vieille cité lorraine de tous les habitants qui le gênent !

L'expulsion fatalement amenée — on le pense, du moins, en haut lieu — par les tracasseries quotidiennes, par les brutalités, par les violences sans nombre, sans excuse et sans cause qui ont succédé aux tolérances, aux compromis, aux délicatesses plus ou moins habiles des premières années.

Notaires, avoués, huissiers, gardes champêtres, forestiers et tous autres représentants de l'administration ou des particuliers qui ne pourront ou ne sauront employer la langue allemande, à l'exclusion de toute autre, dans leurs actes officiels, ont été invités à aliéner leur charge ou à résigner leurs fonctions.

Les cercles ont été fermés, sans droit, sans motif, et, naturellement, sans prétexte.

Il y en avait deux, très anciens, l'un libéral et l'autre légitimiste, qui dataient du temps où il y avait à Metz

des partis politiques. Leur fusion avait rendu un peu
d'espoir aux Messins. Ils comptaient se réunir, sans
distinction d'opinions, dans un *Cercle littéraire et com-
mercial* très épuré, où l'on parlerait de la France entre
Français...

Le préfet les avait laissés dépenser une vingtaine
de mille francs pour s'installer dans leur nouveau
local...

Puis, soudain, le voilà qui refuse l'autorisation accordée par son prédécesseur...

On lui a demandé les raisons de ce *veto*. Il a répondu
brusquement qu'il n'avait pas à en donner. C'est clair
et simple, comme vous voyez.

En outre, il est question d'interdire l'accès et la pratique de la ville et de la province à tout Lorrain qui aurait opté pour la nationalité française.

Vieux officiers vivant doucement de leur retraite ;
fermiers exploitant des baux à longue échéance ; pro-
priétaires, industriels fixés hors du pays et venant passer quelques semaines, chaque été, sur le sol qui les a
vus naître ; collégiens de la génération nouvelle faisant
leurs études à Paris et revenant en vacances dans leurs
familles retenues sur la terre lorraine, tout cela va être
éloigné, renvoyé, chassé, balayé par la gendarmerie
tudesque, comme une poignée de malfaiteurs ! Il n'y a
plus à en douter. Les feuilles reptiliennes du crû nous
apprennent que « le projet est à l'étude » (1).

Enfin, dernière mesure qui touche en plein cœur la
plupart des familles messines, un arrêté vient d'être
pris (septembre 1883) d'après lequel « sont tenus de le

(1) On verra tout à l'heure comment ce projet est en train de
recevoir un commencement d'exécution.

déclarer, dans les vingt quatre heures, à qui de droit, tous ceux qui donneront un gîte à une personne non sujette de l'empire allemand. »

Dans cette catégorie, dont l'élasticité est soumise au caprice du directeur de la police, sont compris les parents, les amis, les domestiques, etc., etc., etc. Un père qui reçoit son fils, une fille qui reçoit sa mère, un particulier qui héberge une connaissance, chacun est contraint d'indiquer les noms, prénoms, date et lieu de naissance, profession et religion du visiteur. Sans oublier le motif du voyage et la durée exacte du séjour!

Trop heureux le voyageur et son hôte, s'ils ne voient point, — celui-ci, autour de son logis, et celui-là, derrière ses trousses, — rôder quelque limier chargé de dépister le but des allées et des venues du premier et de contrôler l'exactitude des déclarations du second!

∴

Eh bien, croirait-on que dans cette lutte du pot de terre contre le pot de fer, — un pot de fer qui a la forme d'un casque à pointe, — c'est le pot de terre qui résiste le plus longtemps?

Le pot de fer *fuit* le premier.

J'entends que deux ou trois gouverneurs-généraux et une bonne demi-douzaine de préfets se sont déjà usés, se sont déjà brisés contre l'indestructible patriotisme de la municipalité, de la population messines.

Celles-ci ont vu partir les uns, elles ont vu arriver les autres en faisant provision de courage et de patience.

Elles n'ignorent point, en effet, qu'avec les uns comme avec les autres, ce sera toujours la même persécution, plus ou moins déguisée ou plus ou moins ouverte. Mais loin de les abattre, la persécution les soutient et les excite. Je demandais à un pauvre diable de cordonnier de la rue Chambière :

— N'est-ce pas le baron de Hammerstein qui est actuellement votre administrateur?

— Ma foi, me répondit-il avec indifférence, je n'en sais rien... C'est bien possible...

Puis, empruntant à son métier une comparaison pittoresque :

— Hélas! c'est toujours la même botte. On remonte parfois la tige. Mais on ne change jamais le talon.

.˙.

Dans les campagnes, nombre de maires se sont ralliés. Par spéculation ou par peur. Ce sont ceux qui, comme M. Chevandier de Valdrome à Saint-Quirin, ne dédaignent point de tenir l'étrier à M. de Manteuffel et de mettre, pour le traiter, les petits plats dans les grands. D'autres, par exemple, comme M. de Rancourt à Charly, s'arrangent pour n'être pas chez eux quand le maréchal-gouverneur leur rend visite et aiment mieux recevoir sa carte que sa personne. Il y en a, comme M. Camus à Ars-sur-Moselle, qui n'hésitent pas à glisser dans les compliments de bienvenue qu'ils sont obligés d'adresser au lieutenant de l'Empereur des phrases d'une sanglante ironie dans le genre de celle-ci :

« *Nous connaissons tous les efforts tentés par votre paternelle administration pour adoucir aux annexés les douleurs bien légitimes de l'annexion.* »

Il y en a, enfin, qui ont leur franc parler avec M. le *statthalter* en tournée d'informations.

Celui-ci questionnait un maire des environs de Saint-Avold :

— Etes-vous content des officiers qui ont été cantonnés dans votre commune pendant les dernières grandes manœuvres de cavalerie ?

— Très content, excellence. Ils étaient très doux, très polis, très convenables, et ils payaient tout ce qu'ils prenaient. On aurait juré des Français.

XI

LE CAS DE M. ANTOINE

Chez le coiffeur. — Physionomie du député de Metz. — Bout de causerie. — Ce que veut M. Antoine. — Ses antécédents. — Il est élu membre de la délégation d'Alsace-Lorraine. — Il est envoyé au Reichstag. — Sa profession de foi. — *Metz-Journal.* — Lettre au *statthalter*. — Visite domiciliaire. — La correspondance de M. Antoine publiée par la *Gazette de l'Allemagne du Nord.* — *Tolle* universel. — Protestation de la *Gazette de Berlin.* — Intérieur du député. — Sa conversation avec un reporter. — Son arrestation. — Sa détention. — Sa mise en liberté. — Les vingt-huit jours d'un homme qui n'est pas réserviste. — M. Antoine à Paris.

J'étais en train de me faire accommoder chez un coiffeur de la rue des Clercs.

Entre un client d'allures dégagées et de mine avenante.

Trente-cinq à quarante ans. Petit, brun, bien en point. La moustache épaisse et noire ; la lèvre franche ; le

5

regard clair, vif et aigu. Dans l'ensemble, quelque chose de *bon enfant* et de décidé à la fois.

Tous ceux qui sont là se lèvent avec empressement. On l'entoure. Chacun lui serre la main et lui fait fête. Mon barbier me souffle à l'oreille :

— C'est M. Antoine, le député au Reichstag.

Je me lève à mon tour et je salue avec une sympa‑thique curiosité le bouillant et vaillant patriote. Un ami commun nous présente l'un à l'autre. Nous causons ou plutôt je l'écoute :

— Voyez-vous, me dit-il dès l'abord avec chaleur, nous formons à Metz, — et tous mes efforts tendent à le maintenir, — un parti français pour faire tête à l'Alle-magne conquérante. Il n'y a plus ici, sauf de rares exceptions, ni légitimistes, ni orléanistes, ni républi-cains, ni radicaux. Il n'y a, dans notre parti de la protestation, que des Français qui veulent revenir à la France et qui souhaitent de voir se lever le jour où ils redeviendront, avec l'Alsace, Français comme avant 1870. Quand ce jour sera venu, libre à nous d'entrer dans des groupements politiques divers. Mais, jus-que-là, nous voulons faire trêve à nos préférences, qui seraient d'ailleurs toutes platoniques, et nous ne pen-sons qu'au but unique : au retour de Metz et de l'Alsace à la patrie française.

Quand nous allons en France, nous demandons si on pense à nous, si on espère entrer en ligne un jour, faire quelque chose en un mot pour ces deux provinces qui expient à elles seules, après les cinq milliards payés, les fautes de la France.

L'Empire seul fut coupable : d'accord. Mais pour nous, l'Empire c'était la France ; la République c'est la France ; une monarchie, ce serait la France, tou-

jours et uniquement la France, notre cher pays, qui,
nous l'espérons, ne nous oublie pas... Rien ne me fera
dévier de ce programme et je fais les vœux les plus
ardents pour qu'un avenir prochain nous apporte ce
que nous appelons de tous nos vœux depuis tant
d'années déjà : la revanche.

.•.

Ce langage ardent et sincère vous donnera la
mesure de ce qu'est, de ce que pense et de ce que veut
M. Antoine.

Il ne fait, du reste, que reproduire ce qu'écrivait la
Ligue d'Alsace, lorsque les provinces annexées durent,
pour la première fois, envoyer des députés à Berlin :

« Nous avons jugé qu'il y a nécessité politique à
oublier, en présence de l'ennemi, tous nos dissenti-
ments intérieurs, pour ne nous souvenir que de la
France. Et, sur ce terrain-là, nous nous sommes tous
retrouvés, catholiques, protestants, juifs, royalistes et
républicains, étroitement unis dans notre attachement
à la patrie. C'est pour le parti national que nous représentons un gage assuré de succès, et nous le maintien-
drons envers et contre tous. »

M. Antoine est un ancien élève de l'école d'Alfort,
qui s'est établi médecin vétérinaire à Metz.

En 1870, il a fait bravement ses preuves devant
Thionville.

En 1872, les Messins l'ont choisi pour l'un de leurs
conseillers munipaux. Plus tard, il fut élu membre de
la Délégation d'Alsace-Lorraine. En 1882, il prononça
à cette assemblée, au sujet de la désastreuse situation
des pays annexés, un discours énergique et modéré

tout à la fois qui eut un immense retentissement à Metz
et à Strasbourg. Enfin, le 18 décembre de la même
année, il succéda, comme député de Metz au Reischstag,
au regretté M. Bezanson. Dans la profession de foi qu'il
adressa à ce propos aux électeurs :

« Au Reichstag, dit-il, j'affirmerai que l'annexion
a vivement blessé nos sentiments d'hommes libres, de
citoyens, et je répéterai hautement à nos vainqueurs,
dont la règle de conduite a été : *Malheur aux vaincus!*
ce que je déclarais, en 1882, à la Délégation d'Alsace-
Lorraine :

« Malgré nous, il nous restera quelque chose que
vous ne pourrez jamais nous enlever...

» Ce quelque chose, c'est l'espoir! »

.·.

Le député n'a pas failli aux promesses du candidat.

Plus d'une fois, la fougueuse et généreuse parole
de celui que les gazettes allemandes appellent ironi-
quement « le vétérinaire de Metz » a troublé le sommeil
et la digestion du chancelier de fer et de son vieil empereur.

Ceux-ci ne le lui ont point pardonné.

Ils ne lui ont point pardonné les témoignages de
respect, de cordialité fraternelle que Paris lui a pro-
digués, alors que, sous la bannière d'Alsace-Lorraine
voilée de deuil, il marchait derrière le cercueil de
Gambetta.

Dans le courant de l'an passé, M. Antoine demanda à
M. de Manteuffel l'autorisation de publier *Metz-
Journal.*

Cette autorisation lui fut brutalement refusée.

On se rappelle la lettre indignée par laquelle notre compatriote protesta contre ce nouvel abus de pouvoir.

On y lisait, entre autres choses :

« Avant de connaître *Metz*, vous l'avez frappé : c'est beaucoup d'honneur. Si vous aviez mûrement réfléchi avant de signer l'arrêt, vous vous seriez convaincu que vous alliez jusqu'à abuser de la dictature, car les articles 10 de la loi du 30 décembre 1871 et 2 de la loi du 4 juillet 1879, ne vous autorisaient à recourir aux pouvoirs dictatoriaux, qu'au cas où la sécurité publique serait menacée.

« Comment la sécurité publique peut elle être menacée par un journal qui n'a pas paru ? A moins cependant (je ne suis pas dans le secret des dieux) qu'une goutte d'eau fasse déborder le vase ; et encore il me semble que la sécurité de quarante millions d'habitants, tous armés, et protégés par des remparts et des milliers de canons, ne peut jamais être menacée par un journal. Si malgré tout, il y a quand même menace, eh bien ! je vous le répète, monsieur le maréchal, c'est beaucoup d'honneur pour *Metz*. Votre arrêté parle aussi de personnes qui pactisent avec l'étranger, qui mettent en péril la situation légale du pays telle qu'elle a été établie, en vertu du droit des gens...

« Vous savez mieux que moi ce qu'est un traité ; je ne crois pas que, dans l'arrêté que vous avez pris, ce soit moi qui sorte de la légalité. Quant à pactiser avec l'étranger, je ne comprends pas et je n'admets pas ce grief ; laissez-moi ajouter, monsieur le maréchal, que le droit des gens, sous votre plume, me semble une amère dérision, une cruelle ironie !

« Votre arrêté ne se défendant pas au point de vue légal, il devient évident qu'il constitue un acte de persécution personnelle, qui met hors la loi le député de Metz.

« C'est le dernier mot du *Væ victis !* »

.*.

Or, au lendemain de l'apparition de cette lettre, une escouade d'agents de police envahissait le domicile de M. Antoine. On crochetait ses portes, on forçait ses serrures, on ouvrait ses tiroirs. Puis, la bande se retirait en emportant la correspondance de l'honorable citoyen.

Puis encore, à quelques jours de là, une correspondance paraissait dans la *Gazette de l'Allemagne du Nord,* et cet organe subventionné des colères bismarckiennes annonçait que, de ce chef, le député de Metz allait être poursuivi pour crime de haute trahison !

Toute la presse européenne se leva d'un même élan pour flétrir ce qu'une pareille façon d'agir avait d'anormal et d'odieux.

Toute : à l'exception des journaux allemands, bien entendu.

Je me trompe : il se rencontra à Berlin un journal, — un seul, il est vrai, — assez indépendant et assez honnête pour condamner, dans des termes d'une indignation énergique, les pratiques auxquelles le gouvernement d'Alsace-Lorraine avait eu recours dans le procès qu'il manifestait l'intention d'intenter à notre compatriote.

La *Gazette de Berlin,* feuille des plus monarchistes, réclama l'intervention de l'autorité, non point contre le prétendu coupable, mais contre ceux qui avaient saisi sa correspondance privée pour la livrer à la publicité.

« Ce qui vient d'arriver à M. Antoine, disait la *Gazette de Berlin*, pourrait arriver chaque jour à n'importe quel autre citoyen de l'empire, s'il ne se trouvait plus de juges à Berlin pour revendiquer, par un châtiment sévère, les droits garantis par la Constitution et par le Code de procédure criminelle.

» Comment ! une perquisition domiciliaire est opérée, on ne sait pas sous quel prétexte, chez le député de Metz, on saisit des lettres confidentielles et des communications d'un caractère aussi intime qu'inoffensif, et, quelques jours plus tard, tout cela se lit au menu dans les colonnes d'un journal officieux ?

» Peu importe que ces lettres soient criminelles ou qu'elles constituent des preuves à l'appui de la poursuite, ce qui, du reste, n'est guère probable, à en juger d'après la correspondance publiée. Quel citoyen, qui ressent encore la moindre notion de justice et de respect de soi-même, ne songerait pas avec la plus profonde indignation à la possibilité de se voir traité de la même façon ?

» Cependant, on se demandera comment un abus aussi grossier, une violation aussi flagrante du secret de correspondance ont été possibles.

» Par quels moyens la *Gazette de l'Allemagne du Nord* « a-t-elle été à même », pour employer ses propres termes, de publier des lettres d'autrui, sans l'autorisation du destinataire ou de ses correspondants ? Nous n'en savons rien ; mais ce que nous savons, c'est qu'aux termes de l'article 94 du Code de procédure criminelle, il n'est point permis de saisir d'objets autres que ceux qui pourraient avoir une importance comme pièces à l'appui de la poursuite.

» Et ces pièces-là, d'après le même article du Code,

« doivent être conservées au greffe ou gardées d'une autre manière quelconque. »

» Dans tous les cas, leur publication est illégale, puisque l'article 110 prescrit ceci :

« *L'examen des objets saisis appartient au juge seul. D'autres fonctionnaires ne sont autorisés à prendre connaissance du contenu des papiers saisis qu'avec le consentement exprès du propriétaire.* »

.·.

M. Antoine habite — avec sa femme et ses deux enfants — au premier étage d'une grande vieille maison, triste et grise, dont la porte s'ouvre sur la rue Royale et dont les fenêtres regardent la place Saint-Louis : la place Saint-Louis, avec ses arcades basses et sombres sous lesquelles les cabarets borgnes coudoient les cuisines économiques et les échoppes de fripiers.

Devant cette porte et sous ces fenêtres, on voit se promener nuit et jour, par la pluie ou le mauvais temps, quelque estaffier en bourgeois qui ne se donne même pas la peine de dissimuler l'estampille de la police imprimée dans ses allures inquiètes et clouée entre ses yeux fureteurs.

Quiconque, ayant tournure française, franchit le seuil de cette porte ou se laisse apercevoir derrière ces fenêtres, est sûr inévitablement d'être *filé* à sa sortie et de devenir l'objet d'un rapport adressé à l'autorité.

Quant au député de Metz, il ne saurait hasarder un pas sur le pavé de la rue sans qu'un de ces limiers se glisse dans son ombre ou marche dans ses semelles.

M. Antoine n'est pas riche.

Ses fonctions de membre du Reichstag, si elles ne sont pas sans danger, sont absolument sans profit.

L'intérieur du vaillant protestataire est donc plutôt celui d'un médecin de campagne que d'un bourgeois cossu ou d'un chef de parti.

C'est dans ce milieu modeste, où l'on sent les soins incessants d'une ménagère intelligente et dévouée, — madame Antoine, fille d'un huissier des environs de Bouzonville, douée de toutes les qualités de l'esprit et du cœur, — c'est dans ce milieu, disons-nous, que notre confrère Pierre Giffard s'en vint *interviewer* le député de Metz à la date du 30 septembre 1883.

C'était quelques jours après la perquisition opérée au domicile de ce dernier et après la publication de ses lettres par la *Gazette de l'Allemagne du Nord*.

— De quoi vous accuse-t-on? demanda le reporter parisien.

M. Antoine répondit :

— Je suis accusé de deux crimes : 1° haute trahison ; 2° intelligence avec l'ennemi ou quelque chose d'approchant, ce qui se réduit au fait — imaginaire d'ailleurs — d'avoir expédié de Pagny-sur-Moselle, frontière française, des dépêches anti-allemandes concernant l'affaire de la *Norddeutsche Zeitung*.

Le crime de haute trahison est très habilement déduit par le Parquet allemand. Malheureusement il ne repose sur aucun fait réel. On veut prouver que je suis ici l'agent du gouvernement français, qu'en cette qualité je reçois de ce gouvernement une rétribution pécuniaire, et que je tombe sous le coup de la loi en entretenant avec un pays étranger des négociations

5.

qui ont·pour but de détacher de l'Empire des provinces
qui en font partie intégrante.

On sait que je vais souvent à Paris, que je vois mes
amis et que beaucoup de mes amis sont au pouvoir ou
autour du pouvoir sous la République, que je m'informe auprès de ces amis de l'état de la France, des
projets qu'on peut y former pour l'avenir, afin de redire
à mes compatriotes en revenant à Metz ce que j'ai vu
et entendu à Paris, qui reste pour nous la capitale de
notre vieille France. Et de là, ces messieurs de la justice ont conclu que j'occupais ici un poste actif : lequel?
Je serais bien embarrassé de le définir. Ils ont fouillé
partout dans mes papiers, et je n'ai pas besoin de vous
dire qu'ils n'ont rien trouvé qui puisse être utile, en
quoi que ce soit, à l'édification de leur roman. Tout ce
qu'ils ont saisi se résume dans une correspondance
politique à laquelle je tenais comme un héritage précieux et que je comptais léguer à mes enfants. Cette
correspondance est un ensemble de lettres que m'a-
dressèrent mes électeurs et nombre d'étrangers à
Metz au moment de ma nomination. Je pense d'ailleurs
que le gouvernement ne la gardera pas et me rendra,
lorsqu'il aura fini de les publier, ces documents qui
n'ont rien de subversif.

— Quelle est la pénalité que vous pourriez encourir?

— La détention perpétuelle ou cinq ans de forteresse,
selon qu'on m'accorderait ou non des circonstances at-
ténuantes; mais il faut croire que les preuves de ma
trahison n'abondent pas, puisque je n'entends plus
parler de rien.

.·.

Or, dans la nuit de ce même jour où le député de

Metz déclarait au rédacteur du *Figaro* « qu'il n'entendait plus parler de rien, » des pierres furent lancées par des agents de police dans les fenêtres de la maison de la place Saint-Louis.

On espérait que, réveillé par cette agression, M. Antoine descendrait pour en savoir la cause ou en tirer raison, et qu'il serait alors facile de *l'enlever* sans exciter l'attention.

Mais madame Antoine supplia son mari de ne pas descendre, et celui-ci ne descendit pas.

Le lendemain, après son dîner, notre compatriote sortit pour se rendre au café où il a l'habitude de passer quelques instants dans la soirée.

Comme il se préparait à y entrer, quelqu'un le toucha à l'épaule.

Le député se retourna et reconnut un des nombreux policiers attachés à sa personne

— Monsieur, lui annonça cet homme, M. le directeur a besoin de vous entretenir sur-le-champ pour une affaire qui ne peut souffrir aucun retard.

— C'est bien. Marchez devant. Je vous suis.

Le jeudi précédent, M. Antoine était allé se concerter à Strasbourg, avec M. Kablé, au sujet des mesures d'exception dont il venait d'être l'objet. Il avait tout lieu de croire que le chef de la police le mandait pour l'interroger à l'endroit de ce voyage. Grande fut donc sa surprise quand, arrivé dans le cabinet du fonctionnaire, il entendit celui-ci lui déclarer péremptoirement :

— J'ai l'ordre de vous arrêter. Voici le mandat d'amener décerné par le procureur général près la cour suprême de Leipzig. Vous allez être incarcéré.

Le Lorrain ne sourcilla point. .

— Me sera-t-il permis, demanda-t-il, de faire mes adieux à ma famille?

— Oui; sous escorte.

On le conduisit donc chez lui, où dix minutes lui furent accordées pour prendre congé des siens, — en présence des agents, — et où, de tous les objets dont il pouvait avoir besoin, on ne lui laissa emporter qu'un code, pour préparer sa défense.

On le mena ensuite à la maison d'arrêt, où un juge d'instruction l'attendait.

Ce dernier se borna à lui poser cette question :

— Désirez-vous le retour par la force à la France des deux provinces annexées?

— Oui, répondit vivement le député de Metz, je désire que mon pays redevienne français... Certes, je préférerais obtenir ce résultat par des voies pacifiques, diplomatiques, si mieux vous semble... Mais, si la force est nécessaire pour déchirer le traité de Francfort, eh bien, je suis pour la force !

Le juge se leva sur cette fière réplique, et, s'adressant aux gens de la prison :

— Conduisez l'accusé dans la cellule qui a été disposée pour le recevoir.

.•.

La nouvelle de l'arrestation de M. Antoine causa dans toute l'Alsace-Lorraine une émotion d'autant plus profonde qu'elle dut rester silencieuse dans l'intérêt du prisonnier.

« Ce sentiment, écrivait-on de Metz à la *France* à la date du 3 octobre, est peu visible dans nos rues. Les

Messins ont pris depuis longtemps l'habitude de re-
fouler au fond du cœur, lorsqu'ils sont hors de chez
eux, les amères pensées dont l'expression ouverte
comporterait un inutile danger. Mais dans les familles
françaises, aux foyers de plus en plus rares où l'on
parle de la patrie absente, chacun donne libre cours à
son étonnement, à son indignation. »

Les amis de M. Antoine avaient sollicité sa mise en
liberté sous caution.

Elle leur fut refusée.

Toutefois, il convient d'ajouter qu'en tant que prisonnier, notre compatriote n'eut pas trop à se plaindre
des procédés de l'administration allemande.

C'est, du moins, ce qui ressort de la rectification
suivante adressée par M⁰ Muller, avocat de l'honorable
accusé, à un journal parisien qui avait annoncé la mise
au secret absolu de son client :

« Madame Antoine peut voir librement son mari.
Tous les amis du prisonnier qui ont demandé au juge
d'instruction la permission de visiter M. Antoine ont vu
leur demande accueillie sans la moindre difficulté.
M. Antoine reçoit les journaux qu'il désire lire ; il reçoit
les livres qu'on veut bien lui envoyer. Il peut fumer et
faire venir son manger du dehors. Quant à moi, je puis
le voir lorsque je le veux et lorsqu'il le désire. Jamais
encore il n'est venu à l'idée de M. Gœring, juge d'instruction, de m'interdire de communiquer avec mon
client et d'accomplir par cette interdiction un acte contraire aux dispositions de l'article 148 du Code d'instruction criminelle. »

Dans la *France*, M. Lucien Nicot soulignait cette rectification des réflexions que voici :

« Nous prenons acte des déclarations de M. Muller et

nous rectifions volontiers l'information que nous avons publiée. Les procédés que nous signale le défenseur de M. Antoine sortent trop des habitudes bien connues de nos aimables voisins pour que nous n'en prenions pas bonne note, et nous sommes trop les amis de l'honorable député de Metz pour ne pas nous réjouir, et pour lui et pour nous, de voir l'instruction de son procès confiée à un juge aussi corciliant que l'est M. Gœring.

» Nous savons pertinemment que ce magistrat est aimé à Metz, et il ne saurait nous coûter de rendre un sincère et peu suspect hommage à sa parfaite intégrité.

» Mais si M. Antoine jouit à la maison d'arrêt de Metz de toutes les libertés qui sont compatibles avec sa situation, il n'en est pas moins vrai que la Cour suprême n'a pas encore répondu à sa demande de mise en liberté sous caution. Les juges de Leipzig craignent-ils, par hasard, que le patriote messin ne cherche à échapper par la fuite aux conséquences du procès qui lui est intenté?

» Quelle que soit l'opinion que nous ayions dans l'affaire, cette supposition ne nous semble guère admissible. La Cour suprême sait fort bien à qui elle a affaire; elle sait que M. Antoine, comme il l'a suffisamment prouvé depuis un an, ne manque ni d'énergie ni de courage, et qu'il ne lui peut venir à la pensée de se dérober au moment critique.

» En l'état actuel des choses, la personnalité de M. Antoine disparaît. Il n'est, pour ainsi dire, que le représentant, le porte-parole des électeurs qui l'ont envoyé au Reichstag pour y défendre un programme de protestation et d'action. Ce n'est pas à lui que l'Allemagne fait le procès: c'est à la population messine tout entière, à cette population dont il est l'avocat, le défenseur naturel.

» En présence de cette situation que personne n'ignore de l'autre côté du Rhin, nous nous demandons pour quelles raisons la Cour de Leipzig persiste à maintenir M. Antoine en prison. La loi allemande autorise souvent la mise en liberté sous caution de voleurs et de faussaires ; pourquoi ne la permettrait-elle point dans ce cas où il s'agit d'un homme dont l'honorabilité ne saurait être mise un moment en doute ? »

.˙.

J'ignore s'il y a encore des juges à Berlin...

Mais, dans cette circonstance, il y en eut à Leipzig.

Le procès intenté au député lorrain par le gouvernement de M. de Bismarck était perdu d'avance devant l'opinion publique. La Cour suprême ne craignit point de donner raison à celle-ci. Elle rendit en faveur de l'accusé une ordonnance de non-lieu.

De fait, rien dans l'examen des pièces du dossier n'avait été trouvé de nature à établir la culpabilité du *leader* du parti de la Protestation.

Ce dernier était incriminé du chef de conspiration, — c'est-à-dire, d'après la définition du mot, de complot secret tramé contre la sûreté de l'Etat.

Or, le patriote messin n'avait jamais cessé d'agir ouvertement, à la Délégation d'Alsace-Lorraine comme au Reischstag, à Metz comme à Berlin.

Ses sentiments, ses opinions, ses *desiderata*, il les avait émis en pleine lumière, dans les discours par lui prononcés, dans sa profession de foi, dans le programme du journal interdit par M. de Manteuffel, et, en dernier lieu dans la lettre énergique adressée par lui au *statthalter*, — lettre ou il n'hésitait pas à dire :

« J'oserai quand même et plus que jamais, en rem-
plissant le mandat que le peuple m'a confié, répéter à
l'Allemagne entière quelles sont mes aspirations, quelles
sont nos revendications, et lui rappeler aussi qu'il n'y
a rien d'éternel ici-bas. »

.·.

Un beau matin, on annonça à M. Antoine qu'il allait
être remis en liberté.

Le député sortit de prison aussi tranquillement qu'il
y était entré.

Cette détention inattendue, non plus que l'accusation
terrible qui avait pesé sur sa tête, n'avait en rien dimi-
nué son courage et sa bonne humeur.

Il avait été arrêté le 1er octobre.

Il fut relaxé le 29.

Aussi, à quelques jours de là, au dîner de noces de
mademoiselle M..., nous disait-il avec gaieté :

— Quoique je ne sois pas réserviste, je viens de faire
mes vingt-huit jours.

. . . .

J'ai revu, cet automne, M. Antoine à Paris.

Il y venait conduire son fils âgé de douze ans, qui
entrait à Louis-le-Grand, en quatrième.

Le jeune lycéen a été adopté par la Société des Alsaciens-Lorrains et par la Ligue des Patriotes.

— Si tu travailles bien, lui ont dit ses parrains, l'on
t'appellera Antoine *de Metz* ; sinon, on te désignera
sous le nom d'Antoine tout court.

L'enfant a promis de s'efforcer de mériter toujours le
droit d'ajouter à son nom celui de la ville natale.

On m'avait raconté que lors de l'arrestation du père,

la découverte à son domicile d'une bague portant ce
mot : *Revanche* avait servi à échafauder contre lui
to..te une série de ridicules imputations.

Aussi, remarquant que M. Antoine avait à sa cravate
une épingle aux armes de Metz :

— Ne redoutez-vous pas, lui dis-je que le port de
cet « emblème séditieux » ne vous fasse de rechef avoir
maille à partir avec l'inquisition allemande ?

— Bon ! repartit en riant notre compatriote, je suis
encore assez solide pour supporter un nouveau séjour
en prison.

Il me raconta le fait su..ant qui donnera une idée de
l'acharnement avec lequel on le surveille, même en
voyage :

Au mois de mai dernier, il se trouvait à Paris : à sept
heures du matin, une voiture, commandée par lui la
veille, vient le chercher boulevard Maillot ; il monte
rapidement, et le cheval part à fond de train. En quelques minutes, le député de Metz était rendu au boulevard. Il s'attable à la terrasse d'un café en compagnie
de deux personnes : aussitôt un monsieur âgé, fort
correctement vêtu, s'approche du groupe et demande :

— M. Antoine est-il parmi vous ?

— Assurément, répond M. Antoine lui-même.

— C'est parce qu'il y a là deux individus à tournure
bizarre, dont l'un vient de dire à l'autre : « *Avons-nous
eu du mal à le suivre et comme sa voiture filait vite
dans l'avenue des Champs-Élysées !* »

M. Antoine remercia le conseiller inconnu et se tint
sur ses gardes, sachant qu'une parole imprudente eût
fait sur-le-champ peser sur lui les plus graves accusa-
tions, en vertu de l'*extra territorialité* et des pouvoir
discrétionnaires du gouverneur d'Alsace-Lorraine ;

car les malheureuses provinces sont encore sous le régime de l'état de siège.

XII

MONSEIGNEUR DUPONT DES LOGES

Silhouette de l'évêque de Metz. — Premières exigences des Allemands. — Fin de non-recevoir du prélat. — La sentinelle et la
grand'porte de l'évêché. — La question des séminaristes. — Visite à la préfecture. — L'empereur et l'évêque.— Un descendant
de Conan Tête-de-Fer. — L'opinion de Gambetta. — Le clergé
Alsacien-Lorrain. — Son attitude. — Incorruptible et irréconci-
liable.— Souvenir de voyage. — La chasse au curé.— Gendarmes
et forestiers. — *Domine salram* et *Domine salvum.* — Les Bavarois à
la cathédrale.— Messe militaire. — La nouvelle église de la garnison. — La grande chope de Sa Majesté.

Un personnage qui donne aussi « du fil à retordre »
aux occupants, c'est monseigneur Dupont des Loges.

Celui-ci est — physiquement — l'antipode de M. Antoine.

Grand, maigre, pâle, le masque en lame de couteau
et le nez tranchant dans le vent, il semble n'avoir que
le souffle.

Et, cependant, en face des avances et des menaces
de l'Empire, l'évêque de Metz pourrait à bon droit revendiquer ce surnom de *mur de pierre* (*stonwall*) qui
fut celui de l'un des généraux américains de la guerre
de sécession.

Nos vainqueurs ont dû renoncer à avoir raison de ce
Breton têtu, d'une froideur, d'une impénétrabilité hautaines.

Au lendemain de l'entrée des Allemands dans la place, un général se présenta à l'évêché :

— Monseigneur, dit-il au prélat, nos troupes comptent nombre de catholiques qui désirent s'acquitter de leurs devoirs religieux...

— Je ne les en empêche pas, monsieur.

— Il faut, en conséquence, que l'une de vos églises soit mise à leur disposition.

— Les portes de nos églises sont ouvertes à tous les fidèles.

— Nous voulons la cathédrale pour paroisse de la garnison.

— La cathédrale, comme les autres, est prête à recevoir quiconque y vient prier.

— Soit ; mais le prince Frédéric-Charles entend que ce soit Votre Grandeur qui se charge d'officier en personne à la messe militaire qui y sera célébrée chaque dimanche, à midi, spécialement pour nos soldats.

L'évêque regarda son interlocuteur en face.

Ensuite, appuyant sur les mots :

— Monsieur, répondit-il, vous voudrez bien annoncer de ma part au prince Frédéric-Charles que le mauvais état de ma santé m'interdira désormais d'officier à la cathédrale, et qu'à dater de ce jour, elle ne me permettra plus de dire la messe ailleurs que dans mes appartements.

.•.

Comme sous le gouvernement français, la *Commandatur* allemande avait placé un factionnaire à la porte de l'évêché.

Un matin, de la fenêtre de son cabinet, monseigneur Dupont des Loges aperçoit cette garde d'honneur. Il descend aussitôt et congédie le soldat. L'état-major en renvoie un autre. Le prélat descend de nouveau :

— Mon garçon, je n'ai pas besoin de vous ; retournez à votre caserne.

La sentinelle objecte sa consigne.

L'évêque fait venir une voiture :

— Montez près de moi. Je le veux. Je vais vous ramener à vos chefs.

Lorsque les Messins virent passer leur évêque en compagnie d'un fusilier installé à ses côtés, ils crurent à une arrestation. Ce fut un commencement d'émeute. La population courait derrière le véhicule avec des clameurs de colère et de menaces. Monseigneur Dupont des Loges s'était fait conduire à l'hôtel du gouverneur.

— Général, dit-il à ce dernier, puisque vous ne voulez pas reprendre votre factionnaire, je vous le rapporte. La vue de son uniforme m'est pénible. Je vous prie de me l'épargner.

— Impossible, reprit l'Allemand : ce soldat est là en vertu du décret français de messidor, qui détermine les honneurs dus aux dignitaires de l'Eglise, et il y restera, malgré votre désir.

— Très bien : je n'ai plus qu'à m'arranger en conséquence.

Le fusilier, l'arme au bras, se promène toujours devant la grand'porte de l'évêché...

Oui, mais l'évêque ne se sert plus de cette porte...

Au fond d'une petite cour, il a fait remettre en état une vieille poterne perdue qui communique avec une ruelle détournée...

C'est par cette issue qu'il s'échappe pour vaquer à ses devoirs, à ses promenades, à ses visites, à ses aumônes...

Il esquive ainsi la double obligation de recevoir le
salut de la sentinelle allemande, — et de le rendre à
celle-ci.

.·.

Une seule fois depuis quatorze ans, on a vu monseigneur Dupont des Loges sortir par la maîtresse porte
de son palais épiscopal.

Ce fut à l'époque du premier voyage de l'empereur
Guillaume à Metz.

Quelque temps auparavant, il avait été question d'in-
corporer dans l'armée allemande les séminaristes français qui achevaient leurs études en Alsace-Lorraine.

La cour était descendue à la préfecture. Le prélat en
prit le chemin dans son antique carrosse de gala. Il était
en habit de cérémonie : la soutane à boutons rouges, la
large ceinture, les gants violets, le chapeau à ganse
d'or, la croix sur la poitrine. Tel il était entré au
Reichstag, le 18 février 1871, pour joindre sa protestation à celle des autres députés alsaciens-lorrains.

Ce fut toute une rumeur par la ville, quand il la traversa en semblable équipage.

Quoi! il se rendait chez l'empereur !

On se demandait avec stupeur :

— Ah ça! est-ce que celui-là va *tourner* ?

Quand il arriva à la préfecture, Guillaume allait se
mettre à table.

Alors qu'on l'annonça, il y eut une grande surprise.
Une grande joie pareillement. On se félicita de sa visite comme d'une conquête. Le prince impérial courut
à sa rencontre :

— Monseigneur, que nous sommes heureux !...

— Altesse, je suis venu réclamer un acte d'équité de
votre auguste père...

— Eh bien, vous le lui réclamerez à table. Je vous
placerai à ses côtés. C'est entendu, n'est-il pas vrai ?

Monseigneur Dupont des Loges céda. Il prit place
près de Guillaume, ne toucha à rien de ce que l'on posa
devant lui, et se contenta de plaider la cause de ses séminaristes. Le vieux monarque l'écouta avec bienveillance. Puis, à la fin, avec rondeur :

— Voilà qui est convenu, monseigneur. La question
de ces jeunes gens sera résolue selon vos vœux. Je les
dispense de servir dans mes armées.

— J'ai la parole de Votre Majesté ?

— Je vous l'engage devant témoins.

Le prélat se leva, et, saluant :

— Alors, que Votre Majesté mette le comble à ses
bontés en m'autorisant à me retirer. Je n'ai plus rien à
faire ici.

.·.

Ah ! dame ! c'est que monseigneur Dupont des Loges
n'est pas de ceux qui *tournent*, comme son fameux col-
lègue de Strasbourg, monseigneur Raess, dont nous
nous occuperons plus tard. C'est un de ces Bretons qui
ressemblent à leur duc Conan Tête-de-Fer : ce qu'il a
sous le crâne, il ne l'a pas ailleurs. Lorsque l'ordre
de la Couror ᵓ lui fut envoyé de Berlin, il repoussa
cette « distinction » dans une lettre où il affirmait sa
résolution de se renfermer rigoureusement dans ses
devoirs épiscopaux, résolution que lui rendaient dou-
blement chère et la fidélité à son passé et la religion
des souvenirs. De relations avec les Allemands, il n'en

conserve strictement que celles qui lui sont comman-
dées par les intérêts de ses ouailles et les devoirs de
son ministère. Pour le reste :

— Je ne les connais point, dit-il, et je ne veux point
les connaître.

Et les Allemands respectent la noblesse et la fermeté
de son caractère. Il n'y a pas jusqu'à nos plus farouches
radicaux qui ne rendent hommage à sa conduite.
M. Spuller a tenu à le saluer, lors d'une excursion à
Metz, et Gambetta n'a jamais manqué une occasion de
répéter en parlant de lui :

— C'est un homme au-dessus de tout éloge.

Les trois quarts et demi de son clergé, d'ailleurs,
restent, avec lui, fidèles à la patrie, au drapeau de la
France comme à la croix du Calvaire.

C'est en vain que nos vainqueurs se sont ingéniés,
c'est en vain qu'ils s'épuisent encore en cajoleries de
toute nature pour les séduire ou les dompter.

Dans chacun de ses voyages à Metz, la première visite de M. de Manteuffel est pour monseigneur Dupont
des Loges.

Dans ses tournées de chaque automne, il ne se fait
point faute de dépenser les trésors, sans cesse renou-
velés, de sa faconde et de sa diplomatie, pour ama-
louer le plus humble de nos desservants campa-
gnards.

Le traitement des curés a été augmenté, ainsi que
celui des chanoines capitulaires. Des fonds considérables sont affectés à la réparation, à l'entretien des édifices du culte catholique. Les écoles chrétiennes, les
établissements religieux sont largement subventionnés.
Tout ce que demande une fabrique de paroisse lui est
octroyé par avance...

Amabilité en pure perte ! Comme le bourgeois, comme l'ouvrier, comme le paysan, le prêtre demeure inflexible dans son éloignement. On a dû plus d'une fois saisir les mandements de l'évêque de Metz, et il n'est pas de jour que quelque ecclésiastique ne soit poursuivi, incarcéré même, pour avoir fait entendre en chaire des paroles malsonnantes à l'oreille des occupants.

Un souvenir personnel à ce propos :

.·.

Voici tantôt un an, le sac du touriste au dos, j'arpentais à nouveau la chaîne de nos chères Vosges.

Au début de ma promenade pédestre, je m'étais arrêté, un matin, vers midi, dans une petite auberge perdue au fond d'un pli de terrain, sur un chemin vicinal, entre Saint-Dié et Schirmeck.

J'étais là, — assis devant l'une de ces tables de sapin qui reluisent comme un miroir, polies qu'elles sont à grand renfort de poudre de grès et d'*huile de coude*, — en train de me restaurer d'un morceau de jambon et d'une chopine de ce vin qui semble une purée de topazes dans le verre blanc de la bouteille au goulot évasé.

Deux gardes-forestiers buvaient de la bière à côté de moi, leur carabine entre les jambes.

Nous causions.

Et de quoi causer en ce pays, si ce n'est des Allemands, puisque, — la guerre nous ayant arraché le canton de Schirmeck, — c'était à cinquante pas de la maison que commençait l'empire d'Allemagne ?

Tout à coup, la porte s'ouvrit, et un prêtre parut sur le seuil...

Un vieux prêtre : haletant, épuisé, éperdu, — sans chapeau, — la soutane retroussée et couverte de boue, le front trempé de sueur, la figure bouleversée d'angoisse, — sans forces, sans voix, presque sans souffle.

— Suis-je en France ? bégaya-t-il en se laissant tomber sur une chaise.

— Certainement.

Il poussa un grand soupir de soulagement :

— Dieu soit loué !... Je suis sauvé !... Ils ne m'auront pas !

— Qui cela ?

— Ceux qui me poursuivent... Les gendarmes prussiens... Ils me donnent la chasse depuis ce matin...

— Les gendarmes prussiens ?... Où sont-ils ?

— Derrière moi... Tout près... Sur la route.

Les deux forestiers s'élancèrent dehors.

Je les suivis.

Sur la route, en effet, à une portée de fusil, deux gendarmes en casque à boule de cuivre, — barbus, massifs et farouches sur leurs gros chevaux mecklembourgeois, — venaient de s'arrêter devant le poteau qui marque la frontière.

L'un des forestiers dit à l'autre :

— S'ils le dépassent, gare à eux !

C'étaient deux anciens soldats à la figure énergique, et la médaille militaire était accrochée à leur blouse.

Ce n'est pas la prudence qui manque aux Allemands.

Les deux gendarmes tournèrent bride.

Nous rentrâmes alors dans l'auberge, et le fuyard, rassuré, nous expliqua ce qui lui était arrivé :

Le dimanche précédent, en chaire, il avait exhorté ses paroissiens à conserver le culte des souvenirs et à

6

se rappeler qu'il est un monde meilleur, où règne le Droit et non la Force...

Sur quoi, un espion — les occupants en ont jusque dans les villages — avait avisé le préfet de Colmar. Celui-ci avait donné l'ordre d'arrêter le prédicateur. Ce matin-là même, des paysans étaient accourus chez ce dernier :

— Sauvez-vous, monsieur le curé! On vient vous prendre!...

L'abbé ne se l'était pas fait répéter. Il avait gagné au pied à travers champs, relevant sa soutane pour mieux jouer du jarret et coupant au plus court, malgré tous les obstacles, pour se mettre plus vite en lieu de sûreté. Les gendarmes s'étaient lancés à sa poursuite...

Par bonheur pour lui, leurs pesantes montures s'étaient embourbées dans les terres labourées...

Cependant, ils gagnaient du terrain. Le vieillard sentait ses forces s'épuiser. Un effort surhumain soutenait seul son élan. S'il lui eût fallu fournir dix minutes de plus cette course furieuse et douloureuse, il s'en fût allé rouler sous la botte des cavaliers qui le serraient de près.

— A présent, nous disait-il en terminant, je vais tâcher d'être attaché au diocèse de Saint-Dié... Et, si ce n'est pas possible, eh bien! je chercherai à me caser ailleurs... Oh! mais en France, par exemple, en France!

Et, sur mon observation que les temps n'étaient guère meilleurs chez nous, pour le clergé catholique, que dans les pays où fleurit, où sévit le *kulturkampf :*

— Ah! monsieur, me répondit le bonhomme en secouant sa tête chenue, j'aimerais mieux chanter le *Domine, salvam fac Rempublicam!* en France, toute ma vie, que, six mois de plus, le *Domine, salvum fac*

Imperatorem ! sur le territoire que ces gredins-là nous ont volé !

•.•

A Metz, le dimanche, à midi, la cathédrale est pleine de Bavarois à en craquer.

C'est la messe militaire. Dans le chœur, les officiers et le drapeau. En chaire, l'un des aumôniers à la suite de l'armée *répand la bonne parole,* — dans la langue de Hégel et de Kant, parbleu! — avec une éloquence de gestes qui semble impressionner vivement ses audi- teurs. J'en remarque plusieurs qui pleurent de contri- tion. J'imagine qu'ils se repentent d'avoir laissé quel- ques pendules autour de la Babylone moderne.

Très édifiants, du reste, ces incendiaires de Bazeilles et de Saint-Cloud. Je parle ici des Bavarois. Les autres ont incendié ailleurs.

Pendant que le prêtre officie à l'autel et qu'une mu- sique, placée dans l'une des chapelles latérales, emplit la nef sonore des formidables harmonies de la *Béné- diction des poignards,* quelques-uns, agenouillés, ne cessent de rouler des yeux de visionnaires et de se frapper la poitrine à tour de bras.

Peut-être est-ce qu'ils demandent pardon à Dieu, — à celui dont le nom est en relief sur leur casque, — de n'avoir pas brûlé assez de maisons inoffensives, ni fusillé assez de paysans désarmés?

•.•

Ajoutons que la cathédrale, malgré ses vastes pro- portions, étant encore insuffisante pour recevoir tous ces fidèles, on a élevé, sur le rempart Belle-Isle, une nouvelle église exclusivement réservée aux dévotions de la garnison.

L'empereur devait présider à l'inauguration de ce monument. On l'avait annoncé. Le brasseur de la rue des Allemands préparait déjà sa grande chope.

Je vous entends me demander :

— Quel brasseur et quelle chope ?

Voici l'histoire en quatre mots :

A son premier voyage à Metz, en visitant la ville quartier par quartier, il advint que le *Kaiser* eut soif. Ceci se passait vers le milieu de la rue des Allemands · un nom en situation, s'il en fut. Il y avait là une brasserie de piètre apparence. Le monarque fit arrêter sa calèche, descendit, entra dans l'établissement et demanda une chope...

Tout ahuri d'un tel honneur, le patron s'empressa de lui apporter la plus grande qu'il put trouver...

Guillaume la but gaillardement. Il avait alors dix ans de moins qu'aujourd'hui. Puis il dit :

— Elle est bien petite.

J'ai vu cette chope exposée, au-dessus du comptoir, sur un socle de velours rouge, à la vénération des fidèles sujets de Sa Majesté. Elle ne contient pas moins d'un litre. Après me l'avoir montrée, le brasseur ajouta :

— J'en tiens une plus grande en réserve pour le jour où il reviendra.

Mais l'empereur n'est pas revenu.

XIII

TOMBES ET CHAMPS DE BATAILLE.

Notes de voyage. — Pèlerinage à Chambière. — Un coin de
paysage messin. — Au cimetière. — *Le monument.* — Les dames
de Metz. — Le soin des tombes. — Le 7 septembre 1871. —
Susceptibilités prussiennes. — Anniversaire funèbre. — Le départ
de l'empereur. — A Longeville. — La première victime. — Rozérieulles. — Les noms prédestinés. — Gravelotte. — Le cimetière.
— Rézonville. — Les hussards de Ziethen. — Les dragons de la
reine Augusta. — Le 16e régiment d'infanterie. — Vaste ossuaire. — Ravin sinistre. — *Bella matribus detestata !*

Avril 1884.

... Je sors à midi de l'hôtel. Le temps est mat et
mou. Ni froid, ni chaud. Pas un rayon et pas un souffle.
Le gris opaque du ciel se reflète sur les pavés, éteint
la flamme des vitres et assombrit encore la façade des
maisons. Une journée faite à souhait pour un pèlerinage
funèbre.

Je descends la rue des Jardins. Au bout, le petit
quai qui confine à la rue des Juifs. Une frange de marchands de bric-à-brac le borde, étalant à même le sol
tout un butin civil et militaire : sabres ébréchés et
poêles à frire rongées par la rouille; tasses fêlées,
gibernes moisies, meubles invalides, uniformes en
loques, coffres désemparés, shakos veufs de pompons,
chaises dépaillées, baïonnettes tordues, marmites
sans fond, bottes sans semelles, soufflets sans âme,
fusils sans chien. J'y ai trouvé jusqu'à un baril

6.

de cantinière rayé de rouge, de bleu et de blanc !

Devant ce capharnaüm, des gens à mine crochue qui vous répètent avec l'accent de la *Judengasse* de Francfort :

— *Fendre ou chancher, monsir, fendre ou chancher ?*

Me voici sur le pont. Au bas de celui-ci, un cliquetis de battoirs et de caquets, des femmes au lavoir, des remous d'écume, l'eau qui bouillonne hors des écluses, les charpentes ajourées des tanneries où les peaux s'accrochent, où les mottes s'alignent dans une âcre et saine odeur. Ce coin de Metz est resté tel que je l'ai vu il y a vingt ans. Il n'y manque qu'un ou deux de nos petits pioupious accoudés sur le parapet et regardant la Moselle s'en aller vers Coblentz.

.•.

J'enfile la rue Chambière qu'égayait autrefois le va-et-vient de nos artilleurs. Une fois la porte franchie, je traverse la plaine qui leur servait de polygone et qui sert maintenant de champ de tir et de manœuvres aux Allemands. Me voilà devant le cimetière. J'y entre. Au bruit de mes pas, un fossoyeur, comme celui d'Hamlet, sort à moitié du trou qu'il est en train de creuser :

— Ah ! me dit-il, vous allez voir *le monument.*

Le monument est là, en effet. Il domine de sa masse de granit la cohue des tombes qui l'entourent. Du granit des Vosges : la pierre *du pays !* Sa base disparaît sous les couronnes amoncelées, que des mains pieuses ne cessent de renouveler. Sur l'un de ses flancs est gravée cette inscription que je défile des yeux fran-

çais de déchiffrer sans se sentir mouillés d'une larme de
reconnaissance :

LES FEMMES DE METZ A CEUX QU'ELLES ONT SOIGNÉS

Car elles les ont soignés, les vaillantes créatures,
ces blessés, ces morts inconnus ! Soignés comme des
sœurs, comme des mères! Soignés sans repos ni
trève, nuit et jour, au péril de leur propre vie ! Soignés
avec l'abnégation et avec l'héroïsme qu'ils apportaient,
eux, à combattre et à mourir !

Il n'y avait plus de place dans les hôpitaux ; il n'y
avait plus de lits dans les maisons particulières ; on
avait aligné sur l'Esplanade tous les wagons du chemin
de fer, et c'était dans ces ambulances improvisées que,
bravant la fatigue, la contagion, l'horreur du sang, les
dames de Metz venaient disputer sa proie au typhus et
ses victimes au canon.

Il y en a *douze cents*, de ces cadavres sans nom, rien
que sous la pierre du *monument!* Douze cents qui
dorment ensevelis dans le silence du devoir accompli.
Sans compter ceux qui reposent tout autour sous des
croix érigées par leurs familles. Et que la famille soit
loin ou proche, qu'elle se souvienne ou qu'elle oublie,
chacune de ces croix a sa couronne, son bouquet
d'immortelles, son brin de verdure ou de fleurettes :

—Ces morts sont nos enfants, me disait une
Messine.

.⁎.

Le 7 septembre 1871, la *Mute* et les cloches de toutes
les églises de Metz sonnaient le glas depuis le matin.
Les magasins étaient fermés. La population, en vête-

ments de deuil, se dirigeait vers la cathédrale. Sous le porche de celle-ci, Monseigneur Dupont des Loges attendait, entouré de tout son clergé, et, au centre de la vieille basilique toute habillée de draperies noires lamées d'argent, un majestueux catafalque se dressait, resplendissant de cierges et orné d'une grande croix de roses blanches sur fond vert.

En quelques instants, la vaste nef s'emplissait d'une foule émue et recueillie, et l'office des morts commençait.

A la même heure, les protestants et les israélites, rassemblés dans leurs temples respectifs, se joignaient, dans une même et religieuse intention, à leurs concitoyens catholiques.

Puis, à l'issue de ces différentes cérémonies, se mêlant pour former un long et silencieux cortège, — évêque, pasteur, rabbin en tête, — les Messins de tous les cultes, de tous les âges et de toutes les conditions prenaient le chemin de Chambière : il s'agissait d'inaugurer et de bénir *le monument*.

Et, chaque année, à la même date, même affluence au cimetière. Mêmes bannières voilées de crêpes, mêmes poitrines oppressées, mêmes cœurs et mêmes paupières qui battent. Mêmes regrets et mêmes espérances.

A l'origine, chacun avait à la main un petit drapeau tricolore qu'il plantait sur une tombe.

L'administration allemande s'est alarmée de ce déploiement de nos couleurs nationales.

Elle ne tolère plus que des drapeaux noirs.

Encore faut-il que ceux-ci soient dépo' r us de toute espèce d'inscriptions.

.·.

.... C'était hier l'anniversaire de cette grandiose
tuerie que nous appelons Gravelotte et que les Alle-
mans nomment Saint-Privat : choc effroyable, qui cou-
cha près de quarante mille hommes par terre, et qui,
avec les heurts, non moins sanglants, de Rezonville et
de Borny, a fait des environs de Metz — à l'aspect si
riant jadis — un vaste et poignant ossuaire.

Je sors de la ville par le pont des Morts et le Fort.

Je crois avoir dit que, de ce côté, ce ne sont que magasins d'objets d'équipement, de subsistances de toute
nature, de fourrages et de munitions à soutenir un siège
plus long que celui de Troie.

On se demande avec effroi quel formidable matériel
de défense doivent renfermer ces monstrueux bâtiments
neufs qui couvrent les trois quarts du Ban-Saint-
Martin.

Je traverse Longeville et Moulins, — ces deux jolis
villages qui semblent les faubourgs prolongés de Metz,
— et l'on me montre l'endroit où tomba la première
victime de la journée du 16 août : le colonel Ardent du
Pic, du 10ᵉ de ligne.

Le 14, vers midi, un escadron de guides, les cent-
gardes et les équipages impériaux se réunissaient sur
la place de la Préfecture, quartier général de Napoléon III. Celui-ci allait partir. Tous les visages étaient
sombres et inquiets. Il avait, lui, nous conte un témoin
oculaire, sa physionomie de tous les jours : la bouche
maussade et ennuyée, la moustache cirée en aiguilles,
une paupière molle tombant comme un rideau sur un

regard endormi. Son fils l'accompagnait : une petite figure pâle, sérieuse et fatiguée. Tous deux montèrent en voiture. Un officier commanda :

— Route de Paris !

Paris, qu'ils ne devaient plus revoir !

Une voix repartit :

— Bon voyage !

Les voitures s'éloignèrent au pas, avec l'escorte. Il n'y eut pas un mouvement, pas un cri, pas une rumeur sur leur passage. On aurait dit d'un enterrement.

Quatre heures plus tard, comme l'armée commençait son mouvement de retraite vers la rive gauche de la Moselle, et comme les 1re et 2e divisions du 4e corps traversaient l'île Chambière, un feu de tirailleurs, assez nourri, éclata sur l'emplacement qu'elles venaient de quitter, aux abords du village de Mey, sur la gauche, et entre la Grange-au-Bois et Colombey sur la droite.

C'étaient les Allemands qui arrivaient devant Metz et le combat de Borny qui était engagé.

L'empereur s'était arrêté à Longeville, dans la propriété de l'ancien député Hénocque : une maison blanche avec une grille sur la rue.

Il y passa assez tristement cette journée du 15 août qui était auparavant la fête de la France.

Le lendemain, comme il sortait vers six heures du matin, une batterie prussienne, placée en avant du château de Frescaty, envoya quelques projectiles au milieu des troupes qui encombraient la route.

Un éclat d'obus atteignit le colonel Ardent du Pic et le blessa mortellement.

Le fort Saint-Quentin obligea cette batterie à s'éloigner; mais cette audacieuse tentative décida l'empereur à se jeter sur la droite et à prendre à travers les vignes pour gagner Gravelotte par Chazelles et Lessy.

.·.

Me voici à Rozérieulles.

Les « monuments » commencent.

Pour les Français, de simples croix de fonte plantées sur des socles de pierre.

Pour les Allemands, d'énormes tumuli surmontés de pyramides, de colonnes, d'obélisques et de toute sorte d'emblêmes où le caractère national se retrouve dans sa lourdeur baroque, dans son mysticisme farouche et dans sa prétentieuse sentimentalité.

J'en compte sept, tout d'abord, dans un rayon de deux kilomètres, entre les fermes du Point-du-Jour, de Mogador et de Moscou.

Mogador et *Moscou.*

Tout à l'heure nous rencontrerons *Leipzig* et *La Malmaison !* noms étranges, prédestinés ! Jules Claretie nous apprend qu'il y a encore une ferme de ce dernier nom à droite de la route de *Metz à Sedan. La Malmaison* sur *la route de Sedan !* Le hasard a de ces ironies.

.·.

Bientôt, croix et tumuli se rapprochent, se resserrent, se coudoient...

On marche littéralement sur les cadavres entassés...

Un groupe de maisons neuves, une auberge, un cimetière : c'est Gravelotte.

Le cimetière, tel que vous l'avez vu sur la toile du Salon : avec ses murs bas, tigrés de plaques blanches, qui sont le plâtre avec lequel on a bouché les meurtrières, et la porte charretière qui a remplacé celle que brisa la furie de la lutte.

Français et Allemands sont là, pêle-mêle, les uns sur les autres, à bras-le-corps, pour ainsi dire, comme ils se sont abattus, dans ce *coup de chien* terrible ; en se fusillant à bout portant, en se hachant à coups de sabre, en se lardant à la baïonnette !

Il y a à peine la place où poser le pied entre les mamelons pressés qu'ils forment sous les hautes herbes, — des herbes qui frissonnent au vent en vous jetant dans l'oreille je ne sais quelle fantasmagorie de râles sourds, de chocs d'armes et de cris étouffés !

.·.

Descendons vers Rezonville.

Voici, sur la lisière d'un bois, le long d'une ancienne voie romaine, les pyramides des régiments de cuirassiers numéro 7, de uhlans numéro 16 et de hussards numéro 3, dits hussards de Ziethen...

Ils chargeaient...

Un pli de terrain leur dérobait les dragons et les cuirassiers de la division Forton...

Ceux-ci ne firent qu'une sabrée de cette masse stupéfaite : les hussards de Ziethen, entre autres, y perdirent depuis leur colonel jusqu'à leurs trompettes !

Plus loin, c'est le monument des dragons de la reine Augusta.

Ceux-là s'étaient jetés sur la division de Cissey : nos fantassins les enfermèrent dans un cercle de fer et de feu où ils fondirent comme au creuset. La revanche de Reischoffen!

Plus loin encore, c'est le monument du 16ᵉ régiment d'infanterie. Ce fut, pareillement, la division de Cissey qui anéantit ce dernier. Les rapports officiels allemands constatent que, des *trois mille* hommes qui le composaient, *cent soixante* seulement répondirent à l'appel le lendemain! Et la plupart de ces survivants étaient blessés!

.·.

Du reste, dans ce paysage, d'une pacifique grandeur, où les prairies et les bois mêlent la richesse de leur verdure aux losanges d'or des blés que l'on est en train de faucher et aux vignes safranées qui drapent les collines; entre les villages dont le clocher jaillit de la masse du feuillage, qu'ils piquent de la note blanche de leurs façades ou de la note rouge de leurs toits, de quelque côté qu'il se tourne, l'œil se heurte à ces fantômes de pierre dans les inscriptions desquels j'ai passé toute ma journée à épeler l'horreur de la guerre!...

A Vernéville les monuments des régiments nᵒˢ 20, 35, 64 et de l'état-major; à Flavigny, de la 3ᵉ division; à Marainvillers, de la 13ᵉ; à Amanvillers, de la 23ᵉ e de la 25ᵉ; à Saint-Privat, du régiment Alexandre et du 2ᵉ corps saxon et encore, et toujours, et partout!

Ils sont tous là : uniformes et peuples divers, — fantassins, cavaliers, artilleurs, pionniers, soldats de la garde et de la ligne, vétérans et conscrits, — Prussiens, Bavarois, Saxons, Wurtembergeois, — habits bleus, verts, blancs, rouges, jaunes, noirs !..

Dans cette foule, on rencontrerait des pères de fa-

mille qui ne sont jamais revenus embrasser leurs enfants, des fils qu'une mère en pleurs attend toujours,
de vieilles moustaches roussies à Sadowa et à Duppel,
et des recrues dont la fiancée est devenue veuve avant
d'avoir été mariée !...

Et puis, de jeunes officiers, beaux, riches, nobles,
instruits, élégants et fiers !

Ceux-là n'ont pas entendu sonner à nos pendules
l'heure de *l'unification de la patrie tudesque.* Ils n'ont
pas mêlé leurs vivats aux cris qui saluaient, à Versailles, le vieux Guillaume posant sur son morion de
reître la couronne de César. Ils n'ont pas choqué leur
verre au verre dans lequel l'Allemagne indigente se
grisait de notre champagne, de nos milliards et de sa
victoire.

Il convient d'en parler sans ironie et sans haine.

Ne sont-ils pas tombés, eux aussi, dans la mêlée, en
défendant ce qu'ils croyaient être la justice, ce qu'ils
appelaient le devoir ?

∴

Ah ! nous sommes bien vengés, allez !

Et, tenez, regardez ce ravin, formé par deux collines
boisées qui l'emplissent d'ombre et de fraîcheur en se
rapprochant ainsi que des lèvres amoureuses. Un ruis-
selet, Lignon lorrain, coule au milieu et jase contre
les cailloux qu'il enchâsse de son cristal, dans un tapis
de velours émeraude, tout étoilé de pâquerettes. On ne
rêverait pas autrement le cadre d'une idylle à la
Gessner ou d'une pastorale à la Florian.

Eh bien ! c'est là que nos mitrailleuses arrêtèrent au
débouché une division d'infanterie, en l'écrasant d'un

ouragan de projectiles si furieux et si dense, que les
premiers bataillons, fauchés sur pied, mais enserrés
dans l'étroitesse de cette espèce de défilé, demeurèrent debout dans la mort, appuyés sur ceux qui
suivaient, et ne tombèrent que lorsque la queue de
la colonne le leur eût permis en se retirant!...

Ah! plus d'une mère a dû pleurer, hier à Berlin, —
au milieu des lampions, des drapeaux, des musiques,
qui célébraient les victoires du *Kaiser* sous Metz, — en
pensant au ravin funèbre de Gravelotte.

Et moi, en ce moment, assis sur la pierre tombale
qui recouvre quatre officiers silésiens, dont le plus
vieux n'avait pas trente ans, — je me prends à songer,
que si c'est une consolation, dans la chute, d'avoir
frappé dru et fort, cette consolation est nôtre.

Et je me dis encore que cette armée n'était déjà pas
si flottante, si éperdue, si prétorienne qu'on le prétend,
qui se faisait à elle-même de si rouges funérailles.

XIV

LA SOCIÉTÉ ALLEMANDE

La musique militaire sur l'Esplanade. — Composition de l'auditoire. — Les modes de Paris. — Vieille histoire du pouf
détourné. — Pendant la valse de *Faust*. — Harmonie et mort-
aux-rats. — Les *kneipes* et les *Cafés au lait*. — Justice rendue
aux officiers. — Répartie de l'un de ceux-ci. — Ripailles de dames.
— Une lettre d'invitation. — Joies de l'oreille et de l'estomac. —
Chez le général-gouverneur. — Ici l'on mange. — Le cotillon
à la dragonne. — Il y a des Allemandes qui ont de l'esprit. —
Où l'on ne mâche pas le mot de Cambronne.

Sur l'Esplanade, sitôt que six heures approchent,
on voit les vieux rentiers, appuyés sur leur canne, et

les officiers retraités, dont la boutonnière est bordée
d'un mince, tout mince liséré rouge, — comme si le
ruban, qu'ils ont si vaillamment gagné, avait honte de
se montrer dans une ville conquise, — on voit, dis-je,
ces compagnons de promenade se lever des bancs sur
lesquels ils dorlotent leurs rhumatismes et se
disperser d'un pas hâtif, avec des regards effarouchés
et assombris.

Les quelques enfants français, qui polissonnent sous
les grands arbres, autour des beaux bronzes de
Pelouze, interrompent, eux aussi, leurs jeux, pour
s'envoler ainsi qu'une nichée de pierrots au milieu de
laquelle un caillou aurait été lancé.

Ah ! c'est que *les autres* arrivent !

Les autres, en Alsace et en Lorraine, signifie *les
Allemands !*

On dit pareillement : *Ils* ou *Eux.* On ne les nomme
presque jamais. « Il faut, écrit Jules Claretie, avoir
entendu cet : *Ils* ou cet *Eux* dans la bouche d'un
Alsacien-Lorrain, pour savoir ce que ces trois lettres
peuvent contenir de colère, lorsqu'elles tombent de
lèvres qui haïssent. »

.'.

Donc, *les autres* arrivent.

Ils arrivent pour le concert militaire de chaque soir.

Ils arrivent de toutes parts, — graves, rogues,
gonflés, superbes, — portant sur leur physionomie
ce vers, modifié, de Molière :

> L'*Esplanade* est à nous, c'est à vous d'en sortir !

Tous les officiers de la garnison, d'abord, — et Dieu

sait s'il y en a de plumages variés, — sanglés dans l'admirable correction à laquelle j'ai rendu hommage tout à l'heure...

Puis, toute cette nuée de sauterelles civiles qui s'abat sur la conquête, à l'abri de la victoire : fonctionnaires, employés, trafiquants, fournisseurs ! Tous les gratteurs de papier, tous les aligneurs de chiffres, tous les maniers de gros sous ! Nucingen, Gobseck et Wormspire ! Sans oublier les Brid'oison de la justice et les Pet-de-Loup de la science !

Puis, les dames de tous ces messieurs : *madame la générale, madame la colonelle, madame la capitaine, madame la lieutenante !* Et *madame la présidente, madame la conseillère, madame la doctoresse, madame la directrice, madame l'inspectrice, madame la perceptrice !* Avec la famille d'icelles. L'abondante famille allemande : une demi-douzaine de demoiselles ou de garçons, avec, par-dessus le marché, le *petit dernier* bercé dans les bras de la nourrice !

Et tout ce monde, endimanché, tiré à trente-six quarterons d'épingles, habillé *à la mode de Paris !*

Mon Dieu, oui : *Pariser moden !*

La Gazette de Cologne a eu beau adjurer ses compatriotes de renoncer aux importations françaises et de commander leurs toilettes à des couturières locales, afin de créer un courant de modes nationales...

Elle a eu beau décréter que Berlin devait être désormais la capitale du goût, de l'élégance et du bon ton...

Les Allemandes s'entêtent à imiter leurs grand'mères du temps où Frédéric le Grand n'hésitait point à déclarer dans les *Mémoires pour servir à l'histoire de la maison de Brandebourg :* .

« Le goût des Français règle nos cuisines, nos meubles, nos habillements et toutes ces bagatelles sur lesquelles la tyrannie de la mode exerce son empire. Cette passion, portée à l'excès, dégénère en fureur. Les femmes, qui outrent souvent les choses, la poussent jusqu'à l'extravagance. »

.·.

Pariser moden, soit. C'est entendu. Ces dames l'affirment. Il faut les croire. Ne prenons point la facile revanche de leur enlever leurs illusions.

Mais si jamais une Parisienne exhibait sur le boulevard ce charivari de couleurs disparates, ces costumes d'une coupe outrée, — *poussée jusqu'à l'extravagance*, comme disait Frédéric le Grand, — ces coiffures de singe assis sur un orgue de barbarie et ces panaches de chien savant, il n'y aurait pas assez de gamins pour crier *à la chie-en-lit* en s'ameutant dans son sillage.

On connaît cette plaisante histoire, racontée par le *Correspondant* (*Metz et la Lorraine*, Marsaut), et reproduite par Victor Tissot dans son *Voyage aux pays annexés* :

La femme d'un *Kreis-Director*, fraîchement débarquée à Metz des confins de la Silésie, avec une robe dont la coupe remontait au siècle dernier, comprit que, pour tenir honorablement son rang, elle devait s'équiper « à la mode de Paris ».

Elle commanda donc chez la meilleure faiseuse de la ville un costume destiné à faire sécher de jalousie toutes les épouses de ses administrés.

Sitôt le costume livré, sitôt arboré.

Oui, mais, en traversant la rue Serpenoise, la dame croit remarquer que tout le monde s'égaie sur son passage. A l'Esplanade, on l'accueille par de bruyants éclats de rire. On la montre même au doigt...

Notre Allemande s'examine, se retourne et ne voit rien...

Rouge de honte et de colère, elle s'esquive du cercle qui se forme autour d'elle et court droit chez sa couturière...

Celle-ci, en la regardant, ne peut retenir un formidable accès d'hilarité...

La dame s'indigne et se cabre :

— Vous aussi !... Comment ?... Que signifie ?...

— Je vous demande pardon... Mais c'est plus fort que moi... Votre pouf...

— Eh bien ?... Après ?... Qu'est-ce qu'il a, mon pouf ?

— Vous l'avez mis sens devant derrière !!!

.•.

Il est constant qu'il y a nombre de jolies femmes aux concerts militaires de l'Esplanade. Les chevelures couleur d'épi et les yeux couleur de bleuet y abondent. Aussi ces peaux au grain clair et transparent, neiges vivantes rosées par le reflet d'un sang jeune et riche, sinon vif et ardent ; et, pareillement, ces fines tailles fuselées, aux balancements de lis, et ces corsages dont l'opulence fait honneur à une nourriture solide...

On en rencontre même quelques-unes dans la masse — *apparent raræ nantes* — dont la toilette, dans son ensemble, est à peu près irréprochable...

Toutes les Allemandes, Dieu merci, ne mettent pas leur pouf sens devant derrière.

Mais vous en chercheriez vainement une, — une seule, entendez-vous ? — pour être gan'ée et chaussée comme la dernière des fillettes que l'on voit, chez nous, chaque matin, descendre des plateaux de Batignolles et de Montmartre et trottiner vers leur atelier ou leur magasin.

Cela tient peut-être à l'abondance de leurs pieds et de leurs mains.

Et puis, chez les Allemandes, Gretchen, la vision idéale au sein de vierge et aux tresses d'or, se double le plus souvent de Charlotte, la ménagère aux marmousets et aux tartines.

Je ne leur en veux pas d'emporter hors de chez elles la préoccupation de leur intérieur...

Mais, que diable ! il y a temps pour tout !

J'étais assis, sur l'Esplanade, auprès de deux dames du meilleur rang. Deux femmes de fonctionnaires d'un ordre élevé. Deux figures qui avaient la douceur de l'estompe. La Mina et la Brenda de la lithographie romantique, habillées au *Louvre*, au *Bon-Marché* ou au *Printemps*, et ayant remplacé par des frisons *à la chien* la vapeur ambrée de leurs boucles.

L'une se pencha et dit à l'autre :

— Dans une soupe au lait, alors ?

— Oui, avec beaucoup de sucre.

— Et du phosphore ?

— Beaucoup de phosphore.

Il y eut un silence. Les cuivres de la musique jouaient, avec des accents attendris, assoupis, mélancoliques, cette valse rêveuse de *Faust*, sur laquelle tant de cœurs ont battu. La seconde dame reprit :

— On peut remplacer le sucre par de la cassonnade et le phosphore par de l'arsenic.

L'infernal mélange, en vérité !

Avais-je donc pour voisines les sorcières de Macbeth, ou Locuste dévoilant à Lucrèce Borgia les arcanes de l'art toxique ?

Point :

Mina et Brenda se communiquaient — simplement — la recette d'une pâtée destinée à empoisonner les souris.

Car, les Allemands ayant horreur des chats, comme je l'ai dit tout à l'heure, leurs appartements sont infestés de rongeurs.

Et la valse continuait, pleine d'une volupté langoureuse, égrenant ses notes exquises ainsi que de pâles fleurs du Nord, des violettes du pôle semées par une main invisible. Il y eut un nouveau silence. Ensuite, Mina poursuivit :

— Ce sont de ces soins qu'il ne faut laisser à personne.

Brenda tira ses doigts de son gant pour les porter à ses cheveux avec un mouvement de colombe qui se toilette, — des doigts un peu longs, un peu forts, mais très blancs, très soignés et très chargés de bagues, — les doigts dont elle se disposait à pétrir cette cuisine sinistre...

Et, de la voix dont elle eût chanté la *Ballade du roi de Thulé* :

— Soyez tranquille, répondit-elle, je m'en occuperai demain avant de m'habiller pour le bal du gouverneur.

7.

.·.

Ce n'est guère que sur l'Esplanade que l'on peut coudoyer « la société » allemande à Metz.

Pour l'étudier avec fruit, il faudrait s'introduire « dans son sein » ou, tout au moins, interroger quelqu'un qui y eût pénétré. Or, pas un Messin ne franchirait le seuil d'un salon allemand. De leur côté, après avoir cherché en vain à attirer les annexés à leurs fêtes, à leurs réceptions officielles, aux bals, aux soirées, aux dîners de la Présidence, de la *Commandatur*, à leurs *kneipes* et à leurs *cafés au lait* de quatre heures, les occupants se sont décidés, de guerre lasse, à vivre entre eux et chez eux. Je n'ai pas besoin d'ajouter que leurs portes demeurent impitoyablement fermées à tous les touristes français, lesquels, du reste, n'ont point l'idée d'y aller frapper. Il n'y a guère que les militaires pour faire bonne mine à ces derniers.

Les hasards, les nécessités du voyage m'ont mis plus d'une fois en contact avec des officiers. Malgré moi, le plus souvent. Etais-je tombé sur des exceptions? Je l'ignore; mais je dois leur rendre cette justice, pour n'en dire qu'un mot en passant, que je les ai toujours trouvés fort polis, fort prévenants, évitant avec soin tout ce qui pouvait blesser mes susceptibilités nationales et ne parlant de nos soldats qu'avec un élogieux respect.

J'avais fait avec l'un d'eux plusieurs lieues en diligence aux environs de Metz. Nous relayons dans un village. La chaleur était écrasante. Il devenait urgent de se rafraîchir.

— Je ne vois guère que cet endroit, me dit mon compagnon de route en me désignant un cabaret.

Un cabaret allemand au premier chef. Il avait pour enseigne : *Brasserie de Sedan*. Je refusai péremptoirement d'y entrer :

— Hé! monsieur, répartit l'officier doucement, à ce compte-là, pas un de mes compatriotes ne passerait à Paris sur le pont d'Iéna.

∴

J'ai parlé tout à l'heure des *kneipes* et des *cafés au lait*.

La *knipe* ou *kneipe* est une beuverie entre camarades : *un écot de joyeux compagnons*, comme dit Gœthe de la taverne d'Auerbach, dans *Faust*.

Tous les jours, à quatre heures, l'Allemand quitte ses bureaux, son cabinet, son atelier, sa boutique et s'en va à la brasserie. Là, il goûte copieusement : saucisses fumées, cervelas, salades de museau ou de pieds bœuf, choucroute, jambons, fromages variés. Je ne compte pas les bocks : il y aurait trop à faire. Le petit vin de la Mos...e broche sur le tout. Les riches vont jusqu'au bordeaux ou au champagne.

« Je n'aime pas les Français, s'écrie l'un des ivrognes de *Faust*, mais je bois volontiers de leurs vins. »

Pendant ce temps, madame reçoit.

Elle traite ses amies, ses connaissances enjuponnées. Rien que des femmes. Ripailles intimes. Le *five o'clock tea* des Anglaises poussé jusqu'à l'indigestion. J'ai sous les yeux l'invitation suivante adressée — en français — à la famille d'un négociant messin :

« *Madame la gouvernante (sic) von H... se fait l'honneur d'inviter madame et mesdemoiselles X... à prendre le café chez elle, les mardis et vendredis, à quatre heures.*

» *Orgue-harmonium et viandes froides.* »

Orgue-harmonium et viandes froides! Tous les plaisirs! Ceux de l'oreille et ceux de l'estomac!

* *

Un Belge qui habite Metz me donne quelques détails caractéristiques sur un bal auquel il a assisté chez le général gouverneur.

Il n'y avait pas moins de six buffets. L'accès en avait commencé à minuit. A une heure, « tout était *nettoyé.* » On fut obligé de faire monter des cuisines le vin et les victuailles destinés aux gens de service et aux musiciens. Tout disparut en cinq minutes.

Un officier offrait des glaces à une dame.

Celle-ci lui demanda s'il n'y avait pas moyen d'en emporter une chez elle pour son petit garçon « qui n'en avait jamais mangé. »

Une autre dame fourrageait, pour se faire un bouquet, dans une des corbeilles de fleurs rares qui décoraient l'un des salons.

On lui fit observer que ces fleurs avaient été prêtées à titre gracieux par le Jardin botanique de la ville.

— De la ville? répliqua-t-elle. Alors, raison de plus pour ne pas nous gêner. Tout cela est à nous. (*Aber ja, das ist alles unser!*)

Un jeune capitaine de dragons fut chargé de conduire le cotillon.

Il le commanda comme s'il s'était trouvé à la tête de son escadron, sur le champ de manœuvres de Frescaty :

— Alignez-vous, les couples, et numérotez-vous !... Rentrez, le numéro 3 !... Sortez, le numéro 5 !... A gauche par quatre, tout le monde !... Un tour de valse ! Halte !... Front !... Les dames trois pas en avant !... Demi-tour !... Fixe !... Rendez la main à vos danseuses, messieurs, et ne faites pas sentir la botte à droite !

Il y a des Allemandes qui ont de l'esprit. L'une des danseuses abandonna son cavalier. On lui cria :

— Où allez-vous ?

— Ma foi, j'en ai assez : je rentre à la caserne ou à l'écurie, comme vous voudrez.

.•.

Ce ne sont pas seulement les morceaux copieux qui passent sans difficulté par les lèvres des belles mondaines de la « société » tudesque.

Pendant notre dernier séjour à Metz, ma femme s'était rendue à l'établissement de bains chauds installé sur un bras de la Moselle, devant la place de la Comédie.

Une jeune dame allemande y arriva en même temps qu'elle. Blonde, naturellement ; et même frêle, éthérée, immatérielle ! Autour de son chapeau, dû aux doigts de l'une des fées du passage du Saumon, l'œil eût cherché le nimbe lumineux dont Raphaël auréolise le front de ses madones.

— J'adore parler français, déclara-t-elle à ma femme.
Chez moi, tout le monde parle français : mon mari,
mes enfants, les domestiques! C'est bien plus *comme
il faut*, bien plus distingué, bien plus *chic*.

Ces dames furent placées dans deux cabines conti-
guës. De l'une, on entendait tout ce qui se passait dans
l'autre. L'Allemande venait pour la douche. On lui
expliqua qu'elle devait se déshabiller pour la recevoir...

Mais elle, prise d'une pudique indignation :

— Me mettre ainsi toute nue !... Moi, une personne
si délicate, si réservée, si chaste !... L'épouse d'un *Kais-
serlich und kœniglich oberhaupzollant Assistant !*

Prononcez : employé supérieur des douanes impé-
riales et royales.

Elle rougissait, elle se révoltait, elle pleurait
presque !...

La fille de service fut obligée de la déshabiller de
force et de la pousser sous l'appareil. Celui-ci joua. La
douche tomba...

Alors, saisie par le froid de l'eau, la personne « si
délicate, si réservée, si chaste » poussa ce cri...

Elle le poussa en bon français : c'est bien plus
comme il faut, plus distingué, plus *chic !*...

Elle poussa, dis-je, ce cri :

— Ah ! merde ! ! !

XV

FÊTES, PLAISIRS ET DISTRACTIONS

Une fête patriotique. — Les pompiers. — Uniformes, fanions, son-
neries. — La France qui passe. — Les cafés, les bals. — La foire
du bon Saint-Martin. — Le théâtre. — Public allemand. — Af-
fiche allemande. — Représentation et *restauration*. — *La Grande-
Duchesse* en tragédie. — Café-concert. — L'Alsacienne de la rue
Croulebarbe. — Guinguettes lyriques. — Marmaille teutonne. —
Un *salon de conversation*. — Départ de Metz. — Le livre de Moriz
Busch. — Opinion de M. de Bismarck.

En fait de fêtes, les Messins n'en ont qu'une, — et à
de longs intervalles encore :

C'est de voir défiler, à travers la ville enfiévrée à son
aspect, le bataillon des sapeurs-pompiers se rendant à
ses pacifiques manœuvres.

Tous Français, ceux-là ! Tous Lorrains ! On leur a
arraché leur sabre et leur fusil ; on leur a supprimé
leurs fanions tricolores ; on les a dépouillés de leur ancien uniforme ; on leur a enlevé le képi, cette coiffure
de nos soldats, pour le remplacer par la casquette américaine, — car ils se sont énergiquement refusés à
porter la casquette allemande :

— Nous laisserions plutôt brûler nos propres maisons, ont-ils dit, que de marcher au feu sous la co-
carde de l'Empire !

Mais on remarque sur leur vareuse le ruban de la
Légion d'honneur ou celui des médailles de Crimée,
d'Italie, de Chine, du Mexique...

Mais leur fanion, est vert, — la couleur de l'espérance !...

Mais, comme l'écrit si patriotiquement Jules Claretie, il leur reste la voix même du bataillon; il leur
reste leurs clairons qui jettent fièrement au vent de la
rue les sonneries françaises, la marche alerte, joyeuse,
de nos fantassins, les échos gaulois des trompettes de
l'armée d'Afrique, la légendaire *Casquette du père Bu-
geaud*.

Et cela suffit, ajoute Claretie, cette sonnerie qui
chante clair comme le cri du coq ! Cela suffit pour évo-
quer la patrie absente, les soldats partis, les pantalons
rouges disparus, — tout ce qui était l'animation, la vie,
la joie et la gloire !

Et ce que Claretie dit des pompiers de Strasbourg,
on peut le répéter de ceux de Metz :

On sait d'avance quand ils doivent sortir (1). On les
attend, on les guette. On se range sur leur passage. On
les entend de loin. On court, on rit, on pleure. Les braves gens ! Ils se redressent ; ils restent silencieux dans
les rangs; mais, leurs officiers en tête, leurs sergents en
serre-file, ils sont émus et heureux, car ils savent que
toute cette population qui les regarde se dit tout
bas :

— C'est la France qui passe !

.•.

Pour le reste, ville morne, ville morte.

Le café Parisien, sur la place de la Comédie, qui

---

(1) A Metz comme à Strasbourg, les pompiers ne peuvent sortir qu'en vertu d'une autorisation spéciale du commandant de
place, — autorisation rarement accordée.

étincelait jadis des grosses épaulettes de nos officiers supérieurs, n'est plus qu'un trou sombre et
muet.

Le café Duheaume, sur l'Esplanade, qui bruissait de
la jeunesse, de la gaieté et des folies de nos élèves de
l'Ecole d'application, le café Duheaume a disparu. Disparus pareillement, le bal Maguin, le bal Foulon, le bal
Chambière. On ne danse plus au Pâté. Ismeur, à Montigny, à éteint ses fourneaux. A cette foire du lundi de
Pâques, au Ban Saint-Martin, qui grouillait comme une
kermesse, je n'ai guère rencontré que quatre maritornes, au chignon couleur de safran, qui se pro-
menaient, avec des dandinements d'oies en goguette, au
bras de quatre *chenillards* alourdis par la bière et occupés à leur pipe.

On appelle *chenillards*, à Metz, les Bavarois, à cause
de la chenille de crin de leur casque.

Je suis allé dans ce petit café-concert de la rue Serpenoise, — près de l'Esplanade, — dont Claretie parle
dans son beau livre : *Cinq ans après.*

On n'y chante plus en français.

Sur le théâtre minuscule, où notre ami raconte avoir
entendu une prima-dona d'occasion attaquer, au milieu
de l'émotion profonde, du frisson de toute la salle, du
battement des mains et des cœurs, cette valse des *Cent
vierges :*

> Il n'est pas de bonheur
> Loin de toi, ma patrie !

qui devenait une plainte touchante et une ardente protestation à deux pas d'une caserne prussienne; sur ce théâtre, une musique de régiment s'est installée, qui joue aux buveurs de bocks des fragments du *Rheingold* et du *Gœtterdæmerung*...

Est-il besoin de constater qu'on n'y coudoie que des Allemands ?

.·.

Au théâtre, pas un Messin.

Pour attirer les annexés, les directeurs Brückmann et Bœllert ont eu beau annoncer leur intention de jouer alternativement — comédies et opéras — des pièces allemandes et des pièces françaises...

Les bonnes gens de Metz ne s'empressent pas plus de venir applaudir *le Petit Duc* en français que *der Klein Herzog* en allemand.

Quant au public allemand, je demandais ce qu'il en pensait à un pensionnaire français des deux impresarii susnommés :

— Oh! me répondit-il, pas méchant!... Très *gobeur !*... Seulement, il ne rit guère que le mardi de ce qu'il a entendu le dimanche...

— Pourquoi cela ?

— Dame! parce qu'il lui a fallu quarante-huit heures pour le comprendre.

.·.

Ce public se montre particulièrement friand des spectacles pendant lesquels il peut boire, jouer et manger.

Un soir, au coin de la rue des Clercs, on me remet le carré de papier que voici :

CAFÉ DE LA BOURSE

(CAFÉ BONGARD)

1, rue Nexirue, 1

TOUS LES SOIRS

REPRÉSENTATION FRANÇAISE & ALLEMANDE

Bière de Munich, dite Pschorrbran

Vins excellents, Écrevisses, Volailles, Jacd'n suspendu, etc.

Entrée : 50 pfg.

C. BŒHMER.

Au verso, herr Bœhmer, restaurateur-brasseur-directeur, annonce les

Débuts de Fraulein Annette STIEG

NAÏVE ET SENTIMENTALE AMOUREUSE

DANS

Le Favori de la Reine ou *Une Intrigue de cabinet*

Comédie-dramatique en trois actes, imitée du français

Cinquante *pfenigs !* Environ cinquante centimes de notre monnaie ! Voir débuter, pour dix sous, une *naïve et sentimentale amoureuse !* En vérité, c'est pour rien !

J'entre au café de la Bourse, j'enfile un corridor, je grimpe un escalier...

Me voici sur une sorte de terrasse ombragée d'ar-

bres. Sous ces arbres, des tables aussi serrées que des
huitres dans une bourriche. A ces tables, des gens qui
fument, qui causent, qui entonnent de la bière ou qui
se livrent aux délices du « plat du jour » *à l'instar de
Paris...*

Au fond du jardin, un théâtre. Sur ce théâtre, des
artistes. Des artistes en train de jouer...

Car ils jouent au milieu du bruit des conversations,
du cliquetis des assiettes et des fourchettes, du va-et-
vient des filles qui servent et des appels des consommateurs, dont l'un demande du feu, dont l'autre demande un bock, celui-ci une choucroûte garnie, celui-là
le *Landeszeitung für Elsass-Lothringen...*

Ils jouent des choses sérieuses, — sérieusement,
consciencieusement, imperturbablement...

Parfois, à un moment pathétique, une voix s'élève,
commandant :

— Un hareng sauce moutarde!... Une demi-brune!...
Un quart de blonde !

Ils n'en vont pas moins leur chemin, — corrects,
tranquilles, impassibles !

J'essaie de me rendre compte de la pièce :

Sur la scène, un brillant officier de hussards est aux
pieds d'une jeune personne en couronne de clinquant.
Ils se séparent après un dialogue passionné. Puis s'a-
vancent trois personnages rébarbatifs, vêtus de noir
comme les anabaptistes du *Prophète*, qui brandissent
des poignards et échangent un serment...

Sans perdre une bouchée, une gorgée, une lampée,
le public semble suivre avec émotion le fil de cette
intrigue sombre...

Et, quand il voit les trois conspirateurs se glisser
sur les pas du favori de la reine, il témoigne par un

long frémissement de l'intérêt qu'il porte au sort de ce hussard persécuté...

— Comprenez-vous ? me demande un jeune peintre de Metz qui a bien voulu m'accompagner.

— Hum !... Peu ou prou !... Couçi couçi !

— Eh bien, vous assistez — tout simplement — au deuxième acte de *la Grande Duchesse*...

— Comment ! cette reine...

— La souveraine de Gérolstein.

— Ce favori...

— Le grenadier Fritz. Il a permuté. Il est maintenant dans la cavalerie.

— Ces trois hommes noirs...

— Le conseiller Puck, le prince Paul et le général Boum :

> Nous l'égorgerons dès ce soir
> Dans la chambre au fond du couloir !

— Alors, la pièce *imitée du français* ..

— Celle de Meilhac et d'Halévy, pardieu ! dépourvue de la musique d'Offenbach et arrangée en tragédie *(trauspiel)* par quelque Viennet d'outre-Rhin.

.·.

Autre théâtre allemand :

Hors des portes, dans une brasserie qui rit sous la verdure, au bord de la route de Queuleu.

Le rideau se lève à trois heures, le dimanche, et à cinq dans la semaine : histoire de permettre à la clientèle militaire de l'établissement de « voir la comédie » avant de rentrer pour l'appel.

Sur ce rideau, — flanqué de deux nymphes peintes

à la manière violente par un Rubens en bâtiment, —
je déchiffre cette inscription hyper-académique :

MUSAGETÆ HELICONIADUMQUE CHORO !

Et, quand il se replie dans les frises, au lieu du chœur
des chastes divinités de l'Hélicon conduit par Apollo à
la crinière de flamme, voici venir sur les planches une
forte commère, — la joue, la bouche, le nez bachiques,
les seins croulant hors du corset, la jupe de tarlatane
rose retroussée sur un maillot de coton, — qui entonne
une chanson triviale, moitié en allemand, moitié en
français :

> *Es war eine mahl* un beau garçon
> Avec une dame de la cour ;
> *Es war ein* fichu polisson
> *Und sie eine feine uhr.*

Le reste ne peut pas s'écrire, — même en allemand.

Et tous les auditeurs d'applaudir, en frappant sur les
tables de leurs chopes en faïence, à couvercle d'étain,
enluminées de sujets anacréontiques.

Au milieu de tous ces soldats, qui se dépêchent de
s'enivrer avant la retraite, une demi-douzaine de femmes,
costumées en paysannes des environs de Strasbourg,
vont et viennent, servant la bière.

L'une d'elles, qui me reconnaît pour Français, vient
s'asseoir à ma table, et, avec un solide accent de Pantin :

— En voilà une jolie collection de pignouffes !... Pas
un qui offrirait seulement une consommation à une
dame !... Depuis quinze jours que je suis ici, je n'ai pas
fait cent sous de pourboire !

— Vous n'êtes donc pas Alsacienne ?

— Est-ce que vous vous imaginez que, si j'étais Alsacienne, je servirais à boire aux Prussiens?... Non, je suis de la rue Croulebarbe : on nous a embauchées dans un caboulot du quartier Latin pour venir ici monter le coup aux têtes carrées... Mais nous en avons plein le dos, de la baraque, et nous refilerons sur Paris quand nous aurons gagné de quoi prendre le chemin de fer.

.*.

Très pratiques, les occupants.

Il n'est pas une musique de régiment qui ne se loue, chaque dimanche, à beaux deniers comptant, — ainsi qu'une bande d'instrumentistes en plein vent, — à quelque cabaretier de la banlieue qui l'installe dans sa guinguette pour amorcer le chaland.

Ces concerts, à la fois champêtres et militaires, sont fort du goût de la population allemande.

On y voit arriver à la file des ménages d'officiers, de sous-officiers, d'employés, de commerçants, d'ouvriers : le père, gourmé dans l'uniforme ou dans l'habit de promenade ; la mère, en toilette de perruche ; les enfants à la suite, — ces enfants que le sentiment de leur nationalité dépouille des grâces de leur âge...

Les filles, guindées, revêches, maussades, avec un arc-en-ciel de rubans dans les cheveux et des jupons trop courts, découvrant de longues jambes qui sautillent en marchant comme des pattes d'ibis d'Egypte...

Les garçons, raides, pédants, bouffis, hargneux sous la casquette, l'éternelle casquette *à l'aigle* qui coiffe les postes, les télégraphes, les douanes, les universités, les *gymnases* (collèges) et les écoles !...

Et tous, garçons et filles, jetant autour d'eux — et

sur les petits Français surtout — des regards dé-
daigneux, arrogants, triomphants, qui signifient : *Nous
sommes les maîtres !*

Et, tandis que la musique joue, avec une perfection
désespérante, du Mozart, du Weber, du Nicolaï, du
Flottow, — et, parfois aussi, de l'Ambroise Thomas,
du Bizet, du Massenet, du Saint-Saëns, — j'ai entendu,
à la villa Panorama, à Montigny, la musique du 92ᵉ régiment brunswickois exécuter magistralement une
grande fantaisie sur *Carmen*, — pendant ce temps-là,
disons-nous, la famille s'attable, se repaît et s'abreuve.

A parler franc, une partie de plaisir allemande, où il
n'y aurait ni Lœwenbräu, ni Pschorrbräu, ni Moabit,
ni Salvator, — toutes bières favorables à l'écoulement
de la charcuterie, — passerait pour médiocre et fade.

* *
*

A Metz, le soir, dans certaines rues, une porte sour-
noisement entr'ouverte vous permet de plonger un œil
dans un rez-de-chaussée, discrètement éclairé, que
meublent un piano, un sopha et trois dames.

Il y a une dame devant le piano.

Il y en a deux sur le sopha, — un sopha plus élasti-
que au moral qu'au physique.

Entrez sans timidité.

Le maître du logis vous recevra sans façon.

Il vous présentera ses trois « charmantes » locataires :
trois veuves d'officiers supérieurs, — silésiens, poméraniens ou hanovriens, — tués pendant la dernière
guerre.

Les veuves de colonels ont encore cours là-bas.

Celles-ci ne sont point inconsolables ; et si vous leur

offrez quelques rafraîchissements, elles vous répéteront sans détour, cette réponse, que je vous citais tout à l'heure, de l'un des étudiants de Leipzig, dans Gœthe, aux propositions sataniques de Méphisto :

— Je choisis le champagne s'il est bien mousseux. On ne peut pas toujours s'abstenir des produits de l'étranger. Les bonnes choses sont souvent si loin de nous. Un véritable Allemand déteste les Français; cependant il boit volontiers de leurs vins.

Quelques bouteilles de ce « coco épileptique » porteront ces dames au paroxysme de l'allégresse et de l'expansion.

Foin des sujets de l'empereur Guillaume, qui sont des pingres et des rats !

Vive les bons écus de France qui valent quarante sous de plus que les thalers de la patrie !

Et soit loué le Dieu de justice et de bonté, qui a donné aux filles de la vertueuse Allemagne la solide santé de leur poitrail, leur incomparable fraîcheur (deux marks le pot chez le fournisseur de la cour) et leur chevelure jaune de chrome : la dernière nuance portée au boulevard des Italiens !

Tout cela peut les aider à vivre et à contribuer à la félicité des mortels généreux.

Prenez garde à vos pendules de poche !

Et puis, ne vous avisez pas d'allumer une cigarette...

Le propriétaire du logis vous ferait incontinent observer que vous êtes dans un *salon*.

Ce à quoi vous seriez tenté de lui riposter :

— Monsieur, j'ai fréquenté quelques salons en

France, et jamais on ne m'y a fait payer dix francs
pour les bougies du piano.

. . . .
. . . .

26 août.

En quittant Metz, ce matin, dans le train qui m'em-
porte vers Nancy, — d'où je pousserai jusqu'à
Strasbourg, — j'ouvre le livre de Moriz Busch : *Graf
von Bismarck und seine Leute,* — *Le comte de
Bismarck et ses Gens,* — *Leipsig,* Wilhem Brünow,1878.

Ce Maurice Busch était chef du bureau de la presse
au quartier général de l'armée impériale pendant la
guerre de 1870-71.

A Versailles, et pendant la courte campagne qui pré-
céda l'arrivée des Allemands sous Paris, il venait quatre fois par jour prendre les ordres du chancelier pour
transmettre à tous les journaux les inspirations du
redoutable homme d'Etat.

C'est l'histoire intime de ces relations avec M. de
Bismarck et *seine Leute,* — ses gens, ses familiers, son
entourage, — que Maurice Busch a publiée en deux
volumes fort curieux et trop peu connus.

Sans doute le chancelier jugea t il que ceux-ci ren-
fermaient des détails compromettants pour sa politique
ou pour sa personne, car il en fit saisir la première
édition, et celles qui suivirent, plus tard, ne parurent
que « revues, corrigées et considérablement...
diminuées. »

C'est cette première édition, — l'édition *princeps,
inexpurgata,* — qu'un ami obligeant a mise entre mes
mains.

J'y lis, à la page 372 du second volume, ce passage
que je traduis textuellement :

« En ce qui concerne les pourparlers relatifs à la
conclusion de la paix, *le Maître* (c'est Maurice Busch
qui parle et c'est ainsi qu'il ne manque jamais de désigner M. de Bismarck) disait hier à table, en présence
de plusieurs personnes :

» — S'ils (les Français) voulaient nous donner un
milliard de plus, peut-être pourrait-on leur laisser
Metz.

» Avec huit cents millions nous construirions une
nouvelle place forte à quelques lieues en arrière, du
côté de Faulquemont ; car il y a sans doute par là un
endroit propre à être fortifié.

» En agissant ainsi, nous économiserions la somme
rondelette de deux cents millions...

» Et puis, *je ne veux pas dans ma maison tant de
Français qui tiennent à rester dehors.*

» *Tout est français à Metz comme à Belfort.* Ce sont
les militaires qui ne veulent pas y renoncer. Peut-être
ont-ils raison. Mais moi, je n'ai pas tort. »

STRASBOURG

1871 — 1879 — 1884

I

D'AVRICOURT A STRASBOURG

Les deux Avricourt. — Physionomies distinctes. — *Deutsch*-Avricourt. — La menace du fort de Marainvillers. — De quoi se plaignent-ils ? — Le gendarme et le Marseillais. — La chasse aux réfractaires. — Mesures prises à leur endroit. — Aspect de la *restauration*. — En route. — Les employés allemands.— Uniforme et discipline. — Changement de décor. — La montagne. — Les sommets et les ruines. — Le drapeau allemand. — Ce que signifie sa bande noire. — Le drapeau tricolore et les feux de joie. — Passage à Saverne.— Réflexions et souvenirs.

Nous arrivons à Avricourt à cinq heures et demie du soir.

Il y a aujourd'hui deux Avricourt :

L'un, le nôtre, l'Avricourt français, — Igney-Avricourt, — devant lequel nous venons de nous arrêter cinq minutes, avec, sur le quai de la gare, sa bibliothèque fournie de nos journaux et de nos livres, impitoyablement proscrits pour la plupart sur le territoire de l'Empire ; avec son village avenant groupé

8.

autour de son clocher ; avec ses enseignes naïves dans
le goût du siècle dernier : *Bon logis à pied et à cheval*, — *On donne à boire et à manger*, — *Bière de
Mars*, — *Café-Billard*...

L'autre, l'Avricourt allemand, — *Deutsch*-Avricourt,
comme ils disent, — où nous allons subir les investi-
gations de la douane :

Une vaste bâtisse en pierre rouge des Vosges, qui a
l'air d'une halle en plein vent. Des constructions sor-
ties du sol depuis douze ans : façades peinturlurées de
couleurs criardes ; maisons qu'on dirait fabriquées à
Nuremberg pour une boîte de jouets d'enfants ; magasins façonnés en blockhaus...

Ici, un *Gasthauss* ; là, un *Weinhandlung* ; plus loin,
un *Bierbraurei*....

Et ce restaurant, ce débit de vin, cette brasserie sous
le patronage de l'*Eisenbahn* et de la *Station !*

Tout un monde d'employés et d'ouvriers du chemin
de fer forme là comme une petite ville.

Une petite ville qui n'est tranquille qu'à demi.

Elle se sent, en effet, sous le feu de notre fort de Marainvillers.

Il ne faudrait qu'une heure aux canons de celui-ci
pour réduire en cendres ce poste avancé de l'Allemagne.

— Nous avons blindé notre gare, me disait un Allemand de *Deutsch*-Avricourt ; mais, nonobstant, il est
pénible de vivre ainsi sous une menace perpétuelle.

— Hé ! monsieur, lui répliquai-je, vous nous avez
trop démontré, au cours de la dernière guerre, que
l'héroïsme n'est qu'une question de portée, pour nous
blâmer d'avoir appris, à votre école, l'art de détruire à
distance.

.°.

Je retrouve sur le quai d'Avricourt le même gendarme qu'à Novéant, avec sa tunique verte, ses contre-
épaulettes de cuivre, son casque à panache de crin
blanc, — comme c'est dimanche, il est en grande tenue, — sa grosse moustache, sa démarche ursine et
son regard inquisiteur.

Comme je n'ai plus l'âge d'un conscrit, il ne prête à
ma personne qu'une médiocre attention.

En revanche, il aborde un jeune homme qui descend
du train comme moi, et, dans un français haché comme
paille :

— D'où êtes vous ? lui demande t-il brusquement.

L'autre, avec un *assent* qui ne permet pas de douter
de la véracité de sa déclaration :

— *Té !* je suis de Marseille, donc !

— Quel âge avez-vous ?

— Vingt-deux ans.

— Avez-vous opté ?

— Puisque je suis de Marseille, imbécile !

L'Allemand, sans sourciller :

— C'est possible. Il faut voir. Montrez-moi vos papiers.

Un ecclésiastique du pays, qui voyage avec moi depuis Lunéville, se penche à mon oreille et me dit :

— C'est un fait qui se reproduit tous les jours. Chaque fois que je passe la frontière, je le vois se renouveler. *ils* sont comme des enragés après ces pauvres
jeunes gens, surtout depuis le monstrueux rescrit du
statthalter.

Et il me cite le fait suivant :

Un jeune homme des environs de Lunéville est appelé inopinément auprès de son grand-père qui se meurt à Héming. Héming est un village, devenu prussien, qui se nomme maintenant *Hémingen*. Notre Lorrain, dans sa précipitation à partir, oublie de se munir de pièces qui constatent son incontestable qualité de Français. On l'arrête à Avricourt ; on l'emmène sans tenir compte de ses protestations, et sa famille n'en entend plus parler...

Des gens au désespoir ! On cherche, on s'informe, on remue ciel et terre ! Enfin, après quinze jours d'angoisses, on apprend que le pauvre diable est en garnison à Rastadt, où on l'a incorporé de force dans un bataillon de pionniers !...

Et ce n'est que sur les réclamations réitérées de l'administration française qu'il parvient à se dépêtrer de l'uniforme allemand et à regagner ses foyers.

— Ah ! monsieur, ajouta l'abbé X... en terminant son récit, ces braves garçons qui aiment mieux quitter clocher, maison, parents, amis que de servir dans leurs armées, voilà ce qui exaspère nos vainqueurs. Aussi ceux-ci ne reculent-ils devant aucun moyen de sévir: la prison, l'amende, la confiscation de leurs biens tombent dru sur les réfractaires. Il n'est pas de jour qu'on ne rencontre dans les colonnes de nos journaux d'Alsace-Lorraine des communications dans le genre de celle-ci.

Et il me tend le numéro du 16 août courant (1884) de la *Gazette de Lorraine*, où je lis, en effet, ceci :

« Le sieur Jean-Louis Weess, né le 15 janvier 1859 et domicilié en dernier lieu à Metz, est accusé d'avoir,

dans l'intention de se soustraire à l'obligation du service militaire dans l'armée active de terre ou la marine,
quitté sans autorisation le territoire de l'Empire ou
d'avoir séjourné à l'étranger après avoir atteint l'âge
requis pour le service militaire — infractions au § 140,
alinéa 1er, n° 1 du Code pénal.

» Il est, en conséquence, invité à se présenter, le jeudi
2 octobre 1884, à neuf heures du matin, à l'audience
principale de la chambre correctionnelle du tribunal
civil impérial à Metz, au Palais-de-Justice.

» En cas de non comparution sans motifs légitimes, il
sera condamné conformément aux déclarations dépo-
sées par la direction d'arrondissement concernant les
faits sur lesquels est fondée l'accusation, en vertu du
§ 472 du Code de procédure pénale.

» Par décision de la chambre correctionnelle du tribunal civil impérial de Metz du 18 juillet 1884, et en
vertu du § 140 du Code pénal et des §§ 325 et 326 du
Code de procédure pénale, il sera, afin de garantir le
payement de la plus forte amende *dont pourrait éven-
tuellement être frappé l'accusé* et pour couvrir les
frais de la procédure, mis l'arrêt sur partie ou tous les
les biens de l'accusé situés sur le territoire de l'Empire
allemand.

» Metz, le 30 juillet 1884.

4044   » *Le premier procureur impérial.* »

.·.

Nous entrons, l'abbé et moi, à la *restauration :* un
décor d'un style embrouillé, où les tables de chêne
bruni et les escabeaux gothiques au dossier ouvragé

de trèfles jurent avec l'ornementation gréco-romaine
des boiseries et de la plinthe ; et, pendant que nous
vidons une chope élancée comme un verre de lampe,
mon compagnon me fait remarquer une scène muette
qui se reproduit dans tous les établissements publics.

L'Alsacien-Lorrain, en arrivant, jette un coup d'œil
sur les consommateurs.

Après quoi, il fait choix d'une place dans une rangée
de tables séparée d'une autre rangée occupée par d'autres voyageurs.

D'un côté, les Allemands ; de l'autre, les Français.
Un employé crie en allemand :

— En voiture pour Strasbourg !

Personne ne bouge du côté des Alsaciens-Lorrains.

Ces paysans, qui parlent l'allemand, comme leur
langue maternelle, n'ont pas l'air d'avoir entendu.

L'employé est obligé de répéter sa phrase en français.

Cette fois, tout le monde se lève. Il y a sur toutes
les lèvres un sourire goguenard. Ces honnêtes gens
sont enchantés : ils ont contraint un *Schwobe* (Souabe)
à s'exprimer dans une langue qui lui écorche la bouche.
C'est quasi pour eux une manière de se sentir encore
chez soi.

∴

La locomotive nous entraîne, grommelante et farouche, en de prodigieuses vitesses. C'est une machine
allemande. On dirait qu'elle n'a pas le même sifflement
que nos machines françaises. Le cri de celles-ci est un
avertissement : le cri de celles-là est un ordre. Hallu-
cination de l'oreille peut-être ! De l'esprit et du cœur
aussi.

Ici ou là, des paysans grimpent dans le train ou en descendent. Aucun contact entre eux et les employés. Pas de ces poignées de main qui s'échangent entre connaissances; pas de salut; pas de demandes de renseignements. Le paysan reste froid et silencieux; l'employé grave et hautain.

Esclaves de l'uniforme, ces employés allemands.

Il fait une chaleur étouffante. Le soir tombe avec des vapeurs de fournaise. Pas un souffle d'air ne circule sous le manteau d'orage du ciel. Je répéterais volontiers ce mot d'Arnal dans je ne sais plus quel vaudeville :

— On ferait cuire un œuf à la coque entre mon épiderme et mon gilet de flanelle.

Eh bien, pas un de ces malheureux n'a osé lâcher un bouton de la capote qui l'enserre. Ils fondent littéralement dans cette gaîne de drap à passepoils écarlates. Leurs cheveux égouttent de sueur sous le couvercle, cerclé de cuivre, de la lourde tourtière qui leur sert de coiffure.

J'ai dit esclaves de l'uniforme. Esclaves de la discipline pareillement : non pas seulement de celle qui leur est imposée par l'administration qui les paye ; mais encore de la discipline militaire, de celle de l'armée dont ils sortent et à laquelle il semble qu'ils n'aient jamais cessé d'appartenir.

Tenez, à Sarrebourg, je crois, voici un général qui monte dans le train...

Eh bien, chef de gare, commissaire de surveillance, receveurs, commis aux écritures, jusqu'au dernier garde-frein, jusqu'au dernier graisseur, jusqu'au der-

nier lampiste, tout est là, sur le quai, — en ligne, —
immobile, — la main droite à la casquette et la main
gauche dans le rang !...

Allez me chercher cela chez nous !

.*.

Le paysage change brusquement : plus de champs
qui s'étendent, reculant l'horizon ; plus de coteaux qui
bombent dans la verdure ; plus de routes bordées de
trembles qui frissonnent ; plus de processions de peu-
pliers qui défilent, l'un derrière l'autre, pareils à de
gigantesques pénitents bleus...

La montagne succède à la plaine : tantôt la voie escalade des pentes à pic, étranglées entre les deux cornes
d'un bois de sapins insondable ; tantôt elle plonge dans
des vallées étroites au fond desquelles un cours d'eau
écume contre des blocs de pierre ; tantôt, elle serpente
le long d'une paroi de rochers que couronnent, de cime
en cime, des pans de bürgs ébréchés...

La voilà qui s'enfonce brusquement dans la nuit : la
la nuit des six tunnels qui percent la chaîne des
Vosges...

Une poignée d'hommes résolus, occupant ces hauteurs, dominant ces vallons, barrant ces défilés, empê-
cherait de passer une armée tout entière !

— Quand on songe, soupire l'abbé, qu'on n'a rien
défendu de tout cela !

Et, me montrant à la pointe des mamelons qui se
dressent de chaque côté de la route et qui menacent
d'éventrer le ciel de leurs cônes drapés de noires fo-
rêts ; me montrant, dis-je, les fantômes des vieilles
forteresses d'autrefois :

— Croyez-vous que, le jour du passage de leur empereur, ces descendants de Barberousse sont venus planter sur ces aires d'aigle leur drapeau dont la large bande noire signifie, selon l'expression d'un poète d'outre-Rhin, « la mort de la liberté allemande et la fourberie des Hohenzollern? »

Puis il ajoute en se frottant les mains d'aise :

— Par exemple, nous leur avons bien rendu la monnaie de leur pièce. Le 14 juillet dernier, chaque ruine avait son drapeau tricolore, et chaque sommet son feu de joie. Le *kreis-director* de Saverne en a fait une maladie.

.*.

— *Zabern!... Zabern!... Zabern!*

C'est de Saverne qu'il s'agit. Mon compagnon prend congé de moi. Le crépuscule descend avec lenteur. Nous sommes repartis si vite que c'est à peine si, dans un lointain estompé de brume, j'ai pu distinguer les architectures nobles de ce palais du cardinal Louis de Rohan, donné par Napoléon III pour logis aux veuves de ses officiers supérieurs. Je suis désormais seul dans mon compartiment. Le train, qui roule et gronde, rythme sur les rails et dans ma tête cette phrase qui me revient sans cesse :

— *On n'a rien défendu de tout cela!*

Rien défendu de ces gorges, de ces plateaux, de ces sentiers inaccessibles! De ces positions inexpugnables! De ce boulevard de la France!

Ah ça! il n'y avait donc dans le pays ni un homme ni un fusil?

Pourtant, depuis qu'elle est France, la Lorraine a

9

toujours eu une cartouche à brûler au service de la mère-patrie.

En 1793, lorsque le corps d'armée de Brunswick tenta une pointe en Champagne à travers les Trois-Evêchés, — Metz, Toul et Verdun, — on vit les braconniers de l'Argonne tirer de derrière la *mé* — huche au pain — où avait tenu si longtemps caché la peur des gens du roi et des gardes seigneuriaux — leur vieux fusil à pierre au long canon rouillé...

Puis ils s'en furent à l'affût des Prussiens...

Qu'un escadron de hussards de la mort tourbillonnât autour d'une ferme, d'un hameau, d'un village, à portée de la forêt, celle-ci s'allumait et pétillait tout à coup...

Les balles jaillissaient des taillis dont la profondeur sombre se rayait çà et là d'éclairs sinistres et vengeurs...

Un des soldats de proie tombait, — deux, trois, quatre, — dix souvent, quelquefois trente!

Les autres — éperdus — donnaient de l'éperon et s'envolaient en poussant des clameurs ainsi qu'une nichée de vautours.

Après les hussards noirs vinrent les *kaiserlicks* blancs. Ce fut pendant l'hiver de 1814. Il en neigea, de ces Autrichiens, de ces Saxons, de ces Wurtembergeois avec une violence telle, qu'en moins de la première semaine de janvier, tout le pays en fut couvert, comme d'une nappe éclatante, depuis Thionville jusqu'à Belfort. Ils s'intitulaient *les alliés* et portaient des lauriers à leur shako en signe de joie et de victoire. Les cloches, dès qu'elles les aperçurent, se mirent à sonner le tocsin toutes seules. Alors, tandis que Blücher et Schwartzemberg, pleins du souvenir de Charles-Quint, n'osaient s'aventurer sous le canon de Metz et deman-

daient — à une distance respectueuse — au commandant de cette place la permission de visiter la ville pour
quelques-uns de leurs officiers, permission qui leur fut
accordée, à condition que ces officiers feraient cette
visite *sans épée;* tandis que Phalsbourg — bloqué —
jouait des dents et de la griffe avec le désespoir d'un
chat qui ne veut pas se laisser noyer ; tandis qu'enfin,
dans la montagne, les grands sapins et les rocs cente-
naires, déracinés par des Titans invisibles, s'écrou-
laient avec fracas sur les bataillons étrangers, — dans
la plaine les paysans organisaient la résistance à leur
façon...

Il y en avait qui travaillaient isolément...

Malheur au cosaque pillard qui s'écartait du grand
chemin où chevauchaient ses camarades, pour aller
fourrager dans quelque métairie isolée des œufs, du
schnaps, un jambon ! Malheur au uhlan paresseux qui,
endormi sur sa monture, s'attardait à cent pas derrière
le régiment ! Malheur à quiconque s'arrêtait sur la route
ou se dérangeait de la colonne ! Au fantassin fatigué
comme au général curieux ! Un peu de fumée au-dessus d'une haie, d'un fossé, d'un buisson, un peu de
flamme, un peu de bruit, et c'était tout. Le soir, un
homme manquait à l'appel !...

D'autres opéraient par bandes nombreuses sur les
frontières de la province, du côté de la Franche-Comté
et du côté de l'Alsace. C'est ce qu'on appela les *Corps-
Francs.* Ceux-ci obéissaient au commandant Brice.
J'ignore ce qu'il peut y avoir de vrai dans la légende
que j'ai si souvent entendu raconter par mon grand-
père, — qui avait été des *Corps-Francs,* — du projet
formé par les paysans d'enlever les empereurs François
et Alexandre à leur passage dans les *fonds de Toul.*

Toujours est-il que le comte de Wrède, général en chef des troupes alliées en Lorraine, réunit un conseil de guerre et fit juger le commandant Brice, lequel fut condamné à mort *par contumace* et exécuté *en effigie*. Le brave officier ne s'en porta pas plus mal pendant les trente-cinq ans qui lui restaient à vivre.

. . . .

Le train se ralentit Il s'arrête. Les portières s'ouvrent avec fracas. Tout le monde s'élance dehors. Réveillé en sursaut de mes réflexions et de mes souvenirs, j'interpelle une casquette sous laquelle il y a un employé :

— Strasbourg?

— *Ya.*

Nous sommes arrivés.

II

PREMIÈRES IMPRESSIONS

A l'hôtel. — Chambres allemandes et tables françaises. — Le sommelier-policier. — A travers rues. — Il y a quatorze ans. — Douloureuse nouvelle. — Le siège de Strasbourg, — Moyens de défense. — Le général Uhrich. — Von Werder et les Badois. — Le bombardement, — Les pertes. — La capitulation. — La réédification. — La statue de Kléber. — La retraite. — Au Casino d'été. — Protestation et satisfaction.

A l'hôtel, le garçon qui me conduit à ma chambre me dit entre chien et loup :

— Vous pouvez dormir sur vos deux oreilles. Vous n'avez pas de voisins allemands, ni à droite, ni à gauche. Des pratiques comme ça, on s'en passe.

— S'il s'en présente, cependant ?

— Alors, nous les logeons sur la cour ou sous le toit... Et elles ne reviennent plus... Bon voyage !

J'entre dans la salle à manger :

— De ce côté, les tables françaises, m'indique obligeamment le patron.

Ensuite, il me souffle à l'oreille :

— Défiez-vous du sommelier. C'est un Badois. J'ai tout lieu de le croire attaché à la police.

— Et vous conservez ce drôle chez vous?

— Que voulez-vous ? Celui qui le remplacerait serait peut-être dans le même cas. Et je n'aurais pas la ressource de le savoir pour en avertir mes clients.

Après le dîner, je sors. J'avise un bureau de tabac. Le marchand, à mon accent :

— Des cigares français, n'est-ce pas, monsieur?

Allons, allons, Strasbourg n'est pas encore si *germanisé* qu'on le prétend.

.·.

Me voilà par les rues. Il est à peine huit heures Quelques boutiquiers causent à voix basse sur leur seuil. Sur les trottoirs, des bruits d'armes, d'éperons, de chaussures *d'ordonnance*. On dirait que, comme Metz, la ville n'est habitée que par des soldats, et que les autres sont morts ou dorment, étouffés par la triple et formidable enceinte qui les enserre. De temps en temps, je rencontre des bandes d'étudiants coiffés de la traditionnelle casquette rouge ou bleue. Conquise par le canon, conquise par le professorat.

Il y a quatorze ans de cela.

Je me rappelle, comme si c'était hier, le jour où nous parvint la douloureuse nouvelle.

C'était un dimanche. Jamais l'automne de 1870 — cet automne qui allait sombrer dans un abominable hiver — n'avait eu une journée plus calme, plus tiède, plus caressée par un éblouissement de soleil. Paris, qui n'éprouvait encore que les surprises de l'investissement, Paris entier était dehors, avec ce furieux désir de marcher, de pousser, d'examiner, d'épiloguer, qui est le propre de son caractère. Il y avait foule sur les boulevards, foule aux Champs-Elysées, foule partout. Cent mille promeneurs s'agitaient dans le poudroiement d'une lumière d'or !...

On se pressait au bois de Boulogne, où les dernières voitures achevaient leur dernier tour du lac...

On se pressait aux remparts, où les gardes nationaux commençaient leur première partie de bouchon... ·

Et tout ce monde était plutôt gai que triste. Un peu fébrile peut-être ; curieux assurément. On *badaudait* ; on *blaguait* ; on chantait même. Paris se vengeait par un refrain du premier échec reçu sous ses murs. Il fredonnait à demi-voix, quand il ne braillait pas à tue-tête :

> As-tu vu Bismarck
> A la porte de Châtillon ?...

.·.

Soudain, quelque chose comme une rafale souffla sur ces lazzis, sur ces rires, sur ces chansons...

Toutes les bouches se turent, tous les fronts s'assombrirent, tous les regards devinrent farouches. On eût dit qu'un rideau de cendres s'étendait entre le ciel bleu et le pavé tout reluisant de clarté blonde. Une

clameur sourde monta, — faite d'incrédulité, de dou-
leur et de colère...

Le foule courut aux mairies. A la porte de celles-ci,
un papier était placardé. Des groupes bourdonnaient à
l'entour. A chaque instant, des gens émergeaient de ces
groupes et allaient au-devant de ceux qui arrivaient.
On échangeait de courtes phrases à voix basse, ainsi
qu'on parle dans la chambre d'un mort. On entendait
des plaintes, des jurons étouffés. Les uns baissaient
la tête avec un abattement morne ; les autres évoluaient
avec de grands gestes désolés. Il y en avait qui refu-
saient d'en croire leurs yeux, et qui, après s'en être
allés, revenaient vers l'affiche pour la lire, la relire
encore...

Cette affiche annonçait que Strasbourg s'était rendu !

***

Dès le début d'août, le guetteur, placé en vedette à la
pointe de la flèche du Munster, sous la lanterne, avait
signalé l'arrivée de l'ennemi.

La place avait pour commandant un enfant du pays,
le général Uhrich, de Phalsbourg.

Celui-ci, — qui jouit, un instant, à Paris, d'une si
bruyante popularité, et dont la conduite devait être,
plus tard, si sévèrement appréciée par la commission
d'enquête, — avait, sous ses ordres, une garnison
composée du 87e de ligne, de deux dépôts d'infanterie,
de deux dépôts de chasseurs à pied, de deux escadrons
de lanciers, d'un détachement de pontonniers et de
marins (ces derniers, destinés, dans l'origine, à former
l'équipage de la flottille du Rhin). et de quelques compagnies de francs-tireurs.

Ensuite, au soir de la terrible journée de Reischofen, toute une trombe de fuyards s'était engouffrée dans la ville : *lignards*, zouaves, turcos, cavaliers démontés, fantassins juchés, — dans le vertige de la déroute, — sur des bêtes de selle ou de trait !

En somme, un appoint de trois mille hommes environ ; mais désarmés, débandés, démoralisés, — apportant avec eux un esprit d'indiscipline et d'épeurement que l'on ne sut point réprimer d'une façon assez prompte et assez énergique.

On ne manquait point de canons. En revanche, ils n'étaient pas « de calibre. » En outre, les artilleurs faisaient défaut. Les mineurs pareillement. On comptait, de ceux-là, approchant un millier ; de ceux-ci, à peine une centaine.

Ajoutez que les « approches » de la place n'étaient nullement *en état :* les glacis n'avaient pas été dégagés ; les chemins couverts, les fronts d'attaque n'avaient pas été palissadés ; les arbres, qui gênaient notre tir, n'avaient pas été abattus. Il n'y avait pas d'abris blindés. L'absence du matériel empêchait d'utiliser les contre-mines permanentes. On avait négligé d'occuper Schiltigheim et Kœnigshofen, qui sont comme deux faubourgs de la ville. Le cimetière Sainte-Hélène, lui-même, à deux cents pas du fossé, avait été abandonné.

Nonobstant, lorsqu'un officier, dépêché par le général Beyer, était venu le sommer de capituler :

— Dites à celui qui vous envoie, avait répondu le général Uhrich, que Strasbourg se défendra tant qu'il lui restera un soldat, une cartouche et un biscuit.

Ah ! M. de Moltke savait bien ce qu'il faisait quand il envoyait devant Strasbourg von Werder et les Badois !

Les Badois exécraient Strasbourg, dont la prospérité leur paraissait une insulte à leur gêne : sa cathédrale surtout les offusquait.

Von Werder était arrivé, le 14 août, à son quartier-général de Mundolsheim.

Le 15, les batteries allemandes envoyaient leur premier boulet à la place, pendant que le général Uhrich assistait au *Te Deum* chanté, à la cathédrale, pour célébrer la Saint-Napoléon.

— C'est ma manière, à moi, de fêter leur empereur, s'écriait le général badois.

Le lendemain, dans un conseil de guerre, il déclarait textuellement :

— Il ne s'agit pas ici d'un siège en règle. Il n'y a à s'occuper que subsidiairement de la destruction des ouvrages de défense de l'ennemi. On s'attachera principalement à *intimider la population*.

Il ajoutait, pour se justifier à l'avance :

— L'humanité n'a rien à voir avec les intérêts militaires, — et c'est en faire preuve, d'ailleurs, envers l'un et l'autre des partis en présence, que de chercher à abréger la durée de la lutte *par l'efficacité des moyens employés*.

.˙.

Et alors avait commencé le bombardement *de la ville*. Vous avez bien entendu : *de la ville*. Pas des remparts, de la citadelle, des « ouvrages de défense » susceptibles de riposter; mais des maisons inoffensives, des édifices pacifiques, des toits innocents au pignon desquels les cigognes avaient accroché leur nid protecteur, — des églises, des écoles, des musées, des hôpitaux !...

9.

Oh ! les jours pleins de fracas sinistre : les tonnerres des krupps déchaînés ; la pluie de fer et de feu qui siffle, éclate et tue ; les murailles qui s'effondrent ; les charpentes qui croulent ; les cris de détresse des victimes ensevelies sous les ruines ou frappées près de leur foyer, — citoyens, femmes, enfants, vieillards !

Oh ! les nuits plus effroyables encore : l'incendie qui tombe, comme la foudre, d'un ciel zébré d'éclairs, et qui lèche, mord, étreint, dévore des rues entières ! Des quartiers qui s'allument et s'échevèlent au vent comme une torche ! Une mer de flammes qui roule de faubourg en faubourg ! Des mères qui s'enfuient en portant des berceaux ! Et l'obus, l'impitoyable obus, qui les poursuit dans leur course éperdue, qui broie leurs enfants dans leurs bras, qui écrase des familles réfugiées dans des caves, qui achève les blessés râlant sur les civières, et qui va mutiler, jusqu'au milieu de l'embrasement, les courageux travailleurs dont les efforts s'épuisent à en arrêter les progrès !...

Les faubourgs de Saverne et de Pierre, la rue de la Nuée-Bleue, tout un côté de la place Cadet détruits de fond en comble ; la Bibliothèque et ses trésors incomparables des travaux de l'esprit humain, — documents précieux, manuscrits, incunables, éditions rarissimes, — brûlés jusqu'au dernier parchemin ; la cathédrale balafrée ; sa flèche prise pour point de mire par les canonniers badois, la lanterne enlevée, la croix abattue ; la statue de Lezay-Marnésia éventrée au seuil de la Préfecture ; les Muses, d'Ohmacht, décapitées au fronton du théâtre...

Eh bien, malgré tout cela, Strasbourg tenait. Garnison, gardes nationaux, pompiers, tout le monde était héroïque. Les femmes se montraient sublimes !...

Oui, mais les Badois avaient reçu des renforts de toutes parts : vingt-quatre bataillons et seize escadrons de la landwehr, de la garde et de la réserve ; le 30ᵉ régiment d'infanterie, venu de Rastadt ; le 34ᵉ régiment de fusiliers, venu de Mayence ; une brigade de cavalerie ; en tout *soixante mille* hommes. Ajoutez cette artillerie sans pareille dans l'art de vaincre à distance !

Il avait fallu se rendre !

M. de Bismarck avait, enfin, *les clefs de la maison* dans sa poche !

.˙.

J'avais visité, presque au lendemain du jour où il avait été commis, le théâtre de ce crime de lèse-humanité.

J'avais vu, en juin 1871, les ruines calcinées et branlantes des faubourgs de Saverne et de Pierre, les décombres de la rue de la Nuée-Bleue et de la place Cadet, les carcasses noircies du Musée et du Temple-Neuf, et, dans les autres quartiers de la ville, les traces — trop nombreuses, hélas ! — de l'œuvre de destruction accomplie sans pitié par la bombe et l'obus.

Je cherche vainement tout cela aujourd'hui.

Les effets du bombardement ne sont plus visibles nulle part. On a rebâti les maisons, bouché les trous, plâtré les balafres, blanchi les façades enfumées par l'incendie. Les faubourgs et les monuments anéantis ont été reconstruits « dans le dernier genre de Berlin. » Sur la place Cadet, où je débouche au moment de la retraite, tout un pâté de bâtisses en style de caserne couvre l'endroit où s'élevaient le Musée, la Bibliothèque et ce fameux café Kléber, dont le luxe de province était proverbial à vingt lieues à la ronde...,

Le café a disparu...

Mais Kléber est toujours là, — appuyé sur son sabre, les revers de son habit de général républicain renversés sur sa large poitrine, — dressant sa grosse tête plébéienne à la crinière de lion et au sourire d'une puissante bonhomie!...

Elle est toujours là, la statue du fier soldat de Mayence, de la Vendée et de Sambre-et-Meuse!...

Et, tous les soirs, les tambours et les fifres prussiens viennent s'aligner à ses pieds pour la retraite...

Oh! cette retraite allemande aux pieds du vainqueur d'Altenkirchen et d'Héliopolis!...

Si, par miracle, le géant descendait de son piédestal pour donner de sa botte de bronze au derrière de tous ces tapins et de tous ces turlututus!...

Par malheur, Kléber ne bouge pas...

Les tambours battent, et, comme dans la vieille chanson :

> C'est la retraite et l'on entend
> Tous les fifres du régiment.

Pour fuir cette musique sauvage, je me jette dans une rue, — puis, dans une autre, — puis, dans une autre...

Je marche, je marche, je marche...

Des lampions, un jardin, une affiche :

CASINO D'ÉTÉ

Ma foi, j'entre.

✦

Je suis heureusement tombé. Cet endroit est le ren-

dez vous de tout ce qui est resté français à Strasbourg.
Jusqu'à présent, on n'y chantait même que des chansons françaises : les chansons que vous entendez aux
Ambassadeurs ou à l'Horloge, à l'Eldorado ou à l'Alca-
zar. L'Allemand y venait peu ou prou, ne se sentant
point chez lui, et tout paraissait pour le mieux dans le
plus alsacien des coins du monde possible, quand, cette
année, M. de Manteuffel exigea de l'impresario que, pour
deux chansons françaises, il fit chanter deux chansons
allemandes.

J'assistais à la réouverture de l'établissement. Le
programme était conforme aux ordres du *statthalter*.
Le nom d'une prima-dona allemande s'étalait en
grosses lettres à côté des noms des artistes français...

Oui, mais quand la malheureuse parut, tout le monde
se leva et protesta...

Elle voulut faire tête à l'orage ; elle salua ; elle commença...

Alors, ce fut un charivari de cannes frappant la tôle
des tables et de gens criant à l'unisson :

— A la porte ! à la porte ! à la porte !

Le tapage couvrit sa voix. Elle dut se retirer. Et,
chaque fois que, dans la soirée, elle tenta de se représenter, ce furent les mêmes sifflets et les même clameurs. Aussi prit-elle le sage parti de ne plus revenir.
J'avoue que cette scène me remplit de joie, et que
je rentrai à l'hôtel un peu consolé des tristesses de la
retraite.

III

LA RÉSISTANCE

Ce qu'on serait tenté de penser. — Strasbourg avant 1870. — Strasbourg aujourd'hui. — Abandon de la langue allemande. — Opinion d'un journaliste prussien. — Une Lombardie française. — L'Alsacien d'après M. Camille Farcy. — Magasins français et magasins allemands. — Librairie. — Estampes. — Portraits.— Photographies — Ingéniosités patriotiques. — Les couleurs de la France — Dans les restaurants. — Dans les brasseries. —Enseignes attendrissantes. — Dans les cafés. — Au café Bauzin. — *Ces gens-là n'existent pas !* — Les gavroches. — L'exercice à la prussienne. — Gamin, sous-officier et officier.

Si l'on considère le décor, le costume, le langage, — le langage principalement, — et, à défaut des mœurs et du caractère, les usages et les habitudes, Strasbourg peut être pris pour une ville allemande.

Ces maisons à auvents en surplomb, à balcons découpés, à poutrelles encastrées dans la façade des étages supérieurs, avec leurs fenêtres à meneaux, à croisillons, à petites vitres maillées de métal, — je parle dans les vieux quartiers ; ces toîts en accent circonflexe où s'accrochait le nid des cicognes ; ces marchés encombrés de paysans en longue redingote et de paysannes dont la jupe plissée remonte jusqu'au milieu du dos ; les allures réfléchies, concentrées, des habitants ; leur nourriture et leur boisson ; les guirlandes de *würsten* (saucisses) qui fument sur des montagnes de *sauerkraüt;* la bière qui empanache les chopes d'écume, et, par-dessus tout, ce jargon, composé de mots allemands détériorés par un accent de terroir qui le rend encore plus insupportable, — tout cela donne bien plutôt à la patrie de Kléber l'extérieur d'une cité des bords du Neckar ou du Mein que l'aspect d'une ville française comme Nancy, Metz ou Besançon.

Puis, il faut l'avouer en toute sincérité :

Cette idée, qu'ils n'étaient point du même sang que les Welches, les gens de Strasbourg et de l'Alsace n'avaient pas peu contribué — jusqu'en 1870 — à l'acclimater parmi nous, en exagérant à plaisir, vis-à-vis du reste de la France, les côtés tudesques de leur physionomie.

Avant la guerre, les troupiers en garnison à Strasbourg disaient avec humeur :

— Les filles de ce pays-ci ne parlent français qu'après la retraite.

Et c'était vrai.

Que de fois, demandant un renseignement à un Strasbourgeois, qui, de notoriété publique, s'exprimait en français comme vous et moi, je n'en ai obtenu pour réponse qu'un : *Ich kann nicht verstehen*, bien bourru, bien sec, bien narquois !...

Ich kann nicht verstehen, ou : *Je ne comprends pas.*

En alsacien cela se prononce harmonieusement : *kaniferchten.*

D'où quelqu'un a pu s'écrier, non sans un semblant de raison :

— En vérité, ces Alsaciens ne se sont jamais autant rappelés qu'ils étaient Français que depuis qu'ils ne le sont plus !

D'où encore on a commencé par avancer que l'Alsace se germaniserait facilement, — les Allemands l'ont cru dès l'abord, — et l'on a fini par prétendre qu'elle est en train de se germaniser tout à fait.

Il n'en est rien.

Strasbourg est plus français de langage et de coutumes aujourd'hui que dix ans avant la signature du traité de Francfort. Ce qu'on acceptait alors, on le recherche. Ce qu'on supportait à peine, on le sollicite. Ce qu'on négligeait est de mode. Cette langue nationale, qui semblait proscrite autrefois, on affecte de la parler exclusivement, quand même on ne la saurait qu'à moitié. Cent fois, raconte Edmond About, j'ai failli éclater de rire en entendant quelque brave homme répondre aux Prussiens avec un accent formidable :

— *Moi Vranzais, moi pas safoir allemand.*

Quelques-uns disent même : *Pas poufoir allemand.* C'est la traduction littérale de : *Ich kann nicht deutsch.*

.*.

Un journaliste prussien, M. Rasch, écrivait en tête de l'opuscule *les Allemands en Alsace*, qui lui valut six mois de prison :

« J'ai souvent visité la Lombardie et la Vénétie à l'époque où les généraux autrichiens gouvernaient ces deux provinces par l'état de siège et les tribunaux militaires. La haine de la population italienne contre les officiers, les soldats et les généraux autrichiens était aussi opiniâtre que violente. Il ne pouvait être question de relations sociales entre les Italiens et les *Tedeschi*. Eh bien, en Alsace-Lorraine, c'est la même haine pour les Allemands et le même système d'isolement employé pour la leur faire sentir. »

M. Rasch a raison.

La situation reste plus tendue là bas qu'en Lombardie avant 1859.

On ne le croit pas à Paris parce que l'Alsacien est un patriote silencieux; parce qu'il s'abstient de manifester; parce qu'il ne procède point par coups de tête...

Mais il veut fermement ce qu'il veut :

« La longue habitude des libertés municipales, dit quelque part Camille Farcy, lui a enlevé toute velléité révolutionnaire. Il se renferme en lui-même, se méfie, supporte passivement ce qu'il ne saurait empêcher, ne se livre jamais, ne donne aucune prise à la répression...

» Il n'a pas cette exubérance méridionale qui faisait ricaner les Italiens en face des *Tedeschi*...

» C'est un descendant des fiers bourgmestres des villes libres. Alourdi par le sang germanique, l'esprit qu'il doit au croisement gaulois le rend, cependant, impropre aux choses d'Allemagne. Jamais il ne s'y fera. Les deux populations, allemande et française, sont aussi séparées dans la vie strasbourgeoise que les eaux de l'Ill et du Rhin qui courent côte à côte et restent si longtemps reconnaissables après leur jonction. »

. ˙ .

Pour s'en convaincre, il n'y a qu'à entrer dans les magasins, dans les restaurants, dans les cafés, dans les brasseries.

Il y a des magasins où ne se prononce jamais un mot d'allemand, où ne se vend pas un seul objet de fabrication allemande.

Si l'on rencontre ici ou là des librairies purement germaines, d'où les livres et les journaux *welches* —

les nôtres — m'ont paru soigneusement proscrits...

Si l'on remarque, à la vitrine de certains marchands d'estampes, des portraits du *Gross Kurfust* (Grand-Électeur), de l'*Alt Fritz* (le Vieux Fritz) ou Frédéric II, de l'empereur actuel, des princes de sa famille, de MM. de Bismarck, de Moltke et de Manteuffel; des gravures qui représentent *le Départ du guerrier*, *le Retour du soldat victorieux*, *le Couronnement du Kaiser*, *la Signature de la capitulation de Sedan* et d'autres épisodes de la campagne de France; des photographies de la colonne de la Victoire à Berlin, de la statue de la Germania au Niederwald, des généraux, des hommes d'Etat prussiens; des caricatures du *Kladderadatsch* et des reproductions de ce dessin sanglant du *Punch* : Louis XIV, à Versailles, ôtant son chapeau devant Guillaume triomphant...

Si l'on peut acheter, dans certaines boutiques, des pipes dont le fourneau de porcelaine s'enlumine de zouaves et de turcos malmenés par Arminius lui-même, et des jeux de cartes où le *Kaiser* Wilhem, le roi de Saxe, le roi de Bavière et le grand-duc de Bade remplacent César, David, Alexandre et Charlemagne, et où *l'as de cœur* est figuré par un Napoléon rendant son épée à une personnification symbolique de l'Allemagne...

Il y a aussi, à Strasbourg, des librairies où l'on ne tient que des ouvrages français; des imageries, à la devanture desquelles les uniformes de nos troupiers revivent sur le dos des soldats en papier que l'on fabrique à Épinal; des photographes qui exposent des vues du monument de Mars-la-Tour, de l'incendie de la cathédrale de Metz et des « portraits-cartes » des cigognes et de leurs nids...

Oui, de ces cigognes et de ces nids à la présence desquels — au faîte de leurs maisons — les habitants attachaient une naïve idée de protection et d'espérance et qui se sont envolées, pour ne jamais reparaître, depuis les sinistres tempêtes du bombardement !

Et à quelles ingéniosités n'ont-ils pas recours pour affirmer leurs sentiments !

A la montre des drapiers et des marchands de nouveautés, des pièces d'étoffe, — bleue, blanche et rouge, — sont rapprochées, sont disposées de façon à former une sorte de drapeau tricolore.

Dans les noces, les invités arborent à la boutonnière des flots de rubans bleu clair, blanc-crème et rose tendre. On en décore les cochers. On en pavoise les chevaux et les voitures.

Dans les enterrements, on place sur le cercueil trois couronnes : une de bleuets, une de lis et une d'œillets rouges.

Vivants et morts trouvent ainsi le moyen de porter les couleurs de la France !

∴

Dans les restaurants, les annexés s'attablent d'un côté et les occupants de l'autre.

Vous croiriez peut-être que ce sont ces derniers qui dressent la crête ainsi qu'il sied à des vainqueurs, qui parlent haut, qui *jordonnent*...

Pas du tout : ils sont contraints, gênés, mal à l'aise; ils ne sont pas chez eux; ils ont l'air de se cacher; on dirait qu'ils s'efforcent de se faire oublier.

Les Strasbourgeois paraissent beaucoup moins embarrassés. Ils n'ont point l'attitude soupçonneuse, si-

lencieuse des Messins. Ils s'entretiennent librement.
Parfois dans leur patois; le plus souvent en français.
Mais, dans leurs conversations, jamais un mot de l'Allemagne. Celle-ci ne semble pas exister pour eux.

Dans les brasseries, chacun se tient pareillement
dans son coin.

Ces brasseries où se réunissent les annexés portent,
pour la plupart, des enseignes attendrissantes: — *Brasserie de la Patrie,* — *Brasserie de l'Espérance,* —
Brasserie de l'Avenir. « Des mots! Des mots! » dirait
Hamlet. Mais, ajoute Jules Claretie, n'est-ce pas le
mot qui fait supporter le *fait*, et le rêve, même mensonger, qui fait oublier la réalité dure?

.·.

Dans les cafés, la séparation entre les deux éléments
vous paraît encore plus nette.

Sur la promenade centrale, le Broglie, le premier
café de la ville, — le café Bauzin, — n'est fréquenté
que par les Français.

Les Allemands se confinent dans un café voisin.

Il en est de même dans tout Strasbourg.

Les officiers nouveaux venus espèrent parfois avoir
raison de l'opiniâtre quarantaine dans laquelle ils sont
tenus. Vaine illusion et vains efforts. S'ils se présentent dans un établissement hanté par les habitants,
l'isolement, le vide se font instantanément autour d'eux.
Ont-ils demandé un journal :

— Voici *le Temps*, *l'Illustration*, *le Monde illustré*…

— Mais c'est une feuille allemande que je désire.

— Monsieur, nous n'en recevons pas.

Le café qu'on leur sert est froid ; la bière est aigre ; le cognac, éventé ; le sucre, avarié...

De guerre lasse, ils déguerpissent.

Le propriétaire du café Bauzin a trouvé un moyen plus prompt d'éliminer l'élément prussien : si les consommations qu'il sert à ses clients sont restées les mêmes pour tous, — c'est à dire, de première, d'excellente qualité, — il a surélevé ses prix pour les Allemands, et, aux réclamations des intéressés :

— En effet, a-t-il répondu, ce sont des tarifs spéciaux que je vous applique, messieurs. Vous avez bombardé ma maison. J'ai d'autres prix pour les Français, mes concitoyens, qui ne l'ont pas bombardée. D'ailleurs, rien ne vous force à subir ces conditions. Voici justement à ma porte un établissement de troisième ordre où vous serez comme chez vous

.•.

« Condamnés à frôler sans cesse l'uniforme allemand dans les rues, nous avons appris à faire un travail d'abstraction qui supprime pour nous la présence des ennemis. Nous passons auprès d'eux sans que nos yeux trahissent le dépit, l'humiliation ou la haine. Nous traversons leurs groupes avec une telle sérénité de dédain, nous nous heurtons à leurs coudes avec une insensibilité si évidente que chaque Prussien en Alsace peut se croire invisible et même impalpable, et chercher instinctivement à son doigt l'anneau fabuleux de Gygès. »

Il y a douze ans qu'Edmond About mettait ce langage dans la bouche d'un Alsacien (1).

L'Alsacien n'a rien modifié dans cette fière ligne de conduite.

Grands musiciens, les Allemands font, à tout instant, circuler par la ville leurs musiques militaires. Ce ne sont qu'aubades, prises et reprises de drapeaux, réceptions de corps, parades, concerts! Personne ne se dérange pour entendre. Tout ce bruit tombe dans un désert

Leurs régiments partent pour la manœuvre ou reviennent de la revue. Ils traversent les rues, les places, aux tapages de leurs fanfares, aux accents criards de leurs fifres, aux coups secs de leurs tambourins. Leurs superbes colonnes passent, cadençant le pas, exagérant la raideur nationale, fanatisant le maniement des armes...

Eh bien, pas une porte ne s'ouvre, pas une fenêtre ne s'entrebâille, pas une tête ne se retourne!...

Ces gens-là n'existent pas!

.·.

Strasbourg a ses gavroches comme Paris.

On n'en voit pas un seul suivre les bataillons.

En revanche, sur le passage de ceux-ci, alors que les fifres se taisent, on entend quelquefois siffler *la Marseillaise*.

D'aucuns se gênent encore moins pour se moquer des soldats allemands.

Il y avait une douzaine de ces galopins, qui, réunis

(1) L'*Alsace*, 1871-1872.

sur une place, s'amusaient à faire l'exercice à la prussienne. Leur capitaine de dix ou onze ans imitait à
merveille la note stridente des commandements ger-
maniques. Deux officiers s'arrêtent et regardent. Il est
évident qu'ils pensaient, du haut de leur grandeur, en
caressant leurs grosses moustaches :

— Voilà des marmots qui se préparent de bonne
heure à servir notre empereur et roi !

Tout à coup, le chef de la bande crie à ses hommes :

— Attention !... Mouchez vous !... Gauche !... Droite !

Et tout le rang, avec ensemble, de se moucher...
de l'index !

Les Allemands de froncer le sourcil.

Cependant l'exercice continue.

Mais voici qu'après quelques mouvements, fort bien
exécutés, ma foi, le capitaine en blouse commence une
distribution de soufflets, de gourmades et de coups de
pied que ses hommes acceptent sans broncher...

Cette fois, les officiers se rembrunissent tout à fait.
Ils marchent vers les mauvais plaisants. Ils s'apprêtent
à tirer quelques paires d'oreilles...

C'est alors que, pris d'une idée sublime, le chef des
gamins pousse ce cri :

— Voici les Français !... Sauve qui peut !

Et toute la compagnie de se débander et d'aller se
cacher dans les caves !

E finita la comedia !

Les Allemands n'en riaient pas.

.*.

Parfois, la plaisanterie est plus salée encore, — salée au
gros sel gris, — salée à l'allemande, — si salée qu'elle

arrive à dérider ceux de nos vainqueurs qui ne sont pas ennemis d'une gaieté épaisse à couper au couteau.

Un gavroche strabourgeois rencontre sur le Broglie un sous-officier prussien.

— *Wie fiel uhr ist ?* lui demande-t-il.

L'Allemand regarde sa montre :

— Midi moins dix.

Ensuite, il s'informe à son tour :

— Pourquoi me demandes-tu cela ?

— Parce qu'à midi juste, vous baiserez mon c..., répond le gavroche effrontément. Et il s'échappe en faisant un pied de nez à son interlocuteur.

Celui-ci, furieux, se met à sa poursuite.

Oui, mais, au détour d'une rue, il se jette dans l'un de ses officiers qu'il bouscule irrévérencieusement.

L'officier l'empoigne au collet :

— Où vas-tu, drôle ?

— Mon capitaine, je cours après ce polisson.

— Et que t'a-t-il fait, ce polisson ?

— Mon capitaine, il m'a dit.... Il m'a dit... Il m'a dit...

— Après ?

— Je n'oserai jamais...

— Mais encore ?

— Le respect...

— Et moi, je t'ordonne de parler.

— Eh bien, il m'a dit qu'à midi précis, je baiserais son c...

L'officier consulte son chronomètre.

Puis, froidement :

— Alors, pourquoi te presser autant ? Il te reste encore cinq minutes.

IV

LA VISITE DU KAISER

La comédie de la germanisation. — La vérité sur la cohue. —
Tous Allemands ! — Indifférence profonde des Strasbourgeois. —
A propos de la retraite aux flambeaux. — Drapeaux forcés. —
Les garnisaires. — Seringue et vitriol. — Défilé du cortège. —
Enthousiasme embrigadé. — Le vieil empereur. — Son état-
major. — Les comparses payés. — Faux écriteaux. — Faux
Alsaciens. — Supercherie découverte. — Mécontentement de
Sa Majesté. — Uhlans déguisés en paysans. — Mécontentement
de l'Impératrice. — L'orpheline du bombardement. — A la
Toussaint. — Les cadeaux de joyeux avènement. — Le départ
des augustes voyageurs.

Pour acquérir la note exacte de l'éloignement que
les populations alsaciennes n'ont point cessé de pro-
fesser pour l'ordre de choses actuel, il convient de
considérer leur attitude lors du dernier voyage du *Kaiser*
à Strasbourg, au mois de septembre 1879.

Que si, après ce voyage, et après les réceptions, les
harangues, les galas, les salamalecs dont il avait été le
prétexte, vous aviez demandé à un Allemand, — ainsi
que je le fis alors, — quels étaient le but, le sens, le
résultat, la moralité de cette visite et de ces fêtes, il
vous eût répondu sans doute, avec toute la presse
d'outre-Rhin :

« Prouver au souverain, à la France, à l'Europe les
progrès accomplis, depuis neuf ans, dans la voie de la
pangermanisation, par les deux provinces conquises. »

Il est constant que le vieil empereur a dû croire ce

10

but atteint et ce résultat obtenu, quand les vivats des
curieux accourus sur son passage se sont mêlés, à son
oreille, aux tonnerres des cloches, des tambours, des
cantates et des canons ; quand une pluie de fleurs est
tombée des fenêtres dans sa calèche à six chevaux ;
quand, droit, ferme et radieux en selle, superbe de
vigueur guerrière, et suivi d'un sillage étincelant de
rois, de grands-ducs, de princes et d'officiers généraux, il s'est avancé sous les arcs de triomphe, les
guirlandes de feuillage, la féerie des lumières et les
grands plis flottants des oriflammes qui pavoisaient des
villes entières — du haut en bas — des trois couleurs
de l'Allemagne...

Mais a-t-il jamais soupçonné par quel travail, par
quel effort, par quel prodige de *mise en scène* on était
parvenu à organiser autour de lui cette foule et cette
allégresse ?

Oui, il y avait, pour l'acclamer, cent mille personnes
sur le pavé de Strasbourg. Plus un lit dans les hôtels.
Plus une place dans les restaurants. A telle enseigne,
que je dus aller demander la pâtée et la niche aux sœurs
hospitalières du couvent de la Toussaint.

Mais de quoi se composait cette cohue ?

D'Allemands.

Dans les rues, sur les quais, sur le Broglie, des
Allemands.

Dans les auberges, dans les cafés, dans les brasseries,
des Allemands.

A la gare, au moment de l'arrivée et du départ des
augustes voyageurs ; sous le balcon de la Préfecture,
alors que ceux-ci s'y montraient ; à la représentation
officielle du *Stadtheater*, à la revue de Kœnigshofen,

des Allemands, encore, toujours et partout, des Allemands !

Des trains de plaisir à prix réduits avaient amené tous ceux qui habitent maintenant l'Alsace, — et Dieu sait si elle est épaisse, la nuée de sauterelles transrhénanes qui s'est abattue, depuis 1870, sur cette infortunée province ! Puis, tout le grand-duché de Bade, tout le Palatinat, toute la Bavière ! Par familles, par bandes, par troupeaux ! Et quelles familles ! On n'avait qu'à les regarder pour reconnaître d'où elles venaient : la mère, harnachée au dernier goût des principautés de Lippe-Detmoldt ou de Lippe-Schauenbourg ; le père, portant à la boutonnière le bleuet, qui est la fleur préférée de Guillaume, ou toute une quincaillerie de médailles ; la *fraülein*, rougissant, comme Marguerite, sous le regard des Faust de la landwehr ou de la landsturm, et l'affreux galopin costumé en uhlan, en *iægre* (chasseur) bavarois, en dragon de Westphalie ou en hussard de Mecklembourg.

Mais de Strasbourgeois, mais d'Alsaciens là-dedans, pas un seul !

Tout ce que le pays compte de notabilités politiques, commerciales, industrielles et financières était parti pour le Hohwald ou pour Sainte-Olile, afin de ne se point trouver sur le chemin de l'Empereur.

A Strasbourg, les individualités de quelque importance, invitées à s'asseoir à la table impériale par l'entremise du comte de Perponcher, grand-maréchal du palais, avaient décliné cet honneur en termes secs et polis.

Le député de la ville, M. Kablé, était absent.

Quant à ceux qui n'avaient pas abandonné leur *chez eux*, ils s'étaient confinés au fin fond du logis, calfeu-

trant portes et fenêtres pour ne rien percevoir des
réjouissances, des cortèges, des hurrahs de la rue. Le
soir de l'arrivée du *Kaiser*, un officier allemand
demandait à son propriétaire, — un bon bourgeois de
la rue de la Mésange, — comment il avait trouvé la
retraite aux flambeaux qui venait de défiler sous ses
croisées. Le Strasbourgeois prit un air étonné :

— Une retraite ?... Quelle retraite ?... Je n'ai rien
entendu !

Il n'avait rien entendu !

Rien des quatre cents tambours, des deux cents
fifres et clairons et des vingt musiques militaires qui
allaient ronflant, grinçant, cornant, beuglant à
l'unisson !

.·.

Oui, il est vrai que des drapeaux formaient, au-dessus
des rues parcourues par le souverain, comme une voûte
frissonnante et multicolore...

Mais ces drapeaux pendaient aux fenêtres des officiers de la garnison, de la myriade d'employés des
administrations allemandes et des cinquante mille
immigrants qui ont remplacé à Strasbourg les Alsaciens
éloignés par l'annexion...

En outre, la veille de l'entrée du *Kaiser*, des agents
de police, suivis de soldats chargés de banderoles,
d'oriflammes et d'étendards, s'étaient présentés chez
tous les hôteliers, limonadiers, restaurateurs, débitants
de bière, de vin, de tabac, de cigares, et leur avaient
tenu à peu près ce langage :

— La façade de votre maison a tant d'ouvertures sur
la rue. Voici de quoi garnir ces ouvertures. Veillez

avec soin sur cette décoration. Elle doit demeurer
intacte pendant toute la durée des fêtes. Autrement...

— On fermerait mon établissement ?...

— Non ; mais on vous retirerait l'autorisation en
vertu de laquelle il peut rester ouvert.

.·.

Tous les officiers supérieurs, appelés à Strasbourg
par la présence de Guillaume et par ses grandes manœuvres qui allaient avoir lieu aux environs, s'étaient
fait délivrer par l'administrateur municipal un *bon pour
un appartement complet, avec salon*, chez l'habitant.

Pour se soustraire à cette pénible obligation d'accueillir ces messieurs sous leur toit, les Strasbourgeois
imaginèrent de les caser en ville, dans des appartements aussi confortables que possible, loués à beaux
deniers sonnants et trébuchants.

Mais l'administration municipale leur signifia que
« le logement devait être *effectif* » et que c'était leur
propre intérieur qu'il leur fallait partager avec ces
hôtes incommodes et exigeants.

C'est en vertu de ces dispositions que le directeur
du Crédit foncier alsacien-lorrain reçut la visite d'un
simple capitaine, qui pénétra de force dans ses appartements et jeta son dévolu sur la chambre à coucher de
la maîtresse de la maison.

Vous pensez si ces garnisaires s'empressèrent
d'arborer les couleurs nationales aux croisées de leur
nid d'emprunt !

Oui, mais ne voilà-t-il pas que de mauvais garçons
eurent l'idée de remplir de vitriol quelques-unes de
ces énormes seringues, dites *de cheval*...

10.

Puis, la nuit, avec précaution, se glissant le long des murailles, ils projetèrent le jet de la liqueur corrosive sur les drapeaux en pendeloques aux fenêtres...

Si bien, que, le matin, à l'aube, la plupart de ceux-ci apparurent brûlés, troués et maculés !...

J'en vis, pour ma part, enlever une vingtaine par la police, — ainsi détériorés et roussis, — dans la rue du Dôme et sur la place du Marché.

Gubetta aurait dit, dans *Lucrèce Borgia :*

— Une plaisanterie à faire mettre la moitié de la ville à la question !

.·.

J'étais sur le Broglie lorsque l'Empereur et l'Impératrice le traversèrent en calèche à six chevaux, — l'empereur occupant la droite de la voiture et l'impératrice la gauche, — pour se rendre de la gare, où le général Fransecky, gouverneur militaire, les avait reçus, à l'hôtel de la Préfecture, où le gouverneur civil, le président de Mœller, les attendait, eux et le méli-mélo de leurs invités : des majestés, des altesses et des excellences de tous les coins de l'Allemagne, les représentants militaires de toutes les puissances de l'Europe (1), des généraux, des diplomates, encaqués

---

(1) La France exceptée, bien entendu. Ceux de nos officiers, invités par l'Empereur à assister aux grandes manœuvres qui avaient commencé en Allemagne et qui allaient se continuer en Alsace-Lorraine, avaient pris congé du souverain lors de son départ pour Strasbourg. Leur présence dans cette ville n'eût point manqué d'être la cause de manifestations qu'il était prudent d'éviter dans l'intérêt des habitants.

J'étais devant l'hôtel de la Ville de Paris, dans la rue de la

dans une cinquantaine de véhicules, avec leurs épaulettes, leurs broderies, leurs cordons et leurs plumets.

Il y avait des soldats d'infanterie en grande tenue, — mais sans fusil, — alignés le long des trottoirs, de façon à empêcher la circulation sur le milieu de la chaussée, dont on avait couvert le pavé de sable fin.

Derrière ces soldats se massaient les Allemands dont j'ai parlé tout à l'heure.

On les avait renforcés, pour la circonstance, de dix à douze mille autres troupiers, venus *en permission* des garnisons voisines, avec indemnité de route, billet de chemin de fer et de logement, argent de poche, etc., etc., etc.

Sans compter cinq cents policiers, mouchards et « chefs d'enthousiasme » expédiés de Berlin.

C'étaient tous ces gens-là qui agitaient leurs chapeaux, leurs mouchoirs, — quand ils en avaient, — qui battaient des mains et qui poussaient, sur le passage du cortège, leurs *Hoch! hoch!* traditionnels et gutturaux.

Pas un Alsacien-Lorrain n'était mêlé à cette clique et à cette claque.

.˙.

J'étais encore, le lendemain, sur le Broglie, lorsque Leurs Majestés le traversèrent à nouveau pour se rendre à la revue de Kœnigshofen.

Nuée-Bleue, lorsque deux officiers italiens y entrèrent au retour de la revue de Kœnigshofen.

La vue de leur uniforme, qui rappelle le nôtre, suffit pour soulever parmi les Strasbourgeois une petite émeute d'acclamations et de bravos,

L'impératrice était assise, à côté de la grande-du-
chesse de Bade, sa fille, dans un équipage conduit à la
Daumont, derrière lequel, ainsi qu'un perroquet sur
son perchoir, était juché un magnifique heyduque,
doré, brodé, empanaché comme un suisse de cathédrale.

L'empereur était à cheval, entouré d'un état-major
parmi lequel on remarquait le *Kronprinz*, « *unser Fritz*, »
avec sa belle barbe chatain clair et son air engageant
et doux ; Frédéric-Charles avec sa figure de reitre, le
poil roux de Barrabas et le dolman des hussards ;
M. de Moltke, avec sa tête glabre et ridée de vieille
harpie ; M. de Manteuffel, avec ses lunettes ; le général
Fransecky, avec ses longs cheveux blancs, — et,
parmi les officiers étrangers, Skobelef, le héros de
Plewna ; lord Campbell ; le colonel Tschen-Tschi-
Kong, etc., etc., etc.

Certes, ce n'était point un spectacle dénué d'intérêt
que celui de ces individualités guerrières...

Celui du *Kaiser*, surtout ; de ce vieillard portant ses
quatre-vingt-deux ans — il en a près de quatre-vingt-
six maintenant — avec une si robuste gaillardise ; l'œil
aigu comme une pointe d'épée sous la broussaille du
sourcil ; la lèvre enfouie dans la neige de la moustache ;
casqué, sanglé, botté, éperonné pour la bataille, comme
un de ces soldats du temps de ce Grand-Electeur, son
modèle, dont un poëte contemporain écrivait :

　　« *C'est le fils de la Guerre, le père de la Conquête et*
le parent éloigné du reste de l Humanité. »

Eh bien, ce spectacle, j'étais à peu près le seul
Alsacien-Lorrain qui se fût dérangé pour y assister :
le seul, en compagnie de mon compatriote et confrère,
le regretté Camille Farcy, de *la France.*

A un moment, un voyageur de Nancy, qui campait avec moi à la Toussaint, vint nous rejoindre.

Il avait l'air tout désolé :

— Comment douter, nous dit-il, que les campagnes alsaciennes soient devenues allemandes, puisque je viens de voir défiler devant l'empereur des députations qui portent des bannières sur lesquelles sont écrits les noms des principaux villages de la banlieue de Strasbourg ?

Farcy se chargea de le consoler :

— Savez-vous, lui demanda-t-il, de quoi se composent ces députations ?

De ces visiteurs d'outre-Rhin que les trains de plaisir nous ont envoyés par milliers.

On les attendait au débotté, on les divisait par escouades de douze ou quinze individus, on les emmenait dans des débits de boissons différents et on les y abouchait avec des hommes munis de planchettes ou de drapeaux sur lesquels on pouvait lire : *Huguenau,* — *Brumath,* — *Wasselonne,* — *Sarrebourg*, etc., etc.

Qui, *on*, et quels étaient ces hommes ?

Tout simplement, des entrepreneurs d'enthousiasme chargés d'embrigader des comparses soldés.

Tenez, hier, sur le quai Kléber, un particulier, qui agitait une bannière portant ces mots : *Ville de Colmar*, se promenait à travers les groupes et essayait de les chauffer. Deux citoyens de Colmar se trouvaient là, par hasard. Ils marchent droit à ce drôle et l'interpellent brusquement :

— Nous ne vous connaissons pas, qui êtes-vous?

— Moi, balbutie l'autre interloqué, je suis cordonnier à Carlsruhe !

.˙.

Et le vieux Guillaume ne s'y trompe pas, allez ! Il sait combien en vaut l'aune. A son premier voyage, dans une commune voisine de Strasbourg, on lui avait présenté des enfants qui chantaient l'hymne national allemand : *Heil dir im Sieges Krantz !...*

L'empereur s'était montré très satisfait.

Il avait complimenté les enfants, l'instituteur, le *kreis-director*, tout le monde.

Le lendemain, dans une autre localité, il eut encore la joie d'entendre, devant la porte d'une école de campagne, un groupe de jeunes voix entonner les mêmes strophes en son honneur.

Le surlendemain, ailleurs, même chant et même enchantement.

Oui, mais le vieillard a la mémoire, sinon la promptitude de l'œil.

A une nouvelle exhibition de chanteurs, il fronça le sourcil, et, se tournant vers le *kreis-director* qui l'accompagnait :

— Monsieur, lui dit-il sévèrement, ces enfants sont toujours les mêmes. Je les reconnais. Faites-moi grâce désormais d'une semblable comédie.

.˙.

Oui, comédie jouée, montée ici ou là en Alsace-Lorraine, — à Metz comme à Strasbourg, — pour tromper le César bientôt nonagénaire ! Comédie habile parfois ! Parfois grossière et inutile !

C'est ainsi qu'il avait été décidé que l'on régalerait

les augustes visiteurs d'une cavalcade champêtre à la mode du pays, avec les longs chariots pavoisés et fleuris, les belles filles enrubanées, les gars évoluant, aux fanfares des musiques, sur leurs montures bien râblées, et les gros maires drapant les plis de leur écharpe sur des gilets ruisselants de boutons.

La chose avait eu lieu pour le roi Louis-Philippe et pour le duc de Montpensier. Elle avait eu lieu pour l'impératrice Eugénie et pour l'empereur Napoléon. Il fallait qu'elle eût lieu aussi pour le *Kaiser* Guillaume et pour la *Kaiserin* Augusta.

Par exemple, il ne fallait pas compter sur le concours des municipalités.

On avait déjà demandé à celles-ci d'offrir par souscription un banquet à l'empereur, et elles s'y étaient refusées avec un ensemble touchant.

Un maire des environs de Strasbourg avait même répondu à ce propos :

— Quand Napoléon venait chez nous, c'était lui qui nous invitait.

La cavalcade eut lieu, pourtant.

Penchées au balcon de la Préfecture, Leurs Majestés virent défiler des chars rustiques enguirlandés de verdure, entourés de cavaliers en costumes villageois et chargés de musiciens et de fillettes : tout un joyeux carnaval de jupes vertes et rouges, de costumes brodés, de coiffures ornées du *papillon* national, de culottes courtes, de bonnets fourrés et de harnois dont le cuivre poli brillait en larges plaques aux rayons du soleil.

Seulement, on remarqua ceci :

Les cavaliers avaient des bottes et des éperons de *troupe*.

C'étaient cent vingt uhlans déguisés en paysans alsaciens.

Et, quant aux paysannes, l'impératrice ayant adressé la parole en allemand à l'une d'elles, qui lui présentait un bouquet, celle-ci ne sut que répondre.

C'était une Belge, qu'on avait racolée, avec ses compagnes, dans une maison de prostitution, pour les habiller en Alsaciennes et leur en faire remplir le rôle, à raison de quatre marks pour la journée.

L'impératrice se plaignit en termes fort vifs à M. de Mœller de la haute inconvenance de cette supercherie.

Plusieurs épisodes de son séjour à Strasbourg l'avaient, du reste, péniblement impressionnée.

C'est ainsi qu'en arrivant, parmi les enfants des écoles publiques qui formaient la haie sur son passage, elle avait remarqué une fillette dont le vêtement noir faisait tache au milieu des robes blanches de ses compagnes.

Reléguée derrière celles-ci, l'enfant demeurait triste et silencieuse. Elle avait laissé tomber les fleurs qu'on lui avait mises dans la main. L'institutrice, — une Allemande, — s'était placée devant elle pour la dérober à l'attention des illustres voyageurs. L'impératrice l'avait montrée à l'empereur. Ce dernier, qui est bonhomme à ses heures, avait fait signe à la petite d'approcher, et, adoucissant sa rude voix de soldat :

— De qui êtes-vous en deuil ? avait-il questionné.

— Sire, de mon père et de ma mère.

— Vous les avez perdus tous deux ?

— Le même jour.

L'impératrice avait murmuré :

— C'est affreux!... Comment cela?... Par accident sans doute ?

— Madame, pendant le bombardement.

∴

Le lendemain, au cours de sa visite à travers les hôpitaux, on présenta à la souveraine une pauvre petite fille amputée des deux poignets.

Emue au delà du possible :

— Que puis-je faire pour vous, mon enfant ? interrogea la *Kaiserin*.

Alors, la mutilée élevant ses moignons avec un geste et un accent farouches :

— Madame, pouvez-vous me rendre ce que m'ont pris vos canons ?

Dans une autre visite à la Toussaint, — qui est à la fois un couvent, un hospice et une maison hospitalière, et qui était une ambulance, remplie de blessés, pendant le siège, — à l'extrémité des jardins, l'épouse de Guillaume aperçut une sorte de monticule formé d'objets dont, évidemment, l'on avait tenté de lui dissimuler la vue en les cachant sous une bâche.

— Qu'il y a-t-il là-dessous? s'informa-t-elle avec une curiosité machinale.

Une des religieuses qui la guidaient dans sa promenade, — une Strasbourgeoise,—souleva l'un des coins de la bâche, et, découvrant un amas de morceaux de fer et de fonte, — fragments d'obus, de bombes, de boîtes à balles, — tous les débris de la mitraille dont les batteries allemandes avaient jadis écrasé le couvent :

— Madame, dit-elle, c'est ce qui nous reste des dons

11

de joyeux avènement de S. M. votre époux à sa bonne ville de Strasbourg.

.*.

Aussi, lorsqu'il s'agit de quitter Strasbourg pour Metz, l'impératrice déclara-t-elle péremptoirement à son noble époux qu'elle renonçait à l'accompagner dans cette seconde partie de son voyage ; et, comme on lui demandait le motif de cette résolution inattendue :

— *Ces gens-là se souviennent trop !* répondit-elle en parlant des populations qu'elle croyait trouver sans doute plus oublieuses et plus dociles.

Guillaume partit donc seul pour le pays de Lorraine.

Avec les fêtes, la comédie avait pris fin. Les comparses d'outre Rhin s'en étaient retournés chez eux. Les troupes, harassées de parades et de manœuvres, avaient regagné leurs cantonnements et leurs casernes. C'est à peine s'il y avait sur le Broglie une cinquantaine de personnes pour voir se hâter vers la gare les équipages de la cour.

Le vieux César s'enfonçait dans l'un des coins du sien. Enveloppé de sa capote militaire, il avait une mine fatiguée et bourrue. Son bras se levait avec un mouvement mécanique, alourdi, ennuyé, pour effleurer du bout des doigts la visière de sa casquette...

Mais il avait beau saluer. Son geste tombait dans le vide. Personne ne le prévenait. Personne ne lui répondait...

Et ce silence des peuples, qui est la leçon des rois, n'était troublé que par le canon annonçant l'heure du départ.

V

Une prestation de serment. — A l'église. — Cérémonie solennelle. — Un conseil de mon hôtelier. — Les rixes après boire.
— Leurs suites inévitables. — Meurtre du jeune Muller. — Enterrement clandestin. — A Mulhouse. — Pontonniers et fantassins. — La Saint-Guillaume et la *Saint-Sedan.* — Mannequin de
zouave. — Les filles réquisitionnées. — Orgies tudesques. — Au
Luxhoff. — Sur le Broglie. — Sur le Contades. — L'attaque
d'un train. — La *Journée des Bottes.* — On recherche Camille
Farcy.

J'ai parlé des musiques qui parcourent les rues à
toute heure...

En voici une qui défile sous mes fenêtres. Celle d'un
régiment d'infanterie. En grande tenue. Derrière elle,
les drapeaux, avec un piquet en armes. Puis, le corps
d'officiers. Puis, de jeunes soldats, dont l'uniforme est
battant neuf. Mon hôte me dit :

— C'est une prestation de serment. Il faut voir cela.
C'est curieux.

J'emboîte le pas à la musique, aux officiers et aux
soldats. J'ajouterai que je suis seul à les accompagner.
Nous arrivons à une église. Les cierges sont allumés,
les évangiles sont ouverts sur l'autel. En face de celui-
ci, dans le chœur, prennent place les officiers et les
drapeaux. Les musiciens s'installent dans une chapelle
latérale. Les soldats se rangent dans la nef.

Un aumônier militaire monte en chaire et prononce
une assez longue homélie, dans laquelle les mots *Gott,*
Kaiser et *Faterland* reviennent fréquemment. L'assis-

tance l'écoute avec recueillement. Ensuite, la musique attaque l'air :

Salut à toi, couronné par la victoire !

Et, tandis que ce chant, à la fois militaire et religieux, roule en ondes graves sous les voûtes sonores, chaque soldat, à tour de rôle, monte dans le chœur, gravit les marches de l'autel, étend la main au-dessus des livres saints et jure fidélité à l'empereur, au drapeau, à la patrie !...

Et ce drapeau, dont les plis flottent sur sa tête ; ces officiers, debout devant lui, qui représentent le souverain, le régiment et le pays ; tout, jusqu'au Christ, qui, du haut de l'autel, semble le regarder et l'entendre ; tout, dis-je, paraît prendre acte des paroles qu'il prononce et de l'engagement qu'il contracte !...

Une cérémonie qui ne manque ni de poésie, ni de grandeur. N'en rions point. Dans un pays où l'on ne met pas son orgueil à ne croire à rien, et où l'on n'arrive pas à devenir quelque chose précisément par la violation des engagements souscrits, cette « prestation de serment » n'est pas une pure formalité.

Elle a un but et une valeur.

Je n'irai pas jusqu'à prétendre qu'elle donne du cœur à ceux qui n'en ont pas...

Mais elle donne au soldat allemand le courage de l'abnégation qui lui est si utile avec la discipline de fer à laquelle il va être asservi.

Elle lui donne aussi l'esprit de corps, qui, s'il ne fait pas les héros dont il n'est plus besoin avec l'artillerie moderne, fait, du moins, les masses solides, avec lesquelles on gagne les batailles.

La recrue, qui a « juré devant le drapeau, » s'habitue
à considérer celui-ci comme la représentation idéale
de cette grande chose commune : *Faterland*...

Pour elle, le régiment est matériellement un coin de
la patrie, puisque, — le système du recrutement *ré-
gional* étant en vigueur en Allemagne, — elle y retrouve
des parents, des voisins, des amis...

Il en résulte que le drapeau devient, en quelque
sorte, le clocher d'un village ambulant que tous se
sont engagés, sont intéressés à défendre.

._..

... A mon retour à l'hôtel, mon hôte me donne ce
conseil :

— Ne vous attardez pas, ce soir, dans les rues...

— Pourquoi cela ?

— Parce que tous ces gaillards qui ont prêté serment seront ivres comme des Polonais, et que,
quand les Allemands sont ivres, ils n'ont pas de
plus grand plaisir que de se cogner entre eux et de
cogner les autres. Entre tant de régiments d'armes et
de provenances si diverses, il est rare qu'après boire,
quelque rivalité n'éclate pas, qui se traduit par un
échange de horions. Ils se tueraient comme des
mouches, si l'on n'avait, ces jours-là, la précaution de
leur retirer leur sabre.

— Et l'autorité militaire ?

— L'autorité ferme les yeux : elle ne trouve pas
mauvais que les conscrits reçoivent le baptême du
sang. Ne faut-il pas qu'ils s'habituent à taper dur et
ferme, comme des gens qui doivent, plus tard, pour-
fendre *l'ennemi héréditaire ?*

— La police n'intervient donc pas dans ces combats de bienvenue ?

— Elle n'intervient que pour empoigner les bourgeois... Et il leur en cuit, à ceux-là... Tenez, un dimanche soir, à la suite d'une querelle qui avait eu lieu entre soldats, sur la place d'Austerlitz, deux jeunes gens furent arrêtés par une patrouille accourue pour rétablir l'ordre, et conduits au poste de la place Kléber.

Chemin faisant, l'un d'eux, âgé de vingt-sept ans, le nommé Muller, essaya à plusieurs reprises de s'échapper, mais sans pouvoir y réussir.

Arrivé au coin de la rue Mercière, en face de la cathédrale, il tenta un nouvel effort et parvint à se sauver dans la direction de la place.

Aussitôt, le sergent qui commandait la patrouille glissa une cartouche dans son mauser, fit feu à vingt pas et blessa mortellement le fugitif qui roula dans le ruisseau.

Une demi-heure durant, le pauvre diable se débattit sur le pavé, râlant, frappant de sa tête sanglante la bordure du trottoir. La soldatesque repoussait à coups de crosse les passants qui essayaient de le secourir. Enfin, un fiacre vint à passer ; deux soldats y jetèrent le blessé. Quand celui-ci arriva à l'hôpital, il était mort.

Le cadavre fut enterré secrètement, sans même que la mère et les trois petits frères, dont Muller était le soutien, en fussent avertis.

Et cela pour éviter un scandale, semblable à celui qui s'était produit à Mulhouse, à l'enterrement d'un ouvrier, assassiné également par un soldat allemand.

Ce jour là, toute la ville avait accompagné le cercueil au cimetière et des centaines de femmes de toutes les conditions avaient crié : *Vive la France !* sur le bord de la fosse de la malheureuse victime.

Ce jour-là aussi, la *Marseillaise*, jouée par les orgues, avait retenti dans l'église, mêlant ses accents vengeurs à la protestation muette de la population.

L'organiste en fut quitte pour regagner la France : on n'osa pas l'emprisonner.

.·.

— En somme, conclut mon hôte, les jours de « prestation de serment, » les bourgeois font sagement de se coucher de bonne heure.

Si, encore, il n'y avait « du train » que ces jours-là !

Mais ces rixes entre militaires sont des plus fréquentes à Strasbourg.

Issues des causes ou des prétextes les plus futiles, elles prennent souvent des proportions considérables.

Nous n'en voudrions pour preuve que cette correspondance adressée, l'an dernier, de la capitale de l'Alsace à l'un de nos grands journaux parisiens :

« La place Saint-Etienne est devenue le champ de bataille de nos garnisaires. C'est là que les pontonniers et les soldats du 17° de ligne viennent chaque soir vider leurs différends, après boire.

» On s'aligne sous le réverbère et, d'estoc et de taille, on s'enlève un morceau de chair, pour la plus grande gloire des troupes de Sa Majesté.

» C'est dimanche que la chose a commencé : Un pontonnier ayant caché la casquette d'un soldat du 17°, cette insulte grave ne pouvait se ·laver que dans le

sang. Aussi le soldat provoqua-t-il tous les pontonniers.
Ceux-ci répondirent au défi en tombant sur celui qui
l'avait lancé. A dix contre un, ils eurent facilement
raison de leur adversaire et, pour commencer, ils lui
coupèrent une oreille...

» Le blessé ayant été transporté dans le cabaret où
le différend était né, les pontonniers, demeurés dehors,
voulurent enfoncer la porte. Alors commença une véritable scène de carnage. Des soldats du 47°, accourus
au secours de leur camarade, se jetèrent dans la ba-
garre. D'autres, du 25°, de passage à Strasbourg et lo-
gés chez l'habitant, voulurent s'interposer. Trois quarts
d'heure durant, on se sabra sur la place, sans qu'un
sergent de ville, sans qu'un officier, sans qu'une patrouille vînt mettre le holà.

» Le lendemain, le combat recommença dans la rue
des Frères; le surlendemain, il continua dans la rue des
Sœurs; hier, il s'étendait sur le parcours de la caserne
des uhlans, à la Krudeneau, à celle de la Finkmatt, où
le 47° a ses quartiers; si cela dure, on se battra demain
tout autour de la ville. »

.·.

Je n'ai pas vu les ripailles de la Saint-Guillaume et de
la *Saint-Sedan* : on sait que c'est ainsi que les Prussiens appellent l'anniversaire de leur victoire.

Je n'ai pas vu, en ce dernier jour, souffleter et brûler
un mannequin de zouave, — et je me refuse à croire
que des officiers, que j'ai souvent entendus rendre hommage au courage malheureux de nos troupes, aient
assisté, de gaieté de cœur, à une pareille polissonnerie.

Je n'ai pas vu, en ces fêtes *nationales*, les filles des maisons de tolérance réquisitionnées, *par ordre de la place*, pour servir de danseuses à une garnison gavée de porc, de tabac et de *schnaps*.

Mais j'ai vu, le soir du passage de l'empereur, — à la brasserie du Luxhoff, derrière l'Hôtel-de-Ville, — des sous-officiers rouler sur le plancher, dans la bière, le vin et l'eau-de-vie, en compagnie de ribaudes de quatorze ans et de sorcières de soixante.

J'ai vu, le lendemain de cette monstrueuse beuverie, des soldats dormir sur tous les bancs du Broglie, pêle-mêle avec des maritornes et des goujes.

Et j'ai entendu, ce même jour, un officier dire, dans une maison où je me trouvais :

— Ma foi, je viens vous demander à déjeuner. Tous les cuisiniers du *mess* sont couchés là-bas, sur le Contades, avec des demoiselles. Tous si soûls, qu'il n'y en a pas un qui soit capable de lever une patte !

.·.

Il est vrai que ce n'est pas toujours bombance pour la garnison de Strasbourg. Elle travaille. Elle travaille ferme. Ce ne sont, en ce mois de septembre, que manœuvres, exercices, petite guerre, marches et contre-marches aux environs. Tous les alentours de la ville pétillent de coups de fusil et tonnent de coups de canon. Brigades et divisions y évoluent, s'attaquant, se repoussant, se poursuivant, se dérobant avec une furie indicible. L'autre jour, du côté de Barr, les troupes, divisées en Allemands et Français, — ceux-ci reconnaissables à leur brassard blanc, — n'ont-elles pas eu l'idée de simuler l'attaque et la défense d'une gare, avec la prise d'un train de chemin de fer ?

11.

Un train bondé de voyageurs, ne vous déplaise !
Personne n'était prévenu. Vous voyez cela d'ici :

La gare occupée militairement, — barricadée, —
tous les services d'arrivée et départ interrompus...

On tire des fenêtres, on tire des passerelles, on tire
des talus...

Le long de la voie, la mousqueterie et l'artillerie font
rage. Jugez de l'étonnement, de l'émoi, de l'épouvante
des voyageurs. Plusieurs dames tombent en syncope.
Officiers et soldats de rire !...

Bref, le train ne peut plus avancer. On le capture. On
fait descendre tout le monde. Il faut attendre que la
gare soit emportée d'assaut...

Résultats : la marche des trains bouleversée sur
toute la ligne ; des gens à demi-morts de peur ; un retard préjudiciable à tous les intérêts...

Après tout, les voyageurs devaient s'estimer fort
heureux que la plaisanterie n'eût pas été poussée jusqu'au bout : on aurait pu, tout aussi bien, les conduire à
leur destination, ou dans quelque forteresse de Silésie,
à pied, comme des prisonniers de guerre, escortés de
uhlans le pistolet au poing, et faire mine de fusiller,
voire fusiller, au besoin, ceux qui auraient témoigné de
leur mécontentement.

.˙.

... Il me semble que je vois encore — après cinq ans
— passer les troupes qui se rendent à la grande revue
de Kœnigshofen.

L'infanterie portait le pantalon blanc : un pantalon
qui tombait, comme un flot de neige, sur une botte
cirée à se mirer dedans.

La plaine de Kœnigshofen est située à deux kilomètres et demi de Strasbourg, hors de la porte Nationale,
entre la route de Saverne, et les hauteurs d'Oberhausbergen.

Il y a là de superbes cultures : maïs, chanvre, tabac,
pommes de terre ! On avait arraché tout cela. On avait
fait jouer le rouleau compresseur. Puis, on avait couvert d'une couche de sable fin la place où se dressaient
ces abondantes récoltes.

Les paysans, indemnisés peu ou prou, avaient bien
jeté les hauts cris. On les avait laissés crier. Ne fallait-
il pas que les soldats de Sa Majesté pussent évoluer
sans encombre ?

Le temps était beau. Seulement, il avait beaucoup
plu la veille. Ce diable de sable fin avait bu l'eau tombée.
Par malheur, il ne l'avait pas suffisamment digérée.

La revue avait marché à souhait. J'y assitais d'une
tribune en planches dont l'accès m'avait coûté vingt
francs. Le coup d'œil était magnifique. Je ne regrettais
point mon argent. Je le regrettai bien moins encore
après le défilé de l'infanterie.

Celui-ci commença. Les masses profondes, qui héris-
saient la plaine de baïonnettes, s'ébranlèrent méthodi-
quement. Aux tintamarres des musiques, des fifres et
des tambours, elles s'avancèrent en levant la jambe et
en marquant le pas d'après la loi de savante mécanique
imposée à l'armée par Frédéric le Grand.

Alors voici ce qui arriva :

Les piétinements des premiers bataillons changèrent
en boue le sable humide...

Ceux qui vinrent ensuite s'enfoncèrent dans ce tapis
liquide et gluant...

Il y enfoncèrent jusqu'à la cheville, — jusqu'au mollet, — jusqu'au genou !...

Une boue couleur d'ocre jaune. Cette nuance éveille des idées malséantes. Sauf le respect que je professe pour mes lecteurs, le bas du pantalon de chaque fantassin avait l'air de foirer sur ses bottes !...

Et ce n'est pas tout : pétrie par des milliers de talons, cette boue devint mortier. Elle s'attacha aux semelles ; elle les alourdit ; elle les retint, ainsi qu'un emplâtre de poix. Une botte y resta ; puis, deux ; puis, dix ; puis, vingt ; puis, cinquante ; puis, cent !...

Impossible de se baisser. Impossible de s'arrêter. Spectacle lamentable et grotesque à la fois : on voyait de pauvres diables sautiller dans le rang,

> Un pied chaussé et l'autre nu,

ainsi que chante la chanson. D'autres, tout à fait deschaux, pataugeaient héroïquement sur ces *semelles de saint Crépin*, « qui sont faictes du cuir naturel à ung chascun sans adjonction de bas ni chaussettes. » Et Dieu sait avec quelles figures éperdues, angoissées et grimaçantes !

Dans les tribunes, on avait peine à retenir une explosion d'hilarité. Les invités militaires de l'empereur ne savaient quel visage prendre. Le vieux Guillaume s'assombrissait. M. de Moltke fronçait le sourcil. Quant au menu fretin des princes, des grands-ducs et des généraux, vous pensez s'il faisait une tête appropriée à la circonstance !

Il ne fallut rien moins que l'admirable défilé de la cavalerie pour dérider le souverain, rasséréner l'état-

major et effacer chez les curieux l'impression produite
par ce *débotté* inattendu.

Notre confrère Camille Farcy, — qui en avait été,
comme moi, le témoin oculaire, — raconta tout au long
l'incident dans *la France*.

Il y montra avec humour un fourgon et des soldats
du train venant, à l'issue de la revue, recueillir les
chaussures essemées dans la plaine.

Il y ajouta l'histoire d'un canon culbuté dans le défilé
de l'artillerie.

Seulement, bien lui en prit d'avoir quitté Strasbourg
avant la publication de son article.

Quand ils eurent connaissance de celui-ci, les Allemands, furieux, firent chercher par toute la ville le
journaliste parisien...

Et, s'ils l'avaient trouvé, ils ne parlaient rien moins
que de le traduire devant un conseil de guerre « pour
offenses graves envers l'armée et envers la personne
de l'empereur. »

VI

ENCORE MM. LES OFFICIERS

De la nécessité de dire toujours la même chose, puisque c'est
toujours la même chose. — Procédés économiques. — Le
Vereinshaus. — Opinion d'un cocher de fiacre. — L'histoire
du sopha. — Conversation avec un officier de uhlans. — Où il
est question de notre armée. — Cavalerie et remonte — Cadets
et volontaires d'un an. — A propos d'uniformes. — Le respect
de la tradition. — Le régiment des *Blancs-becs*. — Éducation
militaire. — Ces messieurs à table. — Emploi choisi de la langue
française. — Le démon du jeu. — Ses résultats. — Un major
conducteur de tramway. — Bel exemple de sobriété et de con-
tinence.

J'ai trouvé MM. les officiers de la garnison de Strasbourg tels que j'avais vu ceux de la garnison de Metz :
même régularité élégante de tenue ; mêmes allures
froides, un peu hautaines ; même vie passée en dehors
du service, — je parle des célibataires, — dans leur *mess*
ou au « casino militaire » installé dans un local occupé
autrefois par les bureaux de l'un de nos états-majors.

Une vie, qui, en somme, n'apporte aucun profit à la
ville, à ses habitants, — Français ou Allemands, — à
son commerce, à ses affaires...

Les officiers de la garnison de Strasbourg font, en
effet, partie du *Vereinshaus*, association économique à
laquelle ont adhéré déjà plus de dix mille de leurs collègues, dont cent trente-cinq officiers généraux; c'est-
à-dire qu'ils se sont associés à leurs camarades des
divers autres contingents pour acheter en gros tous les
objets d'équipement et d'alimentation dont ils ont besoin, et pour se les débiter ensuite au détail.

On comprend combien cette innovation est de nature
à léser les intérêts du petit commerce.

Aussi celui-ci s'est-il empressé de protester par la
voix d'un groupe de négociants hanovriens.

De son côté, la presque totalité de la presse allemande
s'est prononcée contre un semblable état de choses,
qui est simplement la ruine des villes de garnison.

Enfin, à la Chambre des députés bavarois, le général
Maillinger, ministre de la guerre, a déclaré que le
gouvernement de Munich ne verrait pas avec plaisir ses
nationaux entrer dans cette association.

A Berlin, l'on s'est moqué de ce *tolle* universel. Le
Vereinshaus a commencé à fonctionner. Par lui, les officiers réalisent de notables économies. Car il ne faut
pas oublier que si bon nombre de ceux-ci ont une fortune personnelle qui leur permet de porter allègre-
ment *l'habit du roi*, il en est d'autres — et beaucoup —
qui, pour faire honneur à cet habit, sont obligés de se
restreindre et de s'imposer des privations.

Je demandais à un cocher de fiacre strasbourgeois :

— Conduisez-vous parfois des officiers allemands?

— Oh! rarement, très rarement !... Officiers et employés, voyez-vous, c'est la même ficelle. Ils ont de
belles tuniques bien propres, des bottes bien luisantes,
des casques bien astiqués ; mais pas un fifrelin dans la
poche. A partir du 20 du mois, ils tirent la langue,
n'ayant pas de quoi se rafraîchir d'une chopine...

Tous ces gens-là traînent avec eux une kyrielle de
femmes et d'enfants qui ne sortent pas, de peur d'user
des bottines...

Ils ont chez eux des servantes qu'ils ne paient pas :
ils leur donnent la nourriture et, le soir, la clef de la
porte.

.˙.

Ces angusties d'argent rendent nos vainqueurs ingénieux jusqu'à la rouerie.

Connaissez-vous l'histoire du sopha?

Elle est populaire dans toute l'Alsace.

Le major prussien X..., marchandait depuis quinze
jours un appartement de deux chambres meublées.
Après un débat acharné, on s'était mis d'accord sur le
prix de trente francs par mois. Au moment de conclure,
le major se frappa le front :

— Un instant! s'exclama-t-il. Je vais avoir des
visites à faire. On me les rendra. Il faut donc que vous
me donniez un sopha.

Le propriétaire réfléchit et répond :

— Soit, je puis faire ce que vous désirez.

— Sans augmentation de prix?

— Assurément.

— J'en prends acte ; mais le sopha ne me sera utile
que pendant un mois; car une fois les visites échangées...

— Eh bien, on l'enlèvera, dès que vous n'en voudrez
plus.

— Alors, vous me ferez une réduction de trois francs
par mois.

— A quel propos, grand Dieu?

— Tiens! puisque je n'aurai plus le sopha.

．˙．

13 septembre.

Je suis sorti, ce matin, de bonne heure. Devant la
porte de l'hôtel, je rencontre un officier de uhlans. Il

vient à moi et me salue. C'est un jeune homme fort distingué avec lequel j'ai voyagé de Strasbourg à Metz, par
la ligne militaire, en 1879. Les politesses échangées :

— Où allez-vous ? me demande-t-il délibérément.

— A la poste.

— Je vais aussi de ce côté : si vous le voulez bien,
nous ferons route ensemble.

Impossible de décliner la compagnie. En chemin, nous
causons. Pendant la guerre, il était avec Manteuffel dans
le nord, « où Faidherbe, avoue-t-il, leur a donné du fil à
retordre. » Il n'a pas vu Paris. Il brûle de le connaître :

— Je voudrais bien, me déclare-t-il, y aller *pour
mon plaisir*.

Il ajoute en souriant :

— Du reste, y aller autrement nous serait aujour-
d'hui un peu plus difficile qu'en 1870...

— Le croyez-vous?

— Oui, certes : au dire de tous ceux de mes compatriotes qui ont assisté à vos manœuvres, votre nouvelle
armée est de celles avec lesquelles il faut compter.

Votre artillerie est excellente ; elle est meilleure que
la nôtre : elle pèche seulement par ses attelages.

Votre cavalerie commence à comprendre ce qu'exige
d'elle la tactique moderne. Par exemple, son effectif
est trop restreint. Nous avons dix mille cavaliers de
plus que vous, et nous sommes mieux montés. Immense
avantage, si l'on songe que le rôle de cette arme est
de couvrir des corps d'armée souvent considérables et
d'en dérober les mouvements tout en pénétrant le
secret de ceux de l'ennemi.

J'ai dit que nous sommes mieux montés que vous...
Et à meilleur marché pour l'Etat.

En Allemagne, en effet, la compagnie, l'escadron et la batterie forment autant d'unités distinctes qui s'administrent, s'instruisent et se développent à leur aise.

Dans nos régiments de cavalerie, par exemple, les commandants des escadrons répartissent les chevaux à leur gré ; on confie telle bête rétive à un cavalier exercé ; les rations de fourrage ne sont pas fixées par un règlement arbitraire ; elles varient avec l'effort que l'on exige des chevaux ; on n'y réforme pas un cheval parce qu'il a atteint l'âge déterminé, mais seulement s'il est incapable de suffire aux exigences du service.

Si la discipline est en honneur chez nous, les théories abstraites n'y jouissent que d'une médiocre considération, et ce n'est pas seulement l'armée qui retire de sérieux avantages de cette tendance générale, le budget s'en trouve également bien.

On a vu aux récentes manœuvres du 7ᵉ corps, des chevaux de seize ans qui avaient bonne apparence et qui venaient de fournir une course de quarante kilomètres.

Votre cavalerie possède, elle aussi, des chevaux qui seraient capables de rendre d'importants services, même après avoir dépassé l'âge de treize à quatorze ans ; mais vos prescriptions ministérielles sont formelles sur ce point : ces chevaux sont cédés à l'agriculture, moyennant un prix dérisoire.

Quant à votre infanterie, on assure qu'elle acquiert tous les jours plus de consistance (sic) et de discipline, — cette discipline qui tient lieu à nos soldats d'entrain, de légèreté, d'initiative et, au besoin, d'intelligence.

.·.

Nous parlons de nos volontaires d'un an.

— Comment voulez vous, me demande mon interlocuteur, que des jeunes gens bien élevés, exerçant pour la plupart des professions libérales, des *fils de famille*, comme vous dites, aient le moindre goût pour la vie de caserne que vous leur imposez, — une vie contraire à leur nature, à leur éducation et à leurs habitudes?

Nous aussi, nous avons nos volontaires, — nos *cadets...*

Mais nous ne les retenons à la caserne que juste ce qu'il faut pour leur apprendre le métier. En dehors des heures de service, ils peuvent loger, manger, travailler, se divertir où il leur plaît : chez leurs parents, à l'hôtel, ici, là ou ailleurs. Liberté absolue et complète!

— Et la discipline ne souffre pas d'un pareil état de choses ?

— En aucune façon. La moindre infraction à celle-ci serait punie plus que sévèrement. Nos cadets ne l'ignorent point, et il agissent en conséquence.

Ce sont les plus dociles et les plus propres de nos soldats. On s'attache à leur faire aimer le métier. Le plus souvent, ils y arrivent.

Une fois leur temps fini, vos volontaires quittent avec joie le régiment. Ils n'ont qu'une peur : c'est d'y rentrer. Les nôtres y restent presque tous. C'est une pépinière de sous officiers d'élite. En cas d'urgence, on en ferait des officiers remarquables.

．．

Un peu plus loin, à propos d'uniformes :

— Votre gouvernement, continue mon Allemand, a réduit à un seul et même type les uniformes de chacune de vos armes. Chez vous, rien ne distingue plus un dragon, un chasseur, un hussard de tel régiment d'un hussard, d'un dragon, d'un chasseur de tel autre. C'est un tort. Vous avez ainsi détruit l'esprit de corps, qui est une des formes de l'émulation et un puissant moyen d'action sur les hommes.

Un soldat, qui sait qu'on reconnaît à l'habit qu'il porte le corps auquel il appartient, se montre mieux disposé à faire honneur à celui-ci.

Vous avez sacrifié, au nom de la simplicité républicaine, tout ce qui était le luxe, tout ce qui faisait la popularité de l'équipement : les gros gants de vos cuirassiers, la pelisse de vos hussards, le bonnet à poil des sapeurs, le plumet du tambour-major...

Un beau mot, la simplicité. Une belle chose, pareillement. Mais il ne faudrait pas en abuser. La simplicité poussée à l'excès devient bientôt de la pauvreté et, par conséquent, de la laideur.

Vous avez supprimé de même les nuances claires qui sont l'éclat, l'orgueil, la vie du vêtement militaire...

Et cela, sous je ne sais quel prétexte de point de mire offert à l'ennemi et de présence trahie de plus loin !

Comme si le dolman rouge de nos hussards, le revers jaune de nos uhlans et la tunique blanche de nos cuirassiers les avaient jamais empêchés de surprendre vos avant-postes !

Ne touchez pas à la tradition dans l'armée !

Tenez, il y a chez nous un régiment où le port de la barbe et de la moustache est rigoureusement interdit, sinon par le règlement, du moins *omnium consensu...*

Ce régiment fut formé, en 1814, de tout jeunes gens

dont pas un n'avait un poil sous le nez ni au menton.
Il se conduisit bien à Bautzen. On le mit à l'ordre du
jour...

Eh bien, depuis 1814, toutes les générations de
soldats qui se sont succédé dans ses cadres se sont
astreintes à se faire raser tous les matins, afin de mieux
ressembler à leurs prédécesseurs...

En France, on trouverait cela parfaitement ridicule.
En Allemagne, personne ne rit du régiment des *Blancs-
Becs*. Celui-ci, d'ailleurs, se bat comme un lion, pour
ne pas faire mentir sa légende...

.•.

Mon *rittmeister* (le *rittmeister*, ou maître de chevau-
chée, est le capitaine de cavalerie, comme le *hauptmann* est le capitaine d'infanterie) revient ensuite avec
complaisance sur l'éducation militaire donnée aux recrues allemandes :

— Elles sont, poursuit-il, initiées, dès leur arrivée,
au passé historique de la race prussienne; on leur
conte avec force développements les actions où le
régiment s'est illustré; à chaque anniversaire historique, un prince du sang, un haut dignitaire de l'empire ou l'un des généraux qui ont jadis commandé le
corps, préside à une fête solennelle.

Les soldats allemands ont le sentiment de ce qu'ils
doivent faire, bien que les formulaires, les instructions
par demandes et réponses, les théories les exercices
de mémoire, en un mot, ne leur aient jamais été
imposés.

Ce que leurs chefs cherchent à développer en eux,
c'est la faculté du raisonnement.

A peine ont-ils appris les premiers mouvements de l'école de tirailleur qu'on leur en fait comprendre l'utilité en les menant sur le terrain.

Chaque soldat allemand est une *individualité* ..

— Capitaine, je crois que nous voici à la poste.

— Alors, je vous quitte. Au revoir, monsieur. Bonne santé et heureux voyage.

.*.

20 septembre.

Je dîne avec un ami — à l'hôtel de la *Maison-Rouge* — dans la même salle qu'un corps d'officiers de dragons de passage à Strasbourg au retour des manœuvres.

En France, leurs collègues de la garnison se seraient empressés *de les recevoir*.

Mais l'Allemagne est le pays du *chacun pour soi :* il n'y a qu'à regarder pour s'en apercevoir.

Le prix du dîner est de *trois francs :* « Sans la boisson », ajoute la carte.

Chacun a donc pris la boisson qui convient le mieux à ses goûts et, surtout, à sa bourse : celui-ci boit de l'eau pure ; celui-là, de la bière ; cet autre, du vin ordinaire ; un autre, du bordeaux ; un autre, du champagne qui se frappe devant lui dans la glace que contient un seau en plaqué. Ce dernier est un jeune lieutenant. A ses côtés, son colonel, — un vieux soudard à moustaches grises, — prend du lait : *à* l'*américaine.*

Mais pas un n'offre une rasade de sa bouteille à son voisin. Pas un ne trinque avec un camarade. Celui qui a le moyen de dépenser quelques thalers pour un flacon d'extra, vide tout seul ce flacon jusqu'à la dernière goutte sans éprouver aucune velléité de partage ni aucune ombre d'embarras. Les autres le voient faire sans envie apparente. Ils trouvent la chose toute naturelle. Il est constant que, dans le même cas, ils agiraient de la même façon !

Ces messieurs paraissent fort gais.

A chaque instant, dans la conversation, sur le fond de leur cacophonie tudesque, une phrase en français éclate comme un pois fulminant et détermine une bruyante hilarité.

C'est : *On s'en ferait mourir !* ou : *Fallait pas qu'y aille !* ou bien encore : *Toutes ces dames au salon !*

En voici un qui prononce gravement :

— *C'est un comble.*

Un second qui riposte :

— *J't'écoute.*

Un troisième, enfin, qui conclut :

— *On tirait tu feau.*

On dirait du veau !

Tous *dans le mouvement*, ces Borusses !

.*.

En France, nous nous représentons volontiers l'officier allemand toujours penché sur ses livres, toujours

courbé sur ses cartes et sur ses plans, toujours sérieux, sobre, continent : un quaker !

Le portrait n'est ressemblant que placé dans un certain jour.

Aux lumières, il détonne.

Le soir, au casino militaire, on joue, on boit, on
chante, on crie. On joue surtout. L'Allemand hasarde-
rait sur un coup de cartes jusqu'à son épée, jusqu'à sa
chemise ! Il en est quitte, s'il perd plus qu'il ne peut
payer, pour se faire sauter la cervelle ou pour mettre
une certaine distance entre lui et ses créanciers. Les
suicides, pour cause de pertes au jeu, sont fréquents
dans l'armée allemande. Plus fréquentes encore les
expatriations :

— J'étais à New-York, l'an dernier, me, racontait un
Strasbourgeois. Je monte dans un tramway. Le conducteur me demande :

« — Est-ce que vous ne me reconnaissez pas ? Je
suis le major von Y..., un de vos anciens locataires.
J'ai dû passer en Amérique dans l'impossibilité où je
me suis trouvé d'acquitter mes dettes de jeu. »

Et il ajouta, en soupirant :

« — Nous sommes à peu près ici quinze cents officiers dans le même cas. »

.•.

L'Allemand est long à se mettre en train; mais,
une fois qu'il y est, rien ne lui fait plus obstacle.
N'a-t-on pas vu un lieutenant, de garde sur la place
Kléber, — le poste le plus important de la ville, —
recevoir une cocotte du crû dans celui-ci, s'y enivrer en

sa compagnie et s'en aller courir la ville, bras dessus
bras dessous avec elle, en abandonnant ses hommes à
la surveillance d'un sergent à peu près dans le même
état que lui ?

Quant à la vertu de ces messieurs, elle est fort sujette
à caution, si l'on en croit les Strasbourgeois.

Ceux-ci racontent, en effet, qu'aux dernières grandes
manœuvres, ces dons Juans mariés avaient amené
avec eux leurs épouses de la main droite et de la main
gauche.

L'un d'eux, logé chez un habitant, insistait pour avoir
dans son appartement deux chambres à coucher séparées.

— Vous comprenez, déclarait-il naïvement, que je
ne saurais installer ma maîtresse et ma femme dans la
même chambre : cela serait contraire à toutes les bien-
séances.

VII

A TRAVERS LES RUES

Plaques indicatrices.— Enseignes.— Bel exemple d'éclectisme donné
par un coiffeur.— Les quartiers neufs.— Fièvre du jour.— Solitude
et tristesse. — Le vieux Strasbourg. — Les traineurs de sabre et
M. de Bismarck-Bohlen. — La nouvelle gare. — Peintures murales. — *Die alte Zeit und die neue Zeit.* — Au buffet. — *Le vin
du pot de chambre.*— Le Contades et la Robertsau.—Les jardins
Lips et Kammerer. — A propos d'un ours. — *Le Lichthoff* ou
nouveau palais universitaire. — Extérieur.— Intérieur. — Prix.
Statues. — M. Schrapnell. — Fêtes d'inauguration. — Le banquet de la Halle aux blés. — Application des vessies de porc à
la décoration des solennités nationales.

La plaque indicatrice de celles ci ne porte ici que le
nom allemand : *Meisengasse,* rue de la Mésange ;
Münstergasse, rue de la Cathédrale; *Blauwoltengasse,*
rue de la Nuée-Bleue, etc., etc., etc. En revanche,
quoi qu'on en ait dit, les trois quarts et demi des enseignes sont restées en français. J'en ai remarqué quelques
unes dans les deux langues. Il y en a même qui s'efforcent de réunir dans la même rédaction l'idiome du vaincu
et celui du vainqueur. C'est ainsi que je lis sur la devanture d'un coiffeur immigré, dans la *Weisthurmring :*

A L'INSTAR DE PARIS

SALON POUR RAZIR ET FRISIR

Ce quartier de la *Weisthurmring,* qui aboutit à la
Weisthurmthor, — ou porte de la Tour-Blanche, — est

un de ceux qui ont poussé, comme des champignons, aux environs de la nouvelle gare.

Car les Allemands, à Strasbourg, ont la fièvre du bâtiment.

Partout où la ville est susceptible de se modifier et de s'agrandir, ce ne sont que forêt d'échafaudages, maçons en mouvement, terrassiers à l'ouvrage, wagonnets convoyant des matériaux, constructions ébauchées, étages qui s'élèvent à toute vapeur, immeubles « de rapport » enfin, façonnés dans le style qui attire les locataires ambitieux.

Par malheur, ceux-ci n'abondent pas.

Il y a là de splendides demeures, qui restent vides en dépit de leur faux air de bonne humeur artistique.

Leur façade a beau afficher toutes sortes de têtes sculptées qui sortent de niches en forme de saladiers, et c'est en vain que leurs balcons, d'un dessin agréablement banal, enserrent de hautes et larges fenêtres dans leurs corbeilles dorées sans ménagements...

Pas un profil ne s'incline derrière les glaces de ces fenêtres; pas un bras ne s'accoude sur le fer ouvragé de ces balcons; pas un chaland n'apparaît dans les établissements, — magasins, *restaurations*, cafés, brasseries, — qui chaussent ces véritables sarcophages!

Aussi, ces quartiers neufs sont-ils d'une tristesse navrante.

Il n'y a pas jusqu'au nouveau palais académique, — que l'on a inauguré hier, — ce palais élevé derrière une grille régnante, comme on érige une tombe au centre d'un « terrain réservé, » devant lequel je vous défie de passer sans avoir un frisson de deuil.

.·.

Combien je préfère l'ancien Strasbourg, avec ses
eaux vert-de-grisées qui dorment entre deux quais
tranquilles ; puis, une fois les ponts traversés, les
vieilles maisons ridées, égayées de colombages, avec
leurs toits démesurés, criblés de lucarnes, leurs petites
boutiques faites pour tenter le pinceau d'un Gérard
Dow ou d'un van Ostade, et leurs grandes cours silen-
cieuses, aperçues au bout d'un corridor, le long duquel
s'égare un rayon de soleil que l'on croirait tombé de la
palette de Pieter d'Hoogh !...

Tout cela n'est pas gai à l'excès.

Rien n'est gai dans les provinces annexées...

Les allants et les venants sont rares dans ces rues.
Ils y marchent d'un pas hâtif, avec des regards défiants. On n'y coudoie que des soldats qui s'arrêtent,
pétrifiés, devant l'officier qui les croise...

Mais il y a des acheteurs dans les boutiques, des
paysans sur les trottoirs, des jeunes filles sur le seuil
des portes et des enfants dans les ruisseaux. On entend tinter les grelots des attelages à deux chevaux.
Par intervalles, on voit passer une jupe rouge ou
bleue, plissée, des rubans qui s'ouvrent en ailes de
papillon, un bonnet à queue de renard, un chapeau à
corne rabattue. C'est encore un coin de l'Alsace !

Ai-je dit que les officiers n'y laissent plus traîner leur
sabre ?

Au début de l'occupation, ces messieurs affectaient
de faire sonner sur le pavé le fourreau retentissant de
cette arme.

Qu'imaginèrent les Strasbourgeois ?

Ils se mirent à traîner derrière eux de longs bâtons sur les trottoirs ; les ouvriers traînèrent leurs outils ; les gamins, toute sorte de ferrailles. C'était un bruit assourdissant. En outre, ces mêmes gavroches suivirent les officiers en murmurant :

— Pour deux sous, messieurs !... Pour deux sous !... Pour deux sous !...

— Pour deux sous, quoi ?...

— Nous vous porterons ce morceau de fer qui vous gêne.

Le gouverneur d'Alsace-Lorraine était alors M. de Bismarck-Bohlen. C'était un homme d'esprit qui comprit la leçon. Depuis, par ordre supérieur, le sabre fut porté *au crochet.*

.·.

J'ai parlé tout à l'heure de la nouvelle gare.

C'est la plus grande que je connaisse. Elle est énorme. On n'ignore pas, du reste, qu'en architecture, les Prussiens affichent une prédilection marquée pour le colossal, le monstrueux et le babylonien. Le *hall* immense qui occupe le bas de l'édifice est décoré de deux grandes peintures murales, d'un tire-l'œil exorbitant, dont l'une représente *le Temps passé* et l'autre *le Temps présent,* — *Die alte Zeit* et *Die neue Zeit :*

La première nous exhibe Frédéric Barberousse, — le casque en tête, l'épée au flanc, la cuirasse d'écailles au poitrail, — entouré de ses barons au *jacques* de mailles et au ceinturon de cuir, — en train de recevoir les hommages des magistrats et des citoyens de Strasbourg, prosternés dans la poussière aux pieds de son fort coursier mecklembourgeois à la queue retroussée, à la croupe luisante, au mufle hérissé de poils minutieux.

Dans la seconde, le souverain actuel, — l'empereur Guillaume en personne, — non moins casqué que le précédent, mais d'aspect plus patriarcal, sourit au vidercome, débordant de bière mousseuse, que lui offrent deux fillettes alsaciennes en costume du pays, tandis qu'autour de lui, de jeunes gars au chapeau enrubanné caracolent, pour lui faire fête, sur de puissants chevaux de labour.

Sans doute les gars et les fillettes qui ont figuré dans la comédie de son dernier voyage à Strasbourg.

Au premier étage, les quais de départ et d'arrivée, les salles d'attente et le buffet. Dans celui-ci, le service et la cuisine à la française. Le menu et le prix des repas sont affichés dedans et dehors. On peut y dîner décemment pour deux marks et demi : trois francs et quelque chose. Vin non compris, bien entendu. En me présentant la carte, le garçon s'informe :

— *Rudesheimer ? Volsheimer ? Potspiter ?*

— Va pour le *Potspiter* : je n'ai pas de préférences, et, pourvu qu'il soit passable...

Il est mieux que passable : il est bon. Un vin jaune, léger, d'un goût bizarre, mais exquis. J'en parle le soir même à un Alsacien :

— Savez-vous, me demande-t-il, ce que signifie le nom du crû dont vous vous léchez la moustache ?

— Ma foi, non.

— Les Allemands sont parfois ultra-poétiques dans

la composition de leurs dénominations. C'est ainsi, personne ne l'ignore, qu'il est un vin du Rhin qu'ils ont galamment baptisé *Libfraümilch* ou *Lait de la femme aimée*. Toutefois, quand ils tombent dans le naturalisme, ils rendraient vingt-deux points en vingt-quatre à M. Zola lui-même. Tenez, c'est justement à cause de son fumet et de sa couleur, que le petit vin, dont vous vous êtes régalé, a reçu d'eux le nom de *Potspiter*...

— Et ce nom veut dire?,..

— Ce nom veut dire : *Vin du pot de chambre.*

.˙.

J'ai voulu revoir la Robertsau et le Contades.

A la Robertsau, l'Orangerie et le jardin sont toujours admirablement entretenus.

Ils appartiennent à la Ville.

Je n'y ai guère rencontré que des filles qui folâtraient lourdement avec des artilleurs prussiens.

Les arbres de la vieille promenade, — dont les massifs voyaient jadis les pantalons rouges de nos troupiers mêler leurs coquelicots aux lis des tabliers des servantes alsaciennes, — ont l'air scandalisé de cette débauche tudesque.

Ils semblent frémir aux rires épais de ces couples.

Encore un peu, ils s'animeraient pour les houspiller à coups de branches !

Au Contades, j'ai retrouvé les deux guinguettes de Lips et de Kammerer toujours avenantes dans le feuillage.

Ah ! ces deux vide-bouteilles d'antan où j'ai fait de si joyeuses parties avec les *carabins* d'alors ! Voici les balançoires sur lesquelles nous lancions à tour de bras, pour achever de les étourdir, les petites ouvrières strasbourgeoises dont une pointe d'*affenthaler* avait déja dérangé la cornette. Voici les bosquets « particuliers » et les pavillons *pour tout faire*, témoins de tant de belles folies : verres choqués, assiettes cassées, baisers pris et rendus ! Voici les tables où nous nous asseyions avec les peintres Haffner et Jundt, avec le dessinateur Valentin, avec Gustave Doré, avec Charles Marchal, avec Mathieu de Monter, un fantaisiste du crû, et avec ce pauvre Edouard Bauby, de la rue du Fil, que la manie du mélodrame devait conduire plus tard à faire jouer *Jeanne la Pâle* à l'Ambigu et le *Veilleur de nuit* aux Menus-Plaisirs.

La plupart de ceux-là sont morts !

Mort aussi, — de vieillesse sans doute, — l'ours que l'on conservait dans une fosse au Jardin Lips, pour le plus grand amusement de la marmaille et des badauds.

— Il n'en manque pas ici pour le remplacer, me glisse un Strasbourgeois à l'oreille.

Et il ajoute cette variante au proverbe russo-cosaque :

— Grattez le Prussien, vous trouverez le barbare. Grattez le barbare, vous trouverez l'ours. Grattez l'ours, vous retrouverez le Prussien.

.·.

Quand on visite Strasbourg, ce n'est pas seulement la force militaire qui vous épouvante. Il y a près de ces bastilles nouvelles qui paraissent imprenables, des fortifications non moins redoutables et que ne hérissent jamais pourtant les canons, les fusils et les régiments. Une Université nouvelle se dresse, emplissant de ses bâtiments immodér(.ment sculptés, de ses cours, de ses squares, de ses jardins et de ses galeries un espace presque aussi considérable que celui qui s'étend du Louvre à la place de la Concorde..

Quand il résolut de l'élever, pour imprimer une fois de plus le sceau de la possession sur les provinces conquises, le gouvernement impérial dit aux bons bourgeois de Strasbourg :

— La chose coûtera dans les sept à huit millions. J'en donne quatre. Mettez le reste.

La ville dut accepter la proposition.

Elle n'a, en effet, ni maire ni conseil municipal pour défendre ses intérêts financiers.

Elle n'a même pas voix délibérative dans la question de l'emploi de ses propres revenus.

Oui, mais ne voilà-t-il pas que les frais de ces nouvelles constructions ne se montent actuellement pas à moins de *vingt-quatre millions !*

Sur quoi, les Allemands de répéter :

— Nous vous avions promis de verser quatre millions. Les voici. Parole tenue. A votre tour. Ne vous êtes-vous pas engagés à parfaire la différence ? *Herr Gott!* ce n'est pas notre faute si le chiffre des dépenses présentes dépasse *ein wenig* celui des devis primitifs.

Ein wenig ! En français : *un peu.*

Dans l'immortel vaudeville des *Saltimbanques,* Bilboquet s'écrie avec une incontestable logique :

— Un peu, ce n'est guère !

Ici, les Strasbourgeois commencent à trouver qu'un peu, c'est beaucoup, — beaucoup trop, — et qu'ils se seraient bien passés de débourser une vingtaine de millions pour le plaisir de voir un certain nombre de jeunes messieurs en casquette blanche, bleue, rouge ou verte, la plupart venus d'outre-Rhin, étudier, dans toutes les aises du confort, la rhétorique de M. de Moltke et la philosophie de M. de Bismarck.

.·.

Un véritable troupeau de palais, cet « édifice sco-laire » qui couvre la plus grande partie du quai Diétrich, derrière le théâtre, de l'autre côté de l'Ill, — Diétrich, le maire républicain dans le salon duquel Rouget de l'Isle improvisa *la Marseillaise*, — à droite de cette Kaiserplatz où il n'y a encore de vivant que le chalet-horloge du *Landesausschuss* : un coucou de la Forêt-Noire aménagé pour recevoir les députés.

Sur la façade principale, — de l'Académie, pas du coucou, — au-dessous d'une figure colossale de Pallas-Athéné brandissant une torche, — est-ce celle qui éclaire ou celle qui incendie? — on lit ces trois mots :

LITTERIS ET PATRIÆ

gravés dans la pierre et soulignés de ces cinq noms : *Aristotelès, Solon, Paulus, Hippokratès, Archimedès.* Puis, autour de la frise, court un cordon de statues représentant « les sommités de l'esprit humain. » Parmi celles-ci, un seul Français : Calvin. Le reste

est archi-allemand, depuis Gœthe jusqu'à Luther, depuis Schiller jusqu'à Zwingle et depuis Lessing jusqu'à
Mélanchton...

L'utile Liébig est là aussi : conserves, casuistique et
poésie mêlées. Il n'y manque que le bonhomme Krupp.
Un Strasbourgeois disait à ce propos à un Allemand :

— Parmi toutes ces célébrités, je n'aperçois pas
celle qui est le plus connue de nous autres.

— Et laquelle ?

— Cet excellent M. Schrapnell.

Schrapnell signifie *boîte à balles.*

Cet engin meurtrier, employé à profusion par l'as-
siégeant en 1870, avait fait de nombreuses victimes
parmi les habitants de Strasbourg.

.*.

A l'intérieur de l'édifice, ce ne sont qu'escaliers de
marbre noir, colonnes de marbre rouge ou vert, pavés
de mosaïque, plafonds de verre polychrome, ornementation d'or et d'argent. Tout cela accumulé à outrance
et sans autre souci que de *faire riche* et d'é-
blouir les yeux. En vérité, parmi les classes de toute
nature qui se rassemblent dans cette enceinte, que
n'a-t-on songé à ouvrir — en vue de MM. les archi-
tectes — une école de goût gratuite et obligatoire !

J'ai assisté à l'inauguration de ce *Lichthoff*—ou palais de lumière — qui a eu lieu les 26, 27 et 28 octobre
dernier.

Les fêtes, données à cette occasion, comprenaient :

La cérémonie officielle de la prise de possession des différents bâtiments et annexes de l'Académie par les facultés et les autorités allemandes, en présence du maréchal-gouverneur, — avec la remise aux étudiants d'un drapeau offert par les dames de Strasbourg...

Les dames allemandes, bien entendu :

Un drapeau en soie blanche d'un côté et rouge de l'autre, avec franges en argent. Le côté rouge portant en lettres brodées également en argent l'inscription suivante : *Der Strassburger Studentenschaft von den Frauen der Wilhelm-Universität.* (Aux étudiants de Strasbourg, les dames de l'Université de l'empereur Guillaume.) Le côté droit portant sur fond blanc les armoiries de l'Université, figurées par un aigle noir héraldique ayant sur la poitrine un cartouche entouré de la légende *Academia Wilhelma Argentoratensis* et représentant Jésus-Christ ressuscité, tenant le labarum dans la main gauche, les pieds reposant sur un socle à l'écusson de la ville de Strasbourg ;

Puis venaient la promenade aux flambeaux organisée par les étudiants accourus de tous les points de l'Empire ;

Un bal à l'Hôtel de Ville (1) ;

Et un banquet à l'ancienne Halle aux blés.

Je toucherai un mot de celui-ci...

Non pour m'apitoyer — il y a de quoi pourtant — sur le sort de douze à quinze cents de nos plus beaux sapins des Vosges, coupés sur pied pour tapisser les murs et les piliers de la vaste salle...

Non pour m'extasier devant la voie ferrée qui avait

(1) Ce bal coïncidant avec le dépouillement des votes des élections au *Reichstag,* ce dépouillement fut renvoyé sans façon au jour suivant.

été installée à l'intérieur de cette salle pour convoyer les wagons chargés de vin et de bière...

Mais bien pour signaler l'esprit inventif de nos vainqueurs.

Voici, en effet, ce que je lis dans le *Journal d'Alsace* du 23 octobre :

« Outre les drapeaux, écussons et guirlandes qui orneront l'immense local, celui-ci recevra encore une décoration des plus originales :

» Au moyen d'un millier de vessies de porc, les organisateurs de la fête sont arrivés à confectionner des fruits de toute espèce, — c'est-à-dire que ces vessies, gonflées d'air, puis ficelées, ont été peintes de manière à représenter des pommes, des poires, des navets, des citrouilles, des melons, des carottes, etc., etc., etc.

» Ensuite, tout cela a été suspendu au-dessus des tables du banquet. »

Faire concourir les « vessies de porc » à la décoration des réjouissances publiques...

Voilà une idée qui sûrement ne serait pas venue à M. Alphand !

VIII

LES ÉTUDIANTS

Commers et*Fackelzug* du 26 octobre. — Les *Seniores*. — Singulière
mascarade. — Les drapeaux et leur escorte. — Suite du carnaval universitaire. — Effet de torches. — Le *cerevis*. — *Senior,
consenior* et *subsenior*. — Le *Bier-Comment* et la *Kneipe*. — La
rapière. — La *mensura*. — Les duels. — Force pacifique. —
Les professeurs. — L'enseignement de l'histoire. — Au séminaire. — L'enseignement du grec et du latin. — Au *Luxhoff.*
— Titre IV, § 35. — Savant, docteur, professeur et pape. —
Comment on *boit un pape.* — Ce qu'on entend par *prendre à
faire.* — Fleuve de bière. — Le chant du départ. — Comment
on germanise.

L'Université de Strasbourg n'avait guère compté
jusqu'alors plus de deux à trois cents étudiants.

Le gouvernement impérial espère que l'enseignement donné désormais dans les nouveaux bâtiments y
attirera la plus grande partie de la jeunesse du pays
et des pays voisins.

En attendant, plus de dix mille *studiosi* ont pris part
aux fêtes d'inauguration du *Lichthoff.*

Il convient d'ajouter que ceux-ci étaient — comme
ils s'intitulent eux-mêmes — des Prussiens, des Van-
dales, des Souabes, des Westphaliens, des Rhénans (1),

(1) Les Sociétés et corporations d'étudiants qui figuraient dans
le cortège étaient les suivantes :

1° Groupe des *Burschenschaften (Deputirten-Convent)*; *Germania,*
casquette blanche et ruban noir-argent-rouge; *Allemania,* képi
autrichien rouge, ruban noir-rouge-or;

2° Groupe des *Corps (Senioren-Convent)* : *Rhenania,* casquette

invités spécialement pour la cérémonie, dont le côté
original a surtout consisté en un *Commers* ou *Fackelzug* organisé par ces messieurs.

Commers, commerce, réunion, cortège.

Fackelzug, promenade aux flambeaux.

A neuf heures ils étaient tous là, — rassemblés sur
la place du Dome, — ayant chacun au poing une résine
allumée.

Puis le cortège se formait :

En tête, une musique sonnant des tintamarres de foire.

Derrière, dans des landaus attelés à la Daumont et
conduits par des postillons enrubannés, les *seniors*, —
ou chefs des groupes délégués, — en tenue de gala.
Les uns dans le costume d'Arnold, de *Guillaume Tell* :
tunique bleue, collant blanc, fraise gaufrée, toque
écarlate à plume blanche. Les autres, avec la redingote
à brandebourgs, la casquette microscopique et le col
immense rabattu sur les épaules. Tous bariolés d'é-
charpes et harnachés de médailles. Sans oublier le
baudrier qui soutient le *glaive!*...

Quelques paires de lunettes bleues et quelques pipes

---

bleu-clair et ruban bleu-argent-rouge. Les corps *Suevia* et *Alsatia*
sont suspendus en ce moment; la *Palatia* a été définitivement sup-
primée;

3° Groupe des Sociétés (*Chargirten-Convent*) : *Teutonia*, casquette rouge, ruban bleu-or-rouge; *Vogesia*, képi autrichien
jaune, ruban jaune-blanc-rouge;

4° Groupe des Sociétés qui repoussent le duel : *Argentina*, casquette noire, ruban noir-blanc-or; *Wilhelmitana*, composée d'étudiants en théologie protestante; casquette rouge vif, ruban rouge-
blanc-rouge; *Badenia*, Société catholique, képi autrichien vert,
ruban vert-blanc-bleu.

A ces sociétés portant « couleurs » s'étaient jointes d'autres
associations de chant, de gymnastique, etc., etc., etc.

de porcelaine me gâtent bien çà et là cette procession de
troubadours.

En somme, quelque chose qui rappelle les masca-
rades maçonniques.

Seulement, nos francs-maçons ont le bon esprit de
ne point s'aventurer dans la rue.

Autrement il n'y aurait pas, sur le pavé de Paris,
assez de gamins pour leur crier *à la chie-en-lit!*

∴

Derrière les équipages des *seniors*, les drapeaux escortés par des cavaliers, l'épée à la main, — des cavaliers qui sont encore des étudiants, — avec le dolman
passementé, la culotte de peau de daim, le gant-crispin
à larges revers, les bottes à l'écuyère et le *cerevis*
collé sur le coin de l'oreille : le *cerevis*, cette coiffure
du diamètre d'un pain à cacheter, qui ne tient qu'au
moyen d'un fil passé sous le menton.

Ensuite, toute la cohorte des *famuli* académiques :
portiers, huissiers, préparateurs, appariteurs, *Stieffel
Fuschse*, — ou *renards de bottes*, — brosseurs, commis-
sionnaires, décrotteurs, garçons de salle, etc., etc., etc.

Et tout cela défilant entre deux haies de porteurs de
torches, dont la flamme, qui s'échevèle au vent, jette
sur la façade des maisons des rougeurs d'incendie ou
des pâleurs de cierges...

Illuminations funèbres ou farouches. Les rues
étroites sont pleines d'une fumée âcre et rousse. Cette
fumée noircit le visage des porteurs. On se demande,
en vérité, si ces derniers ne sont pas des pleureurs qui
accompagnent un convoi ou des pénitents qui condui-
sent une victime.

Dans ces ténèbres et dans ces lueurs, qui font trembler tous les contours et grimacer toutes les formes, « dilatant les choses en chimères et les hommes en fantômes, » l'esprit devient perplexe. Qu'a-t-on devant les yeux ? Un carnaval ou un cauchemar ? Une ascension au Broken ou une descente de la Courtille ?

.·.

Voici donc l'Université de Stasbourg aménagée à l'instar de celles d'Allemagne, et ses étudiants enrégimentés sur le modèle de ceux du premier Heidelberg venu.

Ils portent le *cerevis*, — de *cerevisia*, cervoise, — et le ruban en sautoir aux couleurs de la ville, qui sont le rouge et le blanc.

Ils auront leurs *grenouilles* (1), leurs *renards pétulants* et leurs *maisons moussues* : trois catégories de *studiosi* qui correspondent à nos conscrits, à nos soldats d'élite et à nos vétérans.

Ils ont déjà leur *senior* ou président, leur *consenior*, ou vice-président, et leur *subsenior*, ou trésorier.

Ils ont leur *Bier-Comment* et leur *kneipe*.

Je traduirai *Bier-Comment* par *Code de beuverie*.

Kneiper signifie tenir séance.

La *kneipe*, — en Alsacien, on prononce *knipe*, — est la salle dans laquelle chaque corps d'étudiants se réunit, chaque soir, pour boire officiellement et constitutionnellement. Cette salle est celle d'une brasserie choisie *ad hoc* par l'illustre compagnie. Elle est tendue aux

---

(1) *Frosch* : c'est le sobriquet du lycéen. Voyez, dans *Faust*, la scène *des écoliers*.

couleurs de celle-ci, ornée des portraits de ses membres et décorée de ses chiffres et de ses bannières. C'est là qu'ont lieu les formidables absorptions de liquide dont il sera question tout à l'heure.

∴

Revenons à nos néo-étudiants de Strasbourg.

Les jours de grand *Commers*, ils s'accrocheront à l'échine la « rapière » ausi belliqueuse d'aspect que d'effet assez inoffensif, si l'on songe aux précautions dont on en entoure l'usage. Cette rapière est une lame très flexible, très étroite et sans pointe, tranchante des deux côtés, à partir du bout, sur une longueur de huit à dix centimètres, et adaptée à une poignée qui va couvrant tout l'avant-bras. On la manie comme le sabre ou peu s'en faut.

Ils acquierront le droit de traiter le bourgeois de *philistin*, l'étudiant libre de *maroufle (lump)*, et le modeste étudiant en théologie, de *vessie théologique*.

Ils auront, enfin, une *mensur*, — du latin *mensura*, — qui est l'endroit où ils se battent, — et ils s'y mesureront comme il convient à de parfaits *burschen* allemands ; les bras, la poitrine, le ventre matelassés de brassards, de cuirasses et de cuissards en peau de daim fortement rembourrés ; les yeux protégés par de grosses lunettes de fer ; les joues seules et le front exposés...

Deux seconds se placeront à côté des adversaires pour parer les bottes dangereuses ou prohibées...

Et *l'impartial* — ou juge du camp — décidera si les blessures sont assez graves pour mettre fin à la lutte...

Blessures rarement sérieuses, du reste. On se défigurera bien un peu! Quelques jeunes gens, beaux comme

des anges blonds, auront bien les joues couturées d'in-
délébiles hachures, la bouche de travers, le nez dévié ;
mais comme ils se montreront fiers de ces glorieuses
cicatrices!

Vous en conviendrez avec moi :

Si les Alsaciens de Strasbourg ne sont pas enchantés de n'avoir payé qu'une vingtaine de millions
cette importation chez eux des mœurs germanico-
universitaires, ma foi, c'est qu'ils seront joliment difficiles.

.˙.

Un de nos confrères a écrit, en parlant de cette
université nouvelle :

« On reste songeur devant cette force pacifique, qui
peut-être achèvera à coups de paroles et d'exemples
ce que la force brutale a commencé à coups d'obus et
de boulets. »

Il est vrai que le même écrivain ajoute que *le temps
n'y est point encore :*

« Le Rhin aura, pendant de longues années, roulé
ses eaux sous le pont de Kehl avant que les robes des
professeurs aient conquis ce que n'ont pu conquérir
les uniformes des uhlans. »

Je ne sais pas si ces professeurs et leurs élèves, —
venus les uns et les autres de par delà ce même Rhin, —
ont une conscience et un souci suffisants de l'œuvre
d'assimilation qu'ils sont appelés à accomplir.

Pour les premiers, c'est bien possible.

On a éliminé avec soin de l'université nouvelle tous
les professeurs alsaciens en leur faisant une guerre
ouverte ou cachée. Tous les professeurs *d'histoire* sont

allemands. De cette façon, l'Allemagne peut donner à
tous ces jeunes gens, qui seront la génération de demain, ses propres idées sur la France et sur l'histoire
de celle-ci.

Quant aux futurs prêtres, on leur enseigne le grec et
le latin par une méthode toute différente de la méthode
française. C'est ainsi qu'ils doivent apprendre directement les mots du dictionnaire, tout le dictionnaire
même, si c'est possible. Le professeur dicte en allemand, et l'élève doit écrire immédiatement en grec ou
en latin, en ayant seulement recours à sa mémoire.
L'usage du dictionnaire dans les compositions est interdit. Les classes ont lieu d'abord pendant quatre heures
de suite, de huit heures du matin à midi, puis dans
l'après-midi de deux heures à quatre heures. C'est un
abbé, venu de Bavière, qui dirige le séminaire. Tous
les sermons se font en allemand.

Pour ce qui est des étudiants *laïques*, m'est avis, —
pour me servir d'une expression familière en terre
germanique, — qu'*ils laissent* volontiers *le bon Dieu
être un brave homme ;* nous dirions, en français, qu'ils
prennent le temps comme il vient.

Ils se sont installés au *Luxhoff. Le Luxhoff* est, avec
le *Dauphin* et le *Griffon,* une des plus anciennes brasseries de la ville. On y buvait jadis d'excellente bière
dans un décor gothique, primitif, enfumé. La bière est
restée la même ; seulement, le décor a changé : il est
devenu d'un bourgeoisisme à faire peine et, partant,
d'un bête à faire plaisir.

Blotti dans un coin, perdu dans la buée des pipes et
dissimulé derrière une honnête pile de chopes, j'ai pu
y assister à une *kneipe.*

Sur la foi du P. Didon, je m'imaginais bonnassement que j'allais entendre nos futurs docteurs « introduire jusqu'au sein de leurs récréations la discussion d'un problème, d'une question d'art ou d'esthétique, l'élucidation d'un point resté obscur dans le texte ou la pensée des maîtres, etc., etc., etc. »

Mais j'avais compté sans le titre IV, § 35, du *Bier-Comment*:

« *Toute conversation scientifique est réputée scandaleuse,* » dit formellement celui-ci.

On causait bien au Luxhoff.

On causait même fort bruyamment.

Mais la conversation traitait sans varier :

Des qualités et des défauts de la bière servie, et de ses rapports de ressemblance ou de dissemblance avec les bières antérieures.

Puis, venait une dissertation sur les bières célèbres : Erlangen, Kissingen, Ulm, Salvator, etc., etc., etc.

.·.

Parfois, pourtant, un des causeurs, — un « nouveau » la plupart du temps, — se laissait entraîner à hasarder un mot du sujet de ses études ou des événements du jour.

Aussitôt, son voisin poussait cette exclamation :

— Savant !

Si l'autre « voulait résister, » il répliquait par :

— Docteur !

Ce que suivaient ces deux ripostes prestement échangées :

— Professeur !

13.

— Pape!

Or, pour en arriver à cette dernière *invective*, il fallait se sentir d'une capacité peu commune.

En effet, le *Bier-Convent* — ou tribunal de bière — se constituait immédiatement et prononçait un arrêt sans appel :

La moitié d'une chope pour *savant ;* une entière pour *docteur ;* deux pour *professeur ;* quatre pour *pape.*

L'arrêt était exécuté sans retard.

Supposez qu'il s'agit de *boire un pape.*

On faisait remplir huit chopes, et l'on en plaçait quatre devant chacun des deux adversaires. Les témoins donnaient le signal. Aussitôt, les combattants saisissaient leurs « armes » et, sans désemparer, les vidaient complètement.

Il va de soi que nul délai n'était accordé pour reprendre haleine, en passant d'une chope à l'autre, jusqu'à l'épuisement absolu de la quatrième, — pas plus que l'on n'était autorisé à laisser de *philistins* au fond du verre, — c'est-à-dire assez de liquide pour que le fond de ce verre en fût couvert...

Et celui qui avait le premier reposé sur la table la dernière chope scrupuleusement vide recevait les compliments de tous les assistants.

Ceci est la première classe des duels de beuverie. La seconde se nomme *prendre à faire :* l'expression est écrite en français dans le *Bier-Comment.* Ce second défi est supérieur au premier en ce qu'il est porté sans cause, — pour la gloire, — par amour de l'art.

Les deux individus qui *prennent à faire* se retranchent derrière une forte palissade de chopes pleines ;

et, toutes les cinq minutes, rigoureusement comptées par l'*impartial*, boivent une chope entière d'*un* seul trait. Cette lutte dure jusqu'à ce que l'un des champions déclare « avoir atteint la limite extrême des plus hautes eaux. »

Cette intéressante opération est souvent interrompue par le chant d'un *lied* que le *senior* désigne.

Toute l'assistance doit y prendre part et faire partie intégrante du chœur.

Ces *Lieder* sont toujours des chansons à boire et peuvent être considérés comme de nouvelles écluses qui s'ouvrent directement sur le gosier des assistants ; car interrompre une chanson est puni de l'absorption d'une chope ; chanter sans permission, également ; ne point chanter, tout de même. Le *senior* peut infliger jusqu'à deux chopes sans la participation du *Convent*. La rébellion, le refus de boire ou de répondre à une provocation entraînent l'excommunication ou *Verschiess*. Le *Verschiess* doit être purgé dans les trois jours au plus tard par l'absorption de *seize* chopes, lesquelles ne s'opposent en rien à ce que le pénitent ne se livre ensuite à sa consommation ordinaire !

.•.

Ouf !...

On en a *jusque là* rien que d'y penser !...

Tout cela mène jusqu'à onze heures nos Schopenhauer en herbe. Onze heures sonnées, il faut quitter le Luxhoff. Oui, mais comment regagner le logis de pied ferme, après d'aussi fréquentes, d'aussi abondantes libations ?...

Ah ! les raisonneurs ont beau dire : la période des

miracles n'est pas close, et le dieu qui guide les pas chancelants des ivrognes n'a pas encore donné sa démission.

Sur le seuil de la brasserie, je les entends entonner ces strophes de circonstance :

Je sors à l'instant du cabaret. — O rue, que ton aspect est baroque ! — Main droite et main gauche sont confondues : — Je m'aperçois bien, rue, que tu t'es grisée.

Quelle face de travers fais-tu donc, lune ? — Un œil ouvert et l'autre fermé. — Tu te seras enivrée, je le vois clairement. — Rougis, rougis, vieux camarade ! (1)

Tiens ! et les lanternes ! Ce qu'il me faut voir ! — Aucune d'elles ne peut se tenir droite. — Elles chancellent et tremblotent en zigzaguant. — Elles me paraissent toutes ensemble gravement soûles.

Tout tourbillonne autour de moi, petit et grand. — Me risquerai-je de sang-froid au travers de cette mêlée ? — Cela me paraît délicat, téméraire ! — Je préfère rentrer au cabaret.

Cette jolie chanson, que les étudiants doivent à la verve juvénile d'un des leurs qui plus tard a été ministre des cultes en Prusse, est la justification de l'*uberkneipe*, ou *surkneipe*, qui se fait en chambre close et à petit bruit, depuis onze heures jusqu'au matin.

Moi aussi, je fredonne quelque chose, — en regagnant l'hôtel, — pendant qu'ils s'enfoncent, en festonnant dans l'éloignement et dans la nuit...

Je fredonne ce refrain de certains couplets égrillards

(1) Lune, — *der Mond*, — est du masculin en allemand.

de *la Timbale d'argent,* dans lesquels Molda-Judic
mettait toutes les épices du sous-entendu :

> Comm'ça, c'est ainsi qu'on enjôle,
> C'est ainsi qu'on enjôle,
> C'est ainsi qu'on enjôle !...

Seulement, j'introduis une variante, et je chante sur
la musique de Vasseur :

> Or, c'est ainsi qu'on *germanise,*
> Ainsi qu'on *germanise,*
> Ainsi qu'on *germanise* !

IX

LES GOUVERNEURS

A la musique. — Petit croquis de M. de Manteuffel. — La légende de sa naissance. — Son nom significatif. — Sa jeunesse.
— Son passage à Francfort. — Ses prédécesseurs. — M. de
Bismarck-Bohlen. — Ses aptitudes. — Des différents moyens
de plumer la poule, encore qu'elle crie. — Répartie d'une dame
de Strasbourg. — L'ère de réconciliation. — Munificence impériale. — Questionnaire ingénieux. — M. de Mœller. — Un
kreis-directeur dans le ruisseau. — L'ivrognerie n'est pas un
vice rédhibitoire dans l'administration allemande. — Arrivée de
M. de Manteuffel. — Ses espérances. — Ses déceptions. — La
Gazette d'Augsbourg. — Réponse des Alsaciens-Lorrains.

A Strasbourg, une des musiques de la garnison joue,
chaque soir, sur le Broglie, en face du théâtre sur le
fronton duquel on a fini par restaurer les Muses
d'Ohmacht, décapitées ou amputées par les obus du
siège.

A défaut des Français de la ville, — qui, comme à

Metz, s'éloignent avec horreur de cette foire aux vanités lyrico-militaire, — comme à Metz encore, tout le *pschutt* et tout le *vlan* de la colonie allemande sont là, sans oublier le sexe dont les toilettes fiançent, dans des mariages hardis, l'écarlate au jonquille et le vert tendre au bleu de ciel.

Et, tandis que tout ce monde avale aussi pieusement que l'hostie les cacophonies magistrales de *Lohengrin* ou de *Parsifal*; tandis que toute cette lourdeur tudesque s'endort aux bercements d'une valse de Strauss ou se réveille aux sautillements d'une polka de Fahrbach, on voit aller et venir parmi les promeneurs un vieillard dont la capote d'uniforme est jetée négligemment sur les épaules, par-dessus la tunique, les manches ballantes : débraillé sans précédent dans une armée à laquelle son chef suprême, l'empereur lui-même, donne l'exemple d'une tenue boutonnée du menton au nombril.

La capote porte aux épaules les torsades d'officier général.

Le vieillard est maigre, un peu courbé, osseux de charpente et de figure; la moustache et les cheveux blancs; dans la délicatesse de ses membres durcis par les travaux de la guerre, il y a du courtisan et du routier, du diplomate et du sabreur.

Sous la broussaille de ses sourcils, son œil semble vague et distrait. Il n'a l'air de rien voir, et il voit tout cependant : les hommes qui le saluent, les femmes qui lui sourient. Les femmes surtout !

Car elles lui sourient comme s'il avait encore les allures crânes, les crocs vainqueurs et la taille droite de ses vingt ans.

N'est-il pas, en effet, le représentant du *Kaiser* dans

les provinces annexées ? Une sorte de bailli de l'empire investi de tous les pouvoirs ? Le *Statthalter*, enfin : S. Exc. le maréchal von Manteuffel, — le signataire du rescrit qui vient de causer non seulement en Alsace-Lorraine, mais encore dans la France entière, une si douloureuse émotion !

.*.

Est-il permis d'ajouter foi à la légende qui fait de lui je ne sais quel enfant — naturel — de sang royal, confié par ses augustes parents à un gentilhomme campagnard, qui l'éleva et lui donna son nom : le nom de Manteuffel, fort commun sur la terre allemande ? Un nom de croquemitaine, vraiment. *Man-Teuffel* signifie *homme-diable*.

Dans tous les cas, ce fut à la cour de Berlin que le futur maréchal conquit ses premiers grades.

Il y était le cavalier-servant, le porte-bouquet des princesses, le boute-entrain de toutes les fêtes, un causeur, un valseur infatigable.

Puis le général de salon devint un général d'armée. Il fut pourvu d'un commandement pendant la campagne du Schleswig. Puis encore, après Sadowa, nous le retrouvons à Francfort. Le jour où il y arriva, le bourgmestre reçut de lui le petit billet suivant :

« Vous êtes invité par la présente à prendre les me-
» sures nécessaires pour qu'une contribution de guerre
» de *vingt-cinq millions de florins* soit payée dans les
» vingt-quatre heures à la caisse de l'armée du Mein.
   » 20 juillet 1866, quartier général de Francfort-sur-
» le-Mein.

   » *Le commandant en chef de l'armée du Mein,*
      » Manteuffel. »

La ville avait été déjà écrasée de réquisitions de vivres et d'argent. Aussi quelques-uns des principaux citoyens, M. de Rothschild en tête, s'en furent-ils trouver M. de Manteuffel. Mais celui-ci répondit à toutes leurs observations :

— Demain, mes canons seront braqués sur toutes les places, et si, dans trois jours, je n'ai pas la moitié, au moins, de la contribution et le reste dans six, je la double.

.·.

Pendant la dernière guerre, M. de Manteuffel opéra dans le Nord, contre l'armée de Faidherbe : armée improvisée, avec laquelle, pourtant, l'ex-vainqueur des gens de Francfort et du Schleswig ne fut pas aussi facilement heureux que dans ses précédentes entreprises.

En ce temps-là, l'Alsace était déjà pourvue d'une administration allemande.

Avant l'investissement de Strasbourg, dès le commencement d'août, les départements du Bas et du Haut-Rhin, envahis après Reischoffen, avaient un préfet prussien et un *Journal officiel*, tous deux installés à Haguenau.

Ce préfet n'était autre que M. de Bismarck-Bohlen, de la famille du chancelier de fer.

Ce fut — un peu plus tard — le premier gouverneur d'Alsace-Lorraine.

M. de Bismarck-Bohlen n'était point un homme éminemment supérieur, à la façon de son illustre parent; mais ce n'était pas non plus une bête brute et féroce comme von Werder ou von der Thann, ni un voleur effronté comme le prince de Waldeck et les trois quarts et demi des généraux et des administrateurs allemands. Il savait inventer d'ingénieux prétextes pour faire entrer l'argent français dans les coffres de son gouvernement :

Un jour, par exemple, à Guebwiller, arrive un détachement d'infanterie, sensément pour rétablir l'ordre, lequel n'était nullement troublé...

Un trognon de pomme tombe sur le casque d'un officier...

Bravo ! voilà le bourg condamné à payer une amende de *cent mille francs !*

A Altkirch, le cheval d'un uhlan culbute dans un fossé : Altkirch est obligé de verser *huit mille francs.*

A Dornach, un aiguilleur allemand fait, par maladresse, dérailler un train : soit, *vingt-cinq mille francs* exigés de la commune.

A Curspach, le vent renverse un poteau télégraphique. On ne peut pas punir le vent ; mais on peut punir le village. Curspach déboursera *deux mille francs.*

Aussi, M. de Bismarck-Bohlen disant à une dame de Strasbourg :

— Vous avez dû beaucoup souffrir pendant le bombardement, madame.

— Pas autant qu'à présent, lui fut-il répondu ; car, alors, nous n'avions pas de Prussiens chez nous.

.*.

Ce fut encore M. de Bismarck-Bohlen qui imagina de réclamer aux contribuables alsaciens-lorrains, en

1872, les impositions dont ils s'étaient acqu.ttés, en 1870 et 1871, envers le gouvernement français, et qui n'hésita pas à demander l'aide de nos percepteurs et de nos comptables pour opérer ces recouvrements.

Ce fut lui qui obligea notre administration forestière à lui remettre tous ses papiers, et qui prétendit forcer nos ingénieurs à réparer les ponts, les routes et les canaux pour le plus facile transport des armées allemandes.

Ce fut lui, en revanche, qui eut l'honneur de déclarer aux habitants de Strasbourg que l'*ère de réconciliation allait commencer :*

— Pour preuve, ajouta-t-il, voici cinq mille thalers que l'empereur Guillaume, mon auguste maître et le vôtre, envoie, comme signe d'amitié et de munificence, à la ville si malheureusement incendiée.

Cinq mille thalers ! Sa Majesté se saignait de *cinq mille thalers !* C'est-à-dire d'un peu plus de *quinze mille francs !*

Quand les pertes occasionnées par le bombardement dépassaient *deux cent millions !*

Il est vrai que, le lendemain du jour où il annonçait aux Strasbourgeois cette libéralité impériale, le gouverneur s'emparait, pour le compte du *Kaiser*, de la manufacture des tabacs, qui valait au bas mot *seize millions*, et que, quelque temps auparavant, il avait frappé la ville d'une contribution de guerre de *deux mille thalers* par jour, — laquelle permettait à MM. les officiers du corps d'occupation de toucher quotidiennement près de *vingt francs* d'argent de poche.

Histoire de « faire figure » aux yeux — et aux frais — des populations annexées !

.˙.

Ce fut toujours le même M. de Bismarck-Bohlen qui eut l'idée de faire circuler dans les maisons, — avec ordre d'y répondre à bref délai, — le questionnaire suivant adressé aux pères de famille :

— Quel est l'âge de votre fils?

— A-t-il un tuteur? Quel est nom de celui-ci et son emploi?

— Pourquoi lui faites-vous faire son éducation en France?

— Dans quel établissement?

— Pourquoi n'a-t-il pas opté?

— Avez-vous été influencé pour le mettre en France?

— Comment passez-vous votre vie?

— Quelle est votre fortune?

Eh bien, ce fonctionnaire zélé parut, en haut lieu, entaché de faiblesse, parce qu'il demandait aux gens à quelle sauce ils désiraient être mangés.

On lui substitua M. de Mœller.

Quelqu'un se plaignait à celui-ci de la conduite de l'un de ses *kreis-directors*, que l'on avait ramassé ivre-mort dans le ruisseau :

— Monsieur, repartit le gouverneur, il n'est pas besoin d'être sobre pour bien servir l'État allemand.

M. de Mœller se faisait une gloire de « manquer d'indulgence » et de mener les Alsaciens-Lorrains « à la baguette ».

Mais il y avait de la franchise dans sa brutalité.

— Avec lui, nous disait un habitant de Strasbourg, on sut de suite à quoi s'en tenir.

Il n'en fut pas ainsi de M. de Manteuffel.

Ce dernier avait déclaré, au débotté :

— Avant six mois, j'aurai rallié l'Alsace-Lorraine au gouvernement paternel de S. M. l'empereur.

Et, de fait, il avait affiché, dès l'abord, des formes et des tendances beaucoup plus conciliantes que celles de ses prédécesseurs.

C'est ainsi qu'il avait commencé par dispenser les journaux de solliciter, pour paraître, l'autorisation préalable.

Il affectait, en outre, d'employer la langue française dans ses rapports avec ses administrés et dans ses réceptions officielles; de ne fumer que des cigares français; de ne boire que des vins français ; enfin, d'acheter chez les libraires, aussitôt parues à Paris, toutes les publications françaises.

On le vit autoriser des officiers français à venir se marier *en uniforme* sur le nouveau territoire allemand.

On le vit, non seulement octroyer à la famille d'un sous-officier français, décédé à Strasbourg, l'autorisation de placer l'uniforme de celui-ci sur le cercueil du défunt, mais encore ordonner que ce cercueil serait porté à bras au cimetière par des sergents de la garnison, se faire représenter à la cérémonie et y envoyer des députations de tous les corps de troupes sous ses ordres.

On le vit, imitant Castellane à Lyon et « le papa Wrangel » à Berlin, faire largesse de bonbons et de jouets, par les rues, à tous les morveux de la ville.

De son côté, mademoiselle Isabelle de Manteuffel se multiplia pour visiter les hôpitaux, les écoles, les galetas, pour soigner les malades et pour venir en aide aux indigents.

On tint compte au père de ses procédés et de ses façons; on sut gré à la fille de son esprit de charité et d'effacement; mais le miel ne prit pas plus de mouches que le vinaigre.

Personne ne se rallia, — ni dans les six mois, ni plus tard, — et le gouvernement paternel de S. M. l'empereur en fut pour les avances faites par son représentant.

La *Gazette d'Augsbourg* le constata en ces termes :

« Au moment de l'option, l'attitude de l'Alsace était quasi passive; aujourd'hui elle est agressive. On avait pensé qu'en raison de l'émigration des éléments nationaux français, il serait possible de gagner peu à peu le reste de la population à des sentiments allemands.

» On s'est trompé : cette population est *foncièrement corrompue*. Elle hait les Allemands, parce qu'elle n'est pas apte à comprendre les bienfaits de la culture et de la civilisation allemandes.

» Il faut désespérer de ramener ces gens-là; car toute la question se réduit pour eux à la formule politique : *Être Français ou Allemands* ; or ils veulent être Français. »

A ceci nos compatriotes répondaient, avec non moins de logique que de mesure dans le fond et dans la forme :

« Soumis à la Providence, les Alsaciens-Lorrains l'ont toujours été, et la meilleure preuve qu'ils en donnent, — la seule que l'Allemagne ait le droit d'exiger d'eux, — c'est qu'ils rendent exactement à César ce qui

appartient à César ; on affirme même que César retient
au delà de son dû.

» Que veut-on de plus ? L'affection, l'amour, la sympathie ne se commandent pas. On va, ce semble, un
peu loin quand on leur a fait un devoir de conscience
de « devenir d'autant meilleurs Allemands qu'ils avaient
été bons Français. » Il faut avoir fréquenté les universités d'outre-Rhin pour être capable de saisir d'aussi
profondes subtilités.

» De même, ils se refusent à croire sans preuves à la
mission civilisatrice à laquelle prétendent les Allemands : pour se faire missionnaire, il faut avoir un
dogme à prêcher, et l'Allemagne n'en connaît point
d'autre que celui de la prééminence native de la race
germanique. C'est trop peu en vérité. Telles choses qui
peuvent être bonnes à dire en famille, et même propres
à fonder un culte domestique, deviennent parfaitement
ridicules quand elles sont criées sur les toits, et le
credo quia absurdum n'est plus de notre temps.

» Si l'Allemagne a démontré qu'elle avait la force
matérielle qui peut suffire à légitimer l'esprit de conquête, il lui reste encore à faire voir qu'elle possède à
un égal degré la force d'expansion qui seule autorise la
prétention à la domination. »

X

LE STATTHALTER

Après le miel, le vinaigre. — Suppression de la *Presse d'Alsace-Lorraine*. — Une riposte de M. Abel. — Interdiction de la langue française dans les débats publics du *Landesausschuss*. — Démission et protestation. — Le bataillon des sapeurs-pompiers. — Les compagnies d'assurances. — Un déni de justice. — Le « rescrit » du mois de septembre. —Sa teneur. — Ses rigueurs. — Ses effets. — Désolation des familles. — Où Gessler s'humanise. — Le maréchal et les comédiens.— A l'armée du Nord.— Galante escapade. — Quand le diable devient vieux. . — Le dogme de la divinité de Jésus-Christ. — Un sermon du pasteur Lichtenberger. — Catholiques récalcitrants.

Oui, certes, ils voulaient, — non pas être, — mais demeurer français de fait, comme ils l'étaient d'esprit et de cœur! Ils le voulaient envers et contre les « bienfaits » du *Kulturkampf!* Ils le voulaient de toute la force de leurs convictions, de leur énergie, de leur ténacité indomptables !

Aussi, « profondément déçu dans de légitimes espérances », M. de Manteuffel se vit-il obligé, — tel fut son langage, du moins, — de demander à « de justes rigueurs » ce qu'il n'avait pu obtenir de « la modération et de l'indulgence. »

La presse avait été l'objet de ses premières faveurs.

Elle fut le premier objectif de ses colères.

Le journal la *Presse d'Alsace-Lorraine* était d'autant plus populaire dans le pays qu'il se montrait plus sincèrement et plus ouvertement dévoué à la France.

Un beau matin, une escouade de police envahit ses bureaux, en expulsa les rédacteurs, après leur avoir fait subir un méticuleux interrogatoire, et signifia au directeur un arrêté de suppression rendu dans les termes suivants, par le bon plaisir du *statthalter* :

« En prenant possession de mes fonctions en Alsace-Lorraine, j'ai dispensé la presse de l'autorisation préalable. J'ai fait cela pour donner une pleine liberté à la discussion des intérêts du pays, estimant que, sur ce terrain, plus les feuilles publiques s'exprimeront avec indépendance, et plus le pays en tirera de profit.

» En revanche, je ne saurais tolérer qu'il paraisse en Alsace-Lorraine des journaux qui ne servent que des intérêts étrangers, et qui luttent contre la situation du droit public international du *Reichsland*.

» C'est ce quo la *Presse d'Alsace-Lorraine* a fait, à maintes reprises, et encore spécialement dans son numéro 310, du 6 de ce mois.

» En vertu des pouvoirs extraordinaires qui me sont conférés, j'interdis, par la présente, la publication ultérieure de la feuille ci-dessus nommée et je vous invite à prendre des mesures en conséquence. »

.•.

On remarquera, dans ce document, que M. de Manteuffel prend encore, « pour sévir, » quelques précautions oratoires.

Plus tard, il sut se débarrasser de ces formules aigres-douces.

Le premier prétexte venu lui fut bon pour déterminer les mesures les plus autocratiques et les plus vexatoires.

A une réunion de l'Assemblée provinciale le *Landes-sausschuss*, un fonctionnaire allemand s'était écrié, en s'adressant à M. Abel, l'un des membres lorrains de cette assemblée, dont une exclamation ironique avait eu le don de l'agacer :

— J'ignore ce qui peut faire *hurler* l'honorable délégué.

Notre compatriote a la riposte facile :

— Permettez, répliqua-t-il vivement, j'aime mieux hurler avec les loups que braire avec les ânes.

Cette altercation n'eut pas de suite.

Seulement, quelques jours après, un ukase du *statthalter* interdit l'emploi de la langue française dans les réunions de la délégation provinciale.

Aussitôt, nombre de délégués lorrains donnèrent leur démission. M. Fietta, de Metz, fut l'un des premiers de ceux-ci. Il exposa énergiquement qu'il ne saurait se servir d'une langue qui n'était pas la sienne pour débattre et défendre les intérêts du pays. Plusieurs de ses collègues jugèrent plus utile de conserver leur mandat. Toutefois, ils crurent devoir expliquer leur conduite par la protestation suivante :

« Les soussignés, députés de l'Alsace-Lorraine, déclarent : L'usage de la langue allemande dans les débats publics du *Landesausschuss* est devenu obligatoire. La plupart d'entre nous ne possèdent pas cette langue ou ne la comprennent qu'imparfaitement. Par suite, nous ne pouvons prendre aucune part aux discussions, et il nous est impossible de défendre comme nous le voudrions les intérêts légitimes de notre pays. Nous sommes ainsi obligés de voir dans la mesure

14

qui a créé une telle situation l'anéantissement des
droits de l'Alsace-Lorraine, et nous protestons par
conséquent contre la loi du 31 mars 1881.

» Nous avions d'abord l'intention de nous retirer,
mais nos électeurs n'ont pas été de notre avis, et nous
avons cédé à leurs vœux et conservé notre mandat. Il n'y
a certes pas de tâche plus pénible que celle de siéger
ici pendant de longues heures sans pouvoir défendre les
intérêts de notre pays. Nous le ferons cependant, parce
que nous savons combien sont sacrés ces intérêts que
nous sommes appelés à représenter. Nous le ferons,
parce que la Lorraine ne veut pas rester en arrière dans
la défense de l'Alsace-Lorraine. Nous le ferons surtout,
parce que notre pays nous le demande. Si l'on
nous reprochait de voter sans tenir compte des débats,
nous repoussons dès aujourd'hui ce reproche, qui ne
nous atteint pas, mais qui frappera la loi du
28 mai 1881.

> » Massing, Salmon, Thomas, Pierson,
> Gascard, Dr Raris, Jaunez, Couturier,
> Ditsch, Juste, Germain, Winsback,
> Nennig, Regnier, Bozon, Grody,
> Vallet. »

.˙.

Il y avait à Strasbourg, comme à Metz, un bataillon
de sapeurs-pompiers qui, il faut en convenir, ne se
gênait en rien pour témoigner hautement de ses sentiments français.

En 1875, sa fanfare avait donné, dans une vaste salle
d'un faubourg, — la salle de la *Réunion des Arts*, — un
concert populaire au bénéfice des inondés du midi de

la France, et là, devant le corps d'officiers placé sur
une estrade au-dessous des armes de la ville, devant
le commandant Gœrner et le lieutenant Oppenheim,
les musiciens avaient joué des airs de nos opéras
nationaux.

L'uniforme était celui d'autrefois. Les sonneries
n'avaient pas changé. Il est vrai que le dévouement
de nos soldats-citoyens était aussi resté le même.

Sur l'ordre de M. de Manteuffel, l'administrateur municipal, — dont nous toucherons un mot tout à l'heure,
— convoqua chez lui les officiers de ce bataillon et
leur soumit les conditions auxquelles le *statthalter*
consentait à laisser subsister ce petit corps.

Les conditions étaient — naturellement — le changement de l'uniforme, la suppression de la fanfare, des
sonneries et des marches françaises et l'obligation du
commandement en allemand.

Les officiers répondirent en donnant unanimement
leur démission.

C'était ce qu'on voulait.

Or, non content de supprimer les pompiers, qui éteig-
gnent les incendies, M. de Manteuffel imagina de supprimer les compagnies d'assurances, qui indemnisent
les incendiés.

Les compagnies d'assurances *françaises*, bien entendu.

A cet effet, d'un trait de plume, il défendit aux
Alsaciens-Lorrains de payer à ces compagnies les
primes, — échues ou à courir, — des polices ancien-
nement souscrites.

Les compagnies — c'était forcé — poursuivirent
leurs débiteurs...

Oui, mais les tribunaux allemands déclarèrent à

priori leurs réclamations mal fondées et les condamnèrent aux dépens.

Donc, elles n'encaissent plus de primes; mais rien ne prouve qu'on ne les obligera pas à régler les sinistres qui se produiront.

Dame! on les a bien contraintes à verser au fisc le montant de leurs patentes pour l'exercice 1881-1882, alors que l'on avait fermé leurs bureaux, leurs agences, et que l'on avait même enlevé brutalement, *manu militari*, les plaques et les inscriptions qui les indiquaient au public.

.·.

Arrive le rescrit de septembre dernier.

L'autorité allemande s'était émue, à ce qu'il paraît, de voir constamment augmenter le nombre des Français et des Alsaciens-Lorrains qui avaient opté, dans l'origine, pour notre nationalité et dont l'option est valable. Il fallait l'empêcher de croître. En conséquence, le maréchal-gouverneur ressaisit sa plume et ordonne :

« 1° Que, lorsqu'un jeune homme des familles en question aura accompli sa dix-septième année, la situation de sa famille sera examinée avec un grand soin. S'il résulte de cet examen qu'il n'existe aucune objection à ce que cette famille ou simplement le jeune homme reçoive la nationalité allemande, on demandera au père s'il veut se faire naturaliser ou se borner à faire naturaliser le fils qui a atteint l'âge de la conscription.

» Si le père demande la naturalisation soit pour lui, soit pour son fils, l'affaire est vidée. Si, au contraire, le père ne fait pas cette demande, la famille pourra continuer à habiter le pays sans être inquiétée; mais le fils qui a atteint l'âge de la conscription ne pourra plus y rester ; il sera expulsé et ne pourra revenir en visite chez ses parents, dans le courant d'une année, que pendant quinze jours à trois semaines.

» Dans le cas où des objections s'éleveraient contre la naturalisation de la famille ou celle du jeune homme, la famille ne sera pas inquiétée, mais le jeune homme sera expulsé et ne pourra également revenir dans sa famille que pendant la durée du temps indiquée plus haut.

2° Il sera procédé de la même manière à l'égard des 196 pères de famille dont les fils, reconnus, sur la proposition de la commission immédiate d'option, comme étrangers, sont revenus en Alsace-Lorraine, leur pays de naissance.

» 3° Les célibataires reconnus comme étrangers, sur la proposition de la commission d'option, pourront, tant qu'ils se conduiront bien, séjourner dans le pays jusqu'au moment où ils voudront se marier et créer une famille. Dans ce cas aussi, on examinera s'il existe des objections à ce qu'ils reçoivent la nationalité allemande. Aucune objection ne s'élevant, ils seront invités à se faire naturaliser. S'ils en font la demande, l'affaire sera considérée comme vidée ; dans le cas contraire, on décidera, selon le résultat de l'examen de leur situation, s'ils seront expulsés avant leur mariage, ou s'ils pourront rester dans le pays après leur mariage, en leur signifiant toutefois que les fils issus de leur mariage ne pourront continuer à habiter le pays, une fois qu'ils auront atteint l'âge de la conscription, que s'ils se font naturaliser. »

.•.

Le maréchal croit que « ces mesures répondent aux

14.

devoirs envers l'empire et aux *égards bienveillants en-*
vers les habitants du pays que Sa Majesté lui a recom-
mandés. »

Mais ce n'est pas tout : il est encore une catégorie de
jeunes gens qui appelle la *sollicitude* du *statthalter* ;
ce sont ceux qui, après avoir obtenu un permis d'émigration, sont de retour en Alsace-Lorraine, sans avoir
servi dans l'armée allemande. Il y a dans leur situation, paraît-il, quelque chose de « favorable à l'aristo-
cratie » qui blesse les sentiments profondément
démocratiques du bon maréchal. En conséquence, à
leur égard, il continue à ordonner :

« Que la loi leur soit strictement appliquée. Par
conséquent, ces jeunes gens seront sans retard invités
à fournir, dans le délai de quatre semaines, la preuve
qu'ils ont acquis une autre nationalité que la nationalité
allemande et qu'ils ne l'ont pas de nouveau perdue.
A défaut de cette preuve, ces jeunes gens seront immédiatement, en vertu de l'article 19, alinéa 2, de la loi
militaire allemande, incorporés dans l'armée. Dans le
cas où ils prouveront qu'ils possèdent une autre nationalité, ils seront expulsés de l'Alsace-Lorraine et il ne
leur sera permis de revenir voir leurs parents que
pendant quinze jours à trois semaines chaque
année.

» Quant aux jeunes gens qui, partis avec un permis
d'émigration, rentreront dans le pays à dater de ce
jour, ils devront prouver immédiatement qu'ils ont
acquis une autre nationalité, et on agira ensuite envers
eux suivant les prescriptions énoncées plus haut.

» J'ajoute encore tout spécialement que les prescriptions relatives au séjour dans le *Reichsland* seront
applicables même aux émigrés revenant en Alsace-

Lorraine après avoir dépassé l'âge de trente et
un ans. »

.˙.

Le *statthalter* termine en invitant le secrétaire d'État,
auquel est adressée sa lettre, à la publier « dans l'intérêt de la population, afin de l'éclairer sur des questions qui l'intéressent beaucoup. »

Cette lettre ne peut, en effet, manquer d'éclairer la
population d'Alsace-Lorraine. Quant à la satisfaire,
c'est autre chose. On voit dans combien de familles
elle va porter le trouble et l'inquiétude.

Les mesures prises par le *statthalter* s'appliquent en
effet :

1° Aux fils de Français d'origine et de Français par
option ; 2° aux jeunes gens dont la qualité d'étranger
a été reconnue par la commission des optants ; 3° aux
jeunes gens qui ont émigré avec un certificat d'émigration et qui sont revenus en Alsace-Lorraine. Ces
derniers, au nombre de trois cent cinquante-neuf,
seront ou incorporés dans l'armée allemande ou expulsés du territoire, même s'ils ont dépassé l'âge de
trente et un ans.

.˙.

Ah ! c'est que, sous ses dehors engageants, c'est
qu'avec ses façons de beau parleur et de lettré, c'est
qu'en dépit de sa rhétorique captieuse et de ses atten-
drissements hypocrites, M. de Manteuffel n'en demeure
pas moins le plus implacable instrument d'un système
de *germanisation* à outrance, éperonné vers son but

par tous les moyens dont la Force dispose au détriment
du Droit !

Une sorte de Gessler moderne qui ne s'humanise que
devant un bouffon ou devant un jupon !

Les comédiens de Strasbourg ne l'ignorent point et
en abusent volontiers.

Sitôt qu'un différend s'élève, à propos d'un rôle ou
d'une histoire de coulisses, entre quelqu'un d'entre eux
et le directeur Brückmann :

— C'est bien, déclare l'intéressé, je vais en référer
au *statthalter*.

Et le *statthalter* le reçoit avec bienveillance ; et il se
fait mettre au courant de l'objet du débat avec l'attention grave qu'il apporterait à l'examen d'une question
d'Etat ; et il est rare que le plaignant ou la plaignante
sortent de son cabinet sans avoir obtenu pleine et entière
satisfaction. Surtout quand le plaignant est un joyeux
compère. Surtout quand la plaignante est une jolie
femme.

Un matin, pendant que Faidherbe lui tenait tête dans
le Nord, M. de Manteuffel, en reconnaissance avec
quelques officiers, rencontra une chaise de poste qui
emportait deux dames : deux Américaines ou deux
Anglaises, je crois, qui s'enfuyaient devant les horreurs
de la guerre.

Le maréchal fit à son état-major signe de s'arrêter et
de l'attendre.

Puis il lança son cheval à fond de train à la poursuite de la voiture, l'atteignit et, galopant à la portière,
se mit à causer avec les deux voyageuses. On était aux
environs d'Amiens. La conversation se prolongea jusqu'au Havre !

L'état-major attendait toujours.

.·.

Toutefois, depuis quelque temps, on remarque un changement notable dans les habitudes de ce roquentin.

Est-ce depuis que son fils, — un officier d'avenir, — après avoir souffert et langui pendant des années, a fini par succomber aux suites d'une blessure reçue dans la dernière guerre?

Toujours est-il que M. de Manteuffel ne donne plus la chasse aux dames.

Il s'occupe à faire, en Alsace, de la propagande en faveur de la divinité de Jésus-Christ.

C'est ainsi qu'il a refusé d'approuver la nomination du pasteur protestant Spach, qui ne croit pas, paraît-il, à cette divinité, et qui, en outre, ne professe pas une foi robuste dans la solidité de l'établissement des Allemands dans le pays.

Sur quoi, le maréchal-gouverneur s'empresse de faire publier dans sa gazette officielle :

« Je crois en Jésus-Christ. Que ceux qui enseignent sa parole échafaudent sur elle de l'or, de l'argent, des pierres précieuses, du bois ou des copeaux, peu importe. Le principe de la divinité du Christ doit être, avant tout, reconnu par eux, et c'est de cette vérité qu'ils doivent s'inspirer dans leurs prédications.

» J'ai reçu de Sa Majesté le pouvoir d'approuver ou de ne pas approuver la nomination des curés de la confession évangélique et de la confession catholique.

» La loi ne me prescrit pas de donner les motifs de mes décisions

» Je n'en dois compte qu'à l'empereur et à ma conscience.

» Je me guide d'après la première épître aux Corinthiens, chapitre II, versets 11 et 12 :

« *Les ministres du culte qui sont infidèles à Jésus-* » *Christ auront à répondre de leur conduite au* » *jugement dernier.* »

•••

On lui prête aussi ce propos :

— Si j'avais dix ans de moins, je réformerais le protestantisme dans les provinces annexées.

Il est constant que, pour l'instant, il fait la moue aux protestants.

On voit qu'il n'a pas oublié certain sermon prononcé, dans l'église Saint-Nicolas, par le pasteur Lichtenberger, — sermon resté célèbre en Alsace, et dont il convient de citer la conclusion :

« Ceux d'entre vous, mes frères, qui ont traversé la place du Broglie, le jour à jamais néfaste où notre ville capitula, ont pu remarquer qu'au milieu de ce sol, jonché d'éclats d'obus et de débris d'incendie, témoignages accusateurs du traitement sans nom que nous venions de subir, on avait dressé le modèle en bois d'après lequel, en des jours plus heureux, devait être élevée la statue représentant la réunion de l'Alsace à la France.

» C'étaient deux figures de femmes, dont l'une tenait étroitement embrassée l'autre, qui se réfugiait dans son sein.

» L'une d'elles, la mère, aujourd'hui par une succession de malheurs, a laissé tomber de ses bras défaillants sa fille éplorée.

» Mais la fille, mais l'abandonnée, cessera-t-elle dans son deuil de tendre vers sa mère ses mains enchaînées et pleines des dons que sa tendresse lui suggère ? Non, mille fois non. Dans les jours difficiles que nous aurons à traverser, le psaume que nous venons de méditer ensemble nous réconfortera et, comme Israël dans l'exil, nous pleurerons et nous nous souviendrons. »

.·.

Cette attitude de M. de Manteuffel vis-à-vis des protestants n'aura pas eu pour résultat de lui ramener davantage les catholiques.

Au scrutin du 28 octobre dernier, ceux-ci ont, en effet, voté en masse pour M. Kablé, bien que ce dernier fût républicain et protestant.

Au siège de représentant de Strasbourg-Ville au *Reichstag*, M. Kablé avait pour concurrent un sieur Adolphe Leiber, soutenu par la *Post*, organe du maréchal et des immigrés allemands.

L'*Union*, tribune des catholiques, combattit vivement cette candidature et appuya avec chaleur celle du député sortant.

C'est ainsi qu'à la veille des élections, elle publia l'appel qui suit à ses lecteurs :

« Les Strasbourgeois voteront pour M. Kablé. Ils le doivent, et cet honorable citoyen sera élu. Personne ne changera rien à cela.

» Au point de vue catholique, qui est plus spécialement le nôtre, voici quelle est la situation :

» D'un côté nous avons M. Kablé, dont l'attitude dans le passé a été d'une correction-parfaite, qui n'a pas failli un instant à sa promesse d'appuyer tout projet favorable à la liberté religieuse, et dont le manifeste contient cette fois encore une déclaration très expresse dans ce sens.

» D'un autre, nous avons M. Leiber, qui nous offre pour toute garantie cette phrase insignifiante de sa profession de foi : « Je respecte toute conviction religieuse honnête, et comme catholique je travaillerai à ce qu'il soit mesuré à toutes les confessions avec la même mesure. »

» Aux électeurs de choisir. »

M. de Manteuffel se montra particulièrement courroucé de ce langage.

Encore un peu, il eut supprimé le journal !

Il se contenta, cependant, de déplacer l'auteur présumé de l'article, l'abbé Spitz, qui fut relégué dans une cure sans importance, assez éloignée de Strasbourg.

XI

LES PROTESTATAIRES

Les *bêtes noires* de M. de Manteuffel. — M. Kablé. — Aspect et caractère. — *Protestation et Abstention.* — *Protestation et Action.* — Explication de ce dernier mot. — Le *statthalter* feint de se méprendre. — Charge à fond contre un programme. — La guerre ! — Menaçante déclaration. — Réponse de M. Kablé. — Souvenirs du siège. — Affiche électorale. — Résultats de la journée du 28 octobre. — Les *protestataires* réélus.

Ah ! c'est que M. Antoine, à Metz, et M. Kablé, à Strasbourg, sont les deux *bêtes noires*, comme on dit, de M. le maréchal-gouverneur.

Le second est, pourtant, le contraste vivant du premier.

Grand, blond, la moustache tombant à la gauloise, les épaules arrondies, le front découvert jusqu'au sommet de la tête, — sobre de gestes, calme d'allures, froid de caractère, posé de voix, de langage et de maintien, — M. Kablé est de ceux qui ne *s'emballent* jamais.

Son regard ne s'échauffe, derrière ses lunettes, que lorsqu'on parle devant lui des journalistes parisiens, avec lesquels, à ce qu'il prétend, « il n'a jamais pu causer sans qu'ils lui fassent dire une bêtise » ; ce qui ne l'empêche pas, du reste, de les accueillir avec la plus cordiale bienveillance dans l'appartement qu'il occupe, au premier étage d'une jolie maison moderne, à l'angle de la rue du Tribunal et de la rue de la Nuée-Bleue.

M. Kablé a cinquante quatre ans.

Il est né à Brumath le 7 mai 1830.

Après avoir étudié le droit et séjourné accidentellement quelque temps en Angleterre, il se fit inscrire comme avocat au barreau du tribunal civil de Strasbourg, où il devint plus tard directeur de la compagnie d'assurances le *Phénix*, poste qu'il conserva jusqu'au moment de l'interdiction des entreprises françaises d'assurances par l'arrêt dictatorial du 11 mars 1881, dont il a été question tout à l'heure.

Auparavant, il avait pris une part active aux efforts tentés dans le pays pour la fondation et le développement des banques populaires, ainsi qu'à l'administration municipale de Strasbourg, où il avait accepté les fonctions d'adjoint au maire, dans des circonstances particulièrement difficiles.

Toujours prêt à payer de sa personne et à se dévouer

15

à la chose publique avec une entière abnégation, il organisa, pendant le siège, le comité de secours aux blessés, dont il fut président, de même qu'il a présidé, depuis, le comité de secours aux inondés d'Alsace-Lorraine en 1882.

Au mois de février 1871, les électeurs du Bas-Rhin l'appelèrent à les représenter à l'Assemblée nationale de Bordeaux.

Il y signa l'acte de protestation contre l'annexion de l'Alsace-Lorraine à l'Allemagne.

Depuis, la ville de Strasbourg l'élut au Reichstag allemand pour y remplacer un député devenu autonomiste et pour protester, en son lieu, contre le traité de Francfort.

.·.

On n'a pas oublié qu'après l'acte de protestation solennellement exprimé à ce même Reichstag, en 1874, par la députation d'Alsace-Lorraine, — c'est-à-dire la première fois que le pays fut appelé à envoyer des représentants à cette assemblée, — la plupart de ceux-ci se retirèrent pour ne plus reparaître, en alléguant que tout effort, toute démarche pour améliorer la situation des provinces annexées leur semblaient devoir être désormais inutiles.

Tel ne fut pas l'avis de M. Kablé.

Tout en affirmant le droit et le devoir pour les députés de l'Alsace-Lorraine de s'élever contre l'annexion et de réserver pour leurs compatriotes le droit de disposer de leurs destinées, il avait un sentiment trop vif des besoins de la population pour ne pas proclamer, en même temps, la nécessité de ne pas abandonner au gré du gouvernement la gestion des affaires publiques.

C'est dans ce sens qu'il écrivait :

« Si les premiers députés élus après l'annexion se sont retirés après avoir protesté, c'était leur droit et leur devoir, car ils n'avaient pas reçu d'autre mandat. On ne parle pas d'affaires dans une maison en deuil, et l'homme est ainsi fait que les deuils publics l'affectent plus profondément que les deuils individuels. Pourtant, du moment où la perspective d'une révision du traité de Francfort manque, le parti de la protestation est tenu de compter avec la situation. Un pays, pas plus qu'un individu, ne vit de politique abstraite. Les directeurs d'un parti, pour légitimer leur autorité et leur influence, sont tenus de s'occuper des besoins, des intérêts, des souffrances de la population qu'ils représentent. Pour le parti de la protestation, l'obstination dans l'abstention équivaut au suicide, en sorte que le principe dont ils ont accepté le dépôt commande à ses chefs de faire taire leur répugnance et de participer avec le gouvernement à l'administration des affaires publiques. »

.˙.

De là naquirent le programme et le parti connus sous le nom : *Protestation et Action.*

M. de Manteuffel feignit de se méprendre sur la signification de ce dernier mot.

Le 15 janvier 1883, dans un dîner offert aux membres de la Délégation d'Alsace-Lorraine :

— La guerre ! s'écria-t-il avec éclat, oui, messieurs, je suis soldat. La guerre est l'élément du soldat, et j'aimerais bien le goûter encore, ce sentiment élevé de commander dans une bataille.

Mais comme *statthalter* d'Alsace-Lorraine, je ne puis désirer la guerre.

J'ai trop étudié les Condé et les Turenne, ainsi que les campagnes de Napoléon, et les quatre batailles dans lesquelles je me suis trouvé en face des troupes françaises sont encore trop fraîches à ma mémoire pour que je ne respecte pas l'armée française.

Je ne crains pas la guerre, mais je ne voudrais pas me charger la conscience en y poussant.

Or, n'est-ce pas pousser à la guerre que d'ajouter au mot de *protestation* celui d'*action ?* En lançant à la population les mots de « protestation et d'action », on y crée de l'agitation, on excite des doutes sur la réunion définitive à l'Allemagne, et on fournit aux *Sociétés* et aux *feuilles chauvines*, de l'autre côté des Vosges, l'occasion de proclamer toujours de nouveau, devant l'univers entier, que la population de l'Alsace-Lorraine gémit sous l'administration allemande et qu'elle appelle de ses vœux la guerre de délivrance.

Jamais l'Empire ne pourra donner à l'Alsace-Lorraine ses pleins droits constitutionnels aussi longtemps qu'il aura à craindre que ceux-ci puissent être utilisés contre les intérêts de l'Empire ou pour lui créer des difficultés. L'Empire doit acquérir la certitude que l'Alsace sait qu'elle est allemande.

Aussi longtemps que les idées de la population ne seront pas éclaircies à cet égard et que des programmes comme celui de la « protestation et action » et comme celui de M. Antoine trouveront encore de l'écho, l'Empire n'aura pas cette certitude.

. .

Reproduisons *in extenso* la réponse de M. Kablé à ce
langage dont la menace a le mérite de la franchise.

« Le discours prononcé par S. Exc. M. le *statthalter*
d'Alsace-Lorraine au dîner qu'il a offert avant-hier aux
membres de la Délégation, et qui a été reproduit par
les journaux, est en grande partie dirigé contre mon
programme électoral de 1881.

» Je n'ignore pas la réserve qui m'est imposée vis-
à-vis de cette manifestation du lieutenant de l'empereur d'Allemagne, investi de pouvoirs dictatoriaux.

» Mais, quoi qu'il m'en coûte, je ne peux pas laisser
jeter dans le public une interprétation absolument er-
ronée du programme qui a servi de base à mon élection, sans protester hautement contre cette interprétation.

» D'après M. le *statthalter*, la formule « protestation
et action », dans laquelle se résume mon programme,
signifie *la guerre*. « N'est-ce pas pousser à la guerre,
s'écrie M. de Manteuffel, que d'ajouter au mot *protestation* celui d'*action*? »

» Mes concitoyens savent à quoi s'en tenir à ce sujet,
et jamais personne parmi eux n'a songé à interpréter
ainsi le sens de cette formule, ratifiée par les suffrages
des électeurs de Strasbourg.

» Qu'il me suffise de rappeler dans quelle circonstance
cette formule a été proclamée.

» Après les élections de 1874, la plupart des députés
alsaciens-lorrains élus au Parlement allemand se bor-
nèrent à protester contre l'annexion, sans plus prendre
part aux travaux de cette Assemblée.

» La formule pratique était : *Protestation et abstention.*

» Cette tactique ne pouvait pas se soutenir à la
longue ; si le pays tenait à ce que ses sentiments fussent
affirmés, il tenait aussi à la défense de ses intérêts.

» Aussi, dès 1876, sous l'administration de M. de
Mœller, et dans une lettre rendue publique, je constatai
la nécessité de modifier le programme pratiqué, et je
déclarai que « le député alsacien-lorrain au Reichstag ne
doit pas renoncer au droit de libre disposition nationale
pour son pays, qu'il doit protester contre l'annexion
de l'Alsace-Lorraine à l'Allemagne, mais qu'il doit
aussi défendre les intérêts du pays et réclamer les
droits et les libertés que l'on ne peut pas refuser à un
pays civilisé. »

» Je n'ai rien à ajouter à cette citation.

» Il en ressort suffisamment que, dans la formule « protestation et action », que j'ai indiquée comme résumant
mon programme, le mot action n'est que l'antithèse du
mot abstention, et ne signifie nullement la guerre,
comme l'indique, à mon grand regret, le discours de
M. le *statthalter.*

» Quelle séduction la guerre peut-elle avoir pour nous?

» M. le feld-maréchal de Manteuffel évoque le souvenir des batailles qu'il a livrées comme général des
armées victorieuses, et il nous dépeint les terribles
conséquences qui résulteraient d'une guerre pour notre
pays, si exposé.

» Nous nous en souvenons, nous aussi, de cette lutte
terrible, et de ses horreurs, et de cette bataille implacable de quarante-cinq jours, pendant laquelle des
femmes et des enfants tombaient autour de nous sous
les coups meurtriers des obus.

» Je dirigeais les ambulances de Strasbourg bombardé et, dans l'accomplissement de ce devoir d'humanité, bien souvent, moi aussi, « je sentais que le projectile de l'ennemi pouvait m'appeler à tout instant devant le tribunal de Dieu. »

» Mais si la guerre est, suivant l'expression de M. le feld-maréchal, « l'élément du soldat », si un glorieux général peut trouver « une jouissance divinement grande à ce sentiment élevé de commander dans les batailles », pour nous autres, simples citoyens désarmés, la seule jouissance qui nous était réservée, quand nous revenions du bombardement de la Bibliothèque ou de l'incendie de la cathédrale, c'était de compter les nôtres et de rendre grâces à Dieu pour ceux qu'il nous avait conservés. »

.*.

En octobre dernier, M. Kablé se représentait aux suffrages des électeurs, et l'affiche suivante se lisait sur toutes les murailles de Strasbourg :

VILLE DE STRASBOURG

Élections pour le Reichstag, du 28 Octobre 1884

APPEL AUX ÉLECTEURS

Chers Concitoyens !

Le 28 de ce mois, vous aurez à procéder à l'élection d'un député au Reichstag.

Notre ancien député, M. Kablé, qu'à deux reprises

vous avez élu avec une imposante majorité, veut bien, à notre sollicitation, accepter encore le lourd et pénible mandat de nous représenter à Berlin.

Vous n'aurez plus, comme aux précédents scrutins, à combattre un de nos concitoyens indigènes, et pour la PREMIÈRE FOIS la lutte électorale se fera entre votre ancien député, M. Kablé, un enfant de notre pays, CONNU de vous tous, et un candidat vieil-allemand, un immigré d'hier, UN INCONNU ! Vous ne sauriez lui accorder vos suffrages sans laisser péricliter entre vos mains la DERNIÈRE de nos prérogatives.

Depuis douze ans, Strasbourg n'a plus de MAIRE SEULE de toutes les communes du pays, elle n'a plus de CONSEIL MUNICIPAL !

Strasbourg, la ville la plus importante, la capitale comme on veut bien dire, N'A PAS de représentant au *Landesausschuss ?*

Et aujourd'hui la population immigrée, composée en grande majorité de fonctionnaires largement payés sur le budget du pays, s'imaginant être maîtresse de vos destinées, a la singulière prétention de vous faire représenter au Reichstag par un des SIENS !

Electeurs ! vous repousserez ce candidat avec énergie et vous voterez pour

M. J. KABLÉ

Négociants, Industriels et Agriculteurs !
Patrons et Ouvriers !

Encore une fois, et contrairement aux anciens usages de notre pays, la prochaine élection se fera un mardi, un jour de la semaine, un jour voué à vos occupations journalières.

Le temps, dit le proverbe, est de l'argent, et toute heure que l'on distrait de son travail constitue une perte.

Mais nous avons confiance en votre patriotisme; vous supporterez cette perte; vous ne mettrez pas en balance votre intérêt personnel avec l'intérêt général et l'honneur de notre cité.

Nos adversaires voteront tous. Suivez leur exemple : accourez TOUS au scrutin et déposez dans l'urne le bulletin portant le nom de :

M. J. KABLÉ

Strasbourg, le 25 octobre 1881.

Au nom du Comité électoral :

Le Président, ERNEST LAUTH.

∴

Les électeurs de Strasbourg-ville répondirent comme un seul homme à ce chaleureux appel, et le nom de M. Kablé sortit des urnes avec une imposante majorité.

En même temps que lui, ses quatorze collègues à la précédente législature se voyaient réélus — avec un ensemble formidable — dans leurs collèges respectifs.

C'étaient les abbés Guerber, pour Guebwiller; Winterer, pour Altkirch et Thann, et Simonis, pour Rappoltsweiler ou Ribeauvillé;

Puis, MM. Antoine, pour Metz;

De Wendel, pour Thionville;

15.

Germain, pour Sarrebourg ;

Jaunez, pour Sarreguemines et Forbach ;

Quirin, pour Strasbourg-campagne ;

Dolfus, pour Mulhouse ;

Grad, pour Colmar ;

Lang, pour Schlestadt ;

Baron Diétrich, pour Haguenau ;

Goldenberg, pour Saverne ;

Et Hugo, baron Zorn de Bulach, pour Erstein.

Tous, Alsaciens-Lorrains ; tous, Français ; tous, patriotes ; tous, *protestataires !*

Partant, tous souverainement désagréables au gouvernement allemand !

XII

LES AUTONOMISTES

Le général von Werder et le maire Kuss. — M. de Bismarck-Bohlen et Mgr Raess. — M. Schnéegans et M. About. — Origines de l'autonomie. — Au Reichstag. — La séance du 18 février 1874. — Les députés alsaciens-lorrains. — Fin de nonrecevoir opposée à leurs requêtes. — M. Teutsch et le chancelier. — Discours de M. Teutsch. — Défection de l'évêque de Strasbourg. — Surprise et protestation de ses collègues. — Sommation de ses électeurs. — Manifestations de ses ouailles. — M. Schnéegans. — Une variante à la devise des Rohan. — Les étrivières de la chanson. — Espoir déçu. — Le testament du parti. — Sa mort.

On raconte qu'au lendemain de la capitulation, M. von Werder eut la fantaisie de prendre solennellement possession de Strasbourg, à la tête de ses troupes victorieuses, et la velléité d'exiger que les magistrats municipaux se portassent à sa rencontre pour lui offrir les clefs de la ville sur un plateau d'argent.

« Quitte, ajoute un historien facétieux, à mettre ensuite ce plateau dans sa poche. »

Mais le maire Kuss refusa de se prêter à cette mise en scène.

— Général, déclara-t-il au vainqueur, faites, s'il vous convient, une entrée triomphale au milieu de nos rues et de nos édifices en ruines. Seulement, je ne réponds de rien. La population est exaspérée ; elle possède des armes ; elle n'hésitera pas à s'en servir.

Puis, sur un geste menaçant du Badois :

— Oui, j'entends, vous achèverez de brûler la ville. Vous le pouvez, puisque vous êtes le nombre et la force. Nous le savons, et croyez bien que, mes concitoyens et moi, nous y sommes résignés d'avance.

M. de Werder tint compte de l'avertissement.

Il renonça à donner suite à son idée.

A quelque temps de là, M. de Bismarck-Bohlen demanda à Mgr Raess, évêque de Strasbourg, de célébrer une messe d'actions de grâces pour l'avènement à l'empire de Guillaume le Conquérant :

— Monsieur le comte, répondit le prélat, quand on a perdu sa mère, on reste au moins un an en deuil.

Enfin, lorsqu'un peu plus tard, M. Edmond About fut arrêté à Saverne et faillit être traduit devant un conseil de guerre, à Strasbourg, pour avoir dit, dans un journal, de dures vérités aux Prussiens, ce fut M. Schnéegans, « un avoué de grand talent », qui vint

— spontanément et courageusement — lui proposer de se charger de sa défense.

Kuss, Raess et Schnéegans !

Qui se serait douté alors que c'étaient ces trois personnages qui allaient se faire les apôtres d'un dogme et les chefs d'un parti qui ne tendrait rien moins qu'à détacher l'Alsace-Lorraine de la France pour la rapprocher de l'Allemagne ?

.·.

Ce fut l'ancien médecin Kuss, l'ancien maire de Strasbourg, l'ancien député de Bordeaux, qui s'écria le premier, dans un moment de défaillance dont il est mort, du reste :

— La France est perdue pour nous; tâchons de sauver l'Alsace.

Mgr Raess vint ensuite.

On sait dans quelles circonstances.

C'était le 18 février 1874.

La députation alsacienne-lorraine, dont faisaient partie les évêques de Metz et de Strasbourg, venait, dit M. Victor Tissot, de faire son entrée au Reichstag, devant une salle comble qui avait peine à contenir une curiosité impatiente.

M. l'abbé Sœhnlin, curé de Neuf-Brisach, portait sur sa soutane le ruban rouge de la Légion d'honneur qu'il avait si vaillamment gagné pendant le siège de cette ville. Il marchait à la droite de Mgr Dupont des Loges. Derrière eux s'avançaient les abbés Winterer, Guerber et Simonis, également en soutane.

A l'ordre du jour de la séance était inscrite la proposition suivante :

« Veuille le Reichstag décider que les populations d'Alsace-Lorraine, qui, sans avoir été consultées, ont été annexées à l'Allemagne par le traité de Francfort, soient appelées à se prononcer spécialement sur cette annexion. »

Les députés alsaciens-lorrains réclamaient, en outre, pour eux le droit de se servir de la langue française.

— L'allemand est la seule langue autorisée ici, leur avait répondu le président Forkenbeck.

M. Teutsch s'était alors adressé à M. de Bismarck.

Mais celui-ci brusquement :

— Messieurs, je ne parle pas le français.

— Vous le comprenez, cependant ?

— C'est possible ; mais pas pour l'instant.

Et le chancelier avait tourné le dos à nos compatriotes.

M. Teutsch avait donc lu un discours — traduit du français en allemand — dans lequel la députation protestait contre l'abus de la force dont son pays était victime, et déclarait qu'un tel attentat n'aurait pas dû s'accomplir en plein dix-neuvième siècle. La France n'avait pas le droit de céder ses provinces. D'ailleurs, la cession n'avait pas été librement consentie, mais extorquée par la violence...

Après lui, M. l'abbé Winterer, curé de Mulhouse, et M. l'abbé Guerber, supérieur du petit séminaire de Zillisheim, se préparaient à prendre la parole pour appuyer, pour développer ce thème...

Mais l'évêque de Strasbourg s'était peu à peu rapproché de la tribune...

A peine M. Teutsch en fut-il descendu qu il y monta vivement et qu'il s'empressa de déclarer que « lui et ses coreligionnaires n'avaient aucunement l'intention de mettre en doute la validité du traité de Francfort. »

A ce *pronunciamiento* inattendu, les Alsaciens-Lorrains restèrent frappés de stupeur.

Par contre, les catholiques allemands et les nationaux-libéraux éclatèrent en applaudissements.

Aussitôt. M. de Forkenbeck procéda au vote qui devait clore le débat.

Les Polonais, les démocrates socialistes, M. Sonnemann, directeur de la *Gazette de Francfort,* et M. Ewald, particulariste hanovrien, se levèrent seuls en faveur de la motion de M. Teutsch.

.·.

Indignés et consternés de la défection de Mgr Raess, les députés alsaciens-lorrains étaient demeurés immobiles et silencieux sous le coup de ce guet-apens.

Mais le lendemain, au début de la séance, M. Pougnet, de Sarreguemines, déclarait, au nom de ses collègues catholiques d'Alsace-Lorraine, que l'évêque de Strasbourg avait parlé « *en son propre nom seulement.* »

La nouvelle de l'inconcevable conduite de Mgr Raess produisit en Alsace une émotion des plus douloureuses.

Le clergé y était — il y est encore — éminemment patriote.

On y avait vu les curés courir à travers les campagnes, les poches de leurs soutanes bourrées de circulaires exaltant Gambetta, — tant, sous la menace de

perdre leur nationalité, ils cherchaient à confier le soin
de leur défense aux hommes qu'ils considéraient comme
le plus capables de s'en charger par l'énergie et le talent.

Aussi quarante prêtres du diocèse de Strasbourg
adressèrent-ils à M. Teutsch la lettre qui suit :

« Monsieur le député,

» Le clergé de Strasbourg, en communauté d'idées
avec les catholiques de toute la ville, tient à honneur
de vous remercier du patriotique discours que vous
avez prononcé au Parlement allemand. Il vous félicite
d'avoir si bien exprimé ses sentiments et désavoue tout
ce qui, dans le dessein d'atténuer la portée de vos paroles, a été dit de contraire à votre motion. »

La protestation des électeurs de Mgr Raess fut bien
plus vive.

Elle se terminait ainsi :

« Par son attitude au Reischstag, l'évêque de Strasbourg a hautement prouvé, ou qu'il ne comprenait pas
son mandat, ou qu'il ne l'acceptait pas tel que ses électeurs avaient entendu le lui confier ; il est dès lors
tenu en honneur ou en conscience de le résigner entre
leurs mains ; c'est la seule satisfaction qu'il puisse désormais donner à une population dont il a profondément
blessé le patriotisme. »

Inutile d'ajouter que le prélat ne fut pas réélu, au
renouvellement de la députation, et que l'exaspération
fut si grande parmi ses ouailles des campagnes, que,
pendant longtemps, quand on donna lecture de ses
mandements, dans certaines églises de village, aucune

phrase n'en put être entendue, les assistants prenant à tâche de trépigner des pieds et de remuer les chaises, pour couvrir la voix du prédicateur.

Dans d'autres paroisses, les parents refusèrent de lui laisser confirmer leurs enfants, qui, plus d'une fois, le poursuivirent de leurs huées.

A Sigolsheim, on ravagea les vignes dont il tire gloire et profit.

A Strasbourg, des pierres furent lancées dans les fenêtres de son palais épiscopal.

Enfin, à Colmar, les sacristains vinrent dire au curé, la veille d'une cérémonie dans laquelle Sa Grandeur devait figurer :

— Nous ne porterons pas le dais. Priez monseigneur de se faire expédier des porteurs de Berlin.

.·.

Si j'en crois M. Victor Tissot, ne serait-ce point l'évêque de Strasbourg qui, avant la guerre, à Rome (*Collection d'autographes à propos du concile*), aurait écrit — en latin — sur un album cette pensée trop détachée pour venir du cœur d'un véritable Alsacien :

« *Quelle que soit la patrie, elle est une vallée de larmes ; il est ridicule de s'attacher à la patrie avec une affection tenace ; la patrie ne rend ni heureux ni malheureux.* »

De retour à Strasbourg, après avoir, à Lyon et à Genève, soutenu les idées des protestataires dans deux journaux aidés par l'argent de ces derniers, M. A. Schnéegans parut s'inspirer brusquement de cette maxime de Mgr Raess.

Seulement, il la déguisa sous une formule qui n'était

guère qu'une variante à la fière devise des Rohan...

Et il s'en fut répétant :

« *Français ne puis, Prussien ne daigne, Alsacien suis.* »

En d'autres termes, il réclamait pour l'Alsace une sorte de *self-government* où tout se ferait par les Alsaciens — pour les Allemands !...

Il est bien entendu que ces trois derniers mots n'étaient point inscrits sur le programme...

Mais ils en ressortaient à la sourdine.

M. de Mœller, le gouverneur prussien, n'avait-il pas, un jour, dans un banquet offert par le président du district, à Colmar, vivement encouragé les aspirations du pays vers « sa constitution *autonome* dans le sein de l'empire ? »

D'où le nom d'*autonomie* donné à ce parti, dont une chanson gouailleuse célébra la naissance :

> Dans ses murs Strasbourg a vu
> Eclore une race
> Dont l'esprit, de sens pourvu,
> Sait la bonne place.
> Chacun dans la confrérie
> Dit avec componction :
> — C'est triste l'annexion !
> Mais j'ai l'autonomie,
> O gué !
> J'ai mon autonomie !

.˙.

M. Schnéegans eut un organe : le *Journal d'Alsace*, une feuille habilement rédigée, qui s'attacha à paraphraser certaine lettre (en date du 28 février 1874) dans laquelle Mgr Ræess déclarait qu'il était urgent de « vivre, dans le nouvel ordre de choses, en paix avec les autorités constituées » et conseillait aux *agités* de perdre la *manie* du patriotisme et de se renfermer dans le silence, « aussi longtemps qu'ils ne disposeraient pas des forces nécessaires pour déchirer le traité de Francfort. »

Il eut ses partisans, — des hommes de plus de valeur que de conviction : le baron Zorn de Bulach, ancien chambellan de Napoléon III ; le pharmacien Klein ; Gustave Fischbach, le gendre de défunt Kuss ; MM. Bergmann, North, Rack, Nessel, Lorette, Goldenberg, etc.

Un instant, il put croire que le gouvernement du *kaiser* allait compter avec lui.

Il n'en fut rien ; et, de leur évolution, de leur campagne, les *autonomistes* ne recueillirent que les horions, rimés à la diable, de la Némésis strasbourgeoise, dont on nous permettra, après Jules Claretie, de reproduire encore une paire de couplets :

> Dans notre Alsace on peut voir
>   Sortant d'une boîte
> Diablotin blanc, rouge et noir
>   Qui partout s'emboîte ;
> Qu'à Strasbourg Berlin envoie,
> Et qui, sur son mirliton,
> Répète dans chaque ton :
> — Qui veut l'autonomie,
>   O gué !
>   Qui veut l'autonomie ?

> — C'est, dit-il, un fort bon plat
>   Que je vous prépare :
> Un *Kneppfelkuch* délicat
>   Et tout à fait rare ;
> Ce qu'invente mon génie
> Social et dévoué.

Entrera, foi d'avoué,
Dans mon autonomie.
O gué !
Dans mon autonomie !

.˙.

Les *leaders* du parti l'abandonnèrent peu à peu. Ce fut, d'abord, M. Klein. Sollicité d'accepter le porte-feuille des finances dans une sorte de ministère qu'il fut question — un moment — d'adjoindre à M. de Manteuffel :

— J'aime mieux fabriquer des pilules, répondit le pharmacien, que d'être obligé de les avaler.

Puis, vint M. Goldenberg qui déclara :

« Le parti autonomiste ne peut que déplorer les mesures prises contre la presse, contre les sociétés d'assurances françaises, contre l'emploi de la langue française au *Landesausschuss,* sans parler de bien d'autres bévues. Tout cela nous fait désespérer d'un loyal développement autonome du pays, et *pousse les représentants de l'autonomie dans la voie des protestations.* »

C'était clair.

L'honorable député fit plus : il annonça que ce serait en qualité de protestataire qu'il briguerait le renouvellement de son mandat.

M. Lorette l'imita.

En se présentant devant les électeurs de son père, M. Hugo Zorn de Bulach dut affirmer qu'il ne partageait pas les opinions de celui-ci.

Enfin, en octobre dernier, le *Journal d'Alsace,* par la plume de M. Fischbach, publiait, pour appuyer la candidature de M. Kablé, un article qui peut être considéré comme l'acte de contrition — et de décès — de l'autonomie.

On y lisait, entre autres aveux :

« Votez pour les candidats modérés, nous disaient il y a quelques années les organes du gouvernement, et vous aurez une constitution régulière pour le pays, un conseil municipal pour sa capitale. » Le *Journal d'Alsace* a recommandé des candidats modérés; il a combattu M. Ernest Lauth et a fait triompher M. Gustave Bergmann. Avec M. Bergmann, les électeurs ont envoyé au Reichstag MM. North, Schnéegans, Nessel, Rack, des hommes modérés s'il en fut, et nous n'avons rien eu de ce qu'on nous promettait, et Strasbourg est toujours sans conseil municipal.

» On fait miroiter aujourd'hui les mêmes perspectives à nos yeux et on essaye de nous faire croire que le concurrent de M. Kablé nous rapporterait de Berlin, s'il était élu, le décret appelant la ville de Strasbourg aux élections communales.

» Ce mirage ne trompe plus personne, et ce qu'un vote solennel du Reichstag a demandé en vain, ce que la Délégation d'Alsace-Lorraine a réclamé deux ou trois fois sans l'obtenir, ce que nous avons sollicité nous-même dans deux campagnes engagées inutilement dans ces colonnes, ce conseil municipal, on ne nous le donnerait pas tout simplement parce que M. Leiber aurait réuni quelques milliers de voix strasbourgeoises sur son nom. »

M. Fischbach termine ainsi :

« Il n'y a plus qu'un seul parti alsacien. Respectueux de ses propres souvenirs, mais respectueux aussi de la loi, ce parti marchera d'accord à l'avenir et travaillera à relever cette Alsace que les horreurs de la guerre

d'abord, *puis les erreurs d'une politique administra-
tive, trop souvent méfiante, ont entamée dans sa vitalité,
dans sa richesse matérielle et morale, dans tous les
éléments qui constituaient autrefois sa gloire et sa
prospérité.* »

.·.

Kuss repose, depuis nombre d'années, dans le cimetière de Schiltigheim. Etait-ce un sceptique décidé à
tirer son épingle de tous les jeux ou un désespéré trop
prompt à jeter le manche après la cognée? Ces questions s'arrêtent devant une tombe.

Mgr Raess vit retiré dans son palais épiscopal.

Il y vend aux·Allemands son vin de Sigolsheim, —
lequel est excellent, d'ailleurs, — et il s'y livre, as-
sure-t-on, avec ses familiers, à un échange immodéré
de calembredaines et de calembours.

M. Schnéegans a reçu le prix de ses services. Il est
consul d'Allemagne quelque part; qu'il y reste.

XIII

LE THÉATRE

Sa prospérité avant la guerre. — La dotation Apffel. — *Quantum mutatus ab illo!* — Solitude et abandon. — Les explications de M. Gustave Fischbach. — Transformation et arrière-pensée. — A la bonne franquette. — Les abonnements en 1870 et en 1884. — Suppression de la subvention. — Raisons alléguées — Pénurie de la ville. — Et la dotation? — Abstention des Allemands. — Ses causes. — A la *Thuringia*. — Au Tivoli. — La *Bezirspræsidentin*. — Les Variétés. — Le directeur Bruckmann. — Curieux programme. — Pièces à l'index. — Manifestations du public. — *La Fille du Tambour-Major*.

L'un des premiers soins que prirent nos vainqueurs, une fois installés à Strasbourg, fut d'inviter la municipalité à procéder sans retard à la reconstruction du théâtre que le feu de leurs batteries avait odieusement maltraité.

Ah! dame! c'est que ce théâtre était compté parmi les meilleures scènes de France, et que le bruit des bonnes soirées dont on s'y régalait avait enjambé le pont de Kehl pour venir émoustiller les oreilles des *dilet-tanti* d'outre-Rhin.

La dotation Apffel l'avait fait riche, et la richesse avait rendu le public strasbourgeois exigeant : pourquoi ne dirais-je pas connaisseur ?

Le sieur Jean-Louis-Guillaume Apffel était un ancien magistrat de Wissembourg, qui avait légué à la ville de Strasbourg tous ses biens — dont les revenus annuels étaient considérables — à cette fin de « contribuer au développement de l'art dramatique et lyrique. » De l'art lyrique surtout. C'est du moins dans ce sens qu'avait été comprise et mise à exécution la pensée du testateur.

Strasbourg n'était pas entré en possession immédiate de ce magnifique héritage.

Il lui avait fallu soutenir une lutte assez vive avec les parents du donateur avant de pouvoir en jouir en toute sécurité.

Mais une transaction était intervenue finalement, qui avait satisfait les deux parties, et les revenus de la dotation, tombant paisiblement dans la caisse du théâtre, avaient permis à celui-ci de produire deva⸱ la rampe les œuvres des maîtres interprétées par un orchestre hors de prix et par des artistes d'élite.

Aussi y avait-il jadis — je parle avant la guerre — un tel empressement à retenir, pour la saison tout entière, les bonnes places, « les places chères », que l'administration municipale avait fait insérer dans le cahier des charges une clause qui interdisait au directeur de louer à l'année deux d'entre les premières loges, afin que les étrangers de passage à Strasbourg et les habitants de la ville non abonnés pussent trouver, eux aussi, à se caser dans les grands fauteuils de velours.

⁂

Pénétrons aujourd'hui dans le théâtre remis à neuf à l'intérieur et à l'extérieur :

Le *Stadttheater*, comme on l'appelle, pour le distinguer de deux ou trois *bouibouis* qui lui font — ici ou là — une incessante et désastreuse concurrence.

A l'extérieur, pas l'om re d'une *queue*. Personne

aux guichets. Pas âme qui vive sur les marches. Une porte close que le vent seul pousse pour s'introduire par bouffées dans un vestibule lugubrement vide.

Il est vrai qu'on n'y joue ni du Schiller, ni du Goëthe, ni du Lessing...

Pas même du Wagner, du Meyerbeer, du Weber ou du Kreutzer !...

Non : on y joue *Mein Léopold*, une *nouveauté* quelconque d'un quidam prodigieusement inconnu.

A l'intérieur, une nécropole. Personne aux fauteuils d'orchestre. Personne au balcon, ni aux galeries. Personne aux secondes loges ni au parquet. Le gaz brûle jaune, avec des lueurs ternes et malades. Une mélancolie invincible vous tombe du cintre sur le dos, comme une chape de plomb. En vous asseyant là, il vous semble que vous ne vous amuserez plus de votre vie et que c'en est à jamais fait de votre belle humeur !

.*.

Un publiciste du cru, M. Gustave Fischbach, se donne un mal énorme pour dénombrer les causes de cette solitude navrante et de ces recettes dérisoires.

C'est ainsi qu'il écrit quelque part, dans le *Journal d'Alsace* :

« A tous les bouleversements que l'annexion a produits dans notre ville, à tous les changements qu'elle a amenés dans notre vie privée comme dans notre vie publique, on a voulu ajouter la modification complète et subite de nos goûts artistiques. Rompant avec nos habitudes, avec nos traditions théâtrales, on a banni le français du théâtre et, brusquement, sans transition, on nous a demandé d'aller nous divertir aux beautés du répertoire des scènes allemandes.

» On peut réglementer, dans une certaine mesure, la vie politique d'une population ; on peut imposer à celle-ci, quant à ses devoirs et à ses droits publics, des lois nouvelles, lois régulières et même lois d'exception, mais on n'arrivera jamais à lui tracer des commandements quant à ses plaisirs et à ses distractions.

» On avait évidemment une arrière-pensée politique en transformant cette scène française en un théâtre tout allemand ; mais en cette question comme en beaucoup d'autres, on ne connaissait pas le public alsacien.

» Le français au théâtre, il fallait nous le laisser comme un droit, et non pas le donner plus tard comme une faveur, comme une concession bénévole et toujours révocable : la nuance a sa valeur, si l'on songe à l'état de surexcitation morale des provinces annexées... »

. .

D'excellentes raisons développées en bon style.

Mais combien je préfère ce langage à la bonne franquette d'un Strasbourgeois qui me disait :

— Monsieur, j'étais Français ; je voulais rester Français ; on m'a incorporé malgré moi dans le troupeau des sujets de l'empereur d'Allemagne...

Ma maison a été brûlée, ma femme écrasée, ma fille estropiée pendant le siège. J'ai eu un fils tué à Gravelotte. J'en ai deux autres dont j'ai été obligé de me séparer. Ils vivent loin de moi, là-bas, en France, pour ne pas coiffer le clyso-casque...

Tenez, voici un article pour lequel je payais *seize francs* de droits d'entrée. Autrefois, avant l'annexion.

16

J'en paye *quatre-vingts* aujourd'hui. Plus de quatre fois la valeur intrinsèque de l'article !...

Nous sommes écrasés d'impôts, soumis à l'état de siège, dépouillés de nos libertés municipales, ruinés dans la fortune tant privée que publique, tracassés par la police, battus par les soldats, humiliés par les officiers, pressurés par les fonctionnaires, exploités par les immigrés, condamnés par les juges, contraints de nous servir d'une langue qui a cessé d'être la nôtre depuis qu'elle est devenue l'auxiliaire de l'étranger...

Comment diable voulez-vous que, dans de semblables conditions, nous ayons beaucoup de cœur à aller au spectacle?...

Même quand on jouerait le *Maître de Forges !*

.˙.

... Il est constant que le théâtre de Strasbourg, dont les abonnements à l'année ne rapportaient pas, sous la direction Emile Marck, — 1869-1870, — moins de *quatre-vingt-deux mille six cents francs*, a vu descendre, cette année, le chiffre de ces mêmes abonnements à la somme insignifiante de *neuf mille six cent deux francs !*

Ajoutez que la Délégation d'Alsace-Lorraine vient de lui retirer sa subvention.

Et cela, parce qu'elle ne voyait dans ce théâtre, transformé, organisé et administré à l'allemande, « ni une institution véritablement artistique, dont le pays et sa capitale eussent à s'honorer et à se glorifier, ni un élément d'éducation populaire, capable de développer le goût du beau et de répandre le culte du grand art. »

D'un autre côté, M. Fischbach nous apprend que cette

pauvre scène délaissée n'a rien à attendre de la ville

La fortune de cette dernière est engagée dans des proportions considérables par l'élargissement de l'enceinte fortifiée.

En outre, les millions exigés par la voirie qu'il faut établir dans les nouveaux quartiers et le surcroît de dépenses de toute nature qu'occasionne à la caisse municipale le nouveau régime gouvernemental, mettent l'administrateur de la ville dans la nécessité de se montrer, dans la confection de son budget, d'une prudence qui doit être doublée lorsqu'il s'agit de signer un crédit pour le théâtre.

Soit ; mais on ne nous dit pas ce qu'est devenue dans tout ceci la fameuse dotation Apffel.

Ah ça ! est-ce que, pour mieux se conformer aux intentions du généreux Wissembourgeois, on l'aurait employée, par hasard, à monter des ouvrages... militaires, en avant des nouveaux forts, ou à acheter, chez le facteur Krupp, de nouveaux instruments... de domination et de conquête ?

.˙.

Avant 1870, constate M. Fischbach, les fonctionnaires d'un rang élevé, les chefs d'administration, les professeurs des Facultés, les généraux, colonels et autres officiers supérieurs de la garnison, les industriels et négociants notables, les bourgeois aisés considéraient comme un devoir de figurer sur la liste des abonnés du théâtre.

Aujourd'hui, paraît-il, il n'en est plus ainsi.

Pourquoi, se demande notre honorable confrère du *Journal d'Alsace*, pourquoi le public immigré, qui devrait soutenir le théâtre par goût et par patriotisme, le néglige-t-il de cette façon?

Pourquoi les nombreux fonctionnaires allemands qui se trouvent à Strasbourg, et qui tous, sans exception, sont rétribués beaucoup plus largement que les fonctionnaires du temps français, laissent-ils péricliter une institution que tout leur commanderait de faire prospérer?

Ces questions ont quelque lieu de nous étonner.

M. Gustave Fischbach a trop vécu dans l'intimité de nos vainqueurs pour ignorer leurs habitudes de sage économie et pour ajouter grande croyance — encore qu'ils en fassent montre — à la délicatesse de leur sentiment artistique.

Il connaît sans nul doute le refrain goguenard :

> Tant qu'il y aura des *flouts* et des *kneppfles* (1).
> Les *Schwobs* (Allemands) ne quitteront pas l'Alsace.

Il doit savoir pareillement que, tant qu'il y aura à Strasbourg des établissements où, pour quelques *pfennigs*, on pourra se gaver de bière, de tabac, de mangeaille, de mauvaise musique et de mauvaise prose, les *Schwobs* fréquenteront ces bibines lyriques de préférence au *Stadttheater*, où l'on ne fume pas, où l'on ne boit pas, où l'on ne fricote pas, où « une tenue décente est de rigueur » et où le prix des places est relativement élevé.

.˙.

Et je ne parle pas seulement ici des « gens du commun ».

(1) Pâtes frites très goûtées en Allemagne.

J'entends ces fonctionnaires dont M. Fischbach par-
lait tout à l'heure, les personnes « bien élevées, » de
marque, qui *donnent le ton*, — la *gentry*, comme on
dit à Londres, — le *gratin*, comme on disait hier à
Paris, — le *pschutt* et le *v'lan*, comme l'on dira demain
à Berlin.

Et la preuve, c'est que les loges sont non moins vides
que le parterre, au *Stadttheater*, quand on y donne les
œuvres, les chefs-d'œuvre des maîtres foncièrement
allemands : *Freischütz* et *Euryanthe*, *Jessonda* et *Stra-
della*, *Fidelio* et *la Flûte enchantée*, *les Joyeuses com-
mères de Windsor* et *la Nuit à Grenade*, — voire *le
Niebelungenring*, du « grand compositeur national ».

En revanche, j'ai rencontré naguère plus d'un personnage officiel, plus d'un grave professeur, plus d'un
sévère magistrat, d'un important industriel, d'un financier, d'un commerçant considérable, et plus d'une
gnœdige Frau (digne dame) en train de se pâmer, à la
Thuringia, — une taverne-concert de la rue des Frères,
je crois, — devant les harmonies cochinchinoises dont
des musiciens français avaient enveloppé des vers, non
moins français, hélas! qui semblaient jaillis des
égouts de Bicêtre ou de Charenton.

Et l'autre jour, au Tivoli, j'avais pour voisine de
table, — au milieu des pipes et des chopes, — une
Bezirsprœsidentin.

Gavroche s'écrierait :

— Une *Bezirsprœsidentin* ?... Qué qu'c'est qu'çà ?...
Ça va-t-il sur l'eau?

Une préfète, si vous aimez mieux. La femme d'un
préfet, rien que cela. Entourée de sa famille encore :
quatre anges bouffis qui tapaient sur le jambon avec
non moins d'appétit que leur mère. Vous auriez dit

16.

que chaque bouchée les rendait plus potelés et plus roses.

Un Paulus de province chantait l'immortel *P'tit bleu*, et le public entier répétait sans comprendre :

> Ça vous ra... ra... ravigote !

La dame me demanda :

— C'est d'Offenbach, n'est-ce pas, monsieur, cette *romance ?*

Chez nos vainqueurs, toute musique qui a apparence de gaieté est d'Offenbach, parce que c'est un nom allemand.

— Non, madame, ce *brindisi* est de M. Léopold Wenzel.

Mon interlocutrice reprit en soupirant :

— Ah ! c'est que j'adore l'opéra... Seulement, aller au théâtre me coûterait les yeux de la tête... Il faudrait y emmener toute ma petite famille : je ne puis pas la laisser seule à la maison...

— Vous avez, cependant, des domestiques, une gouvernante, une bonne...

— Oh ! oui : j'ai une gouvernante... Mais elle est obligée de s'absenter tous les soirs... Elle va *dormir* (*schlafen*) avec son fiancé, le premier cocher du maréchal-gouverneur.

.·.

Il y a à Strasbourg un théâtre français : les Variétés, — dans la rue du Jeu-des-Enfants, — où l'on donne cinq fois par semaine la comédie et l'opérette.

La troupe dessert aussi le théâtre de Metz.

Elle a pour directeur un sieur Brückmann, qui s'intitule modestement « ami des arts ».

On raconte que ce Brückmann est un ancien *schumacker* (cordonnier) qui, fatigué de battre la semelle, s'est senti tout à coup capable de battre la mesure. J'ignore ce qu'il peut y avoir d'authentique dans cette légende. Toujours est-il que cet impresario a une manière à lui de composer ses programmes. Voici, par exemple, comment ceux-ci annoncent la première représentation de *Montjoye*, « pièce nouvelle en six tableaux, » *mise en scène exacte de Paris :*

1er tableau : *La bourse n'est pas l'image du cœur ;*

2e tableau : *La fête de la rosière ;*

3e tableau : *L'honneur et l'ambition ;*

4e tableau : *L'ambition et l'honneur ;*

5e tableau : *La voix du sang est plus forte que celle de l'orgueil ;*

6e tableau : *Les sources sacrées de la vérité sont intarissables.*

Il est vrai que ces deux dernières phrases sont extraites textuellement de l'ouvrage de M. Feuillet.

.*.

Ai-je besoin d'ajouter que toutes les pièces sont à l'index, où l'on parle de nous, de notre drapeau et de nos soldats ?

A l'index, *la Fille du régiment* à cause de l'air :

Salut à la France !

A l'index, *Lischen et Frischen*, à cause du duo :

Je suis Alsacienne !
Je suis Alsacien !

A l'index, *le Maître de chapelle*, à cause du trio :

> Ce sont les Français, je gage...

A l'index, *la Cravate blanche*, à cause des vers suivants où il est question de l'uniforme d'un lieutenant de hussards :

> Ce monsieur peut te plaire, il est si bien vêtu !
> Blanc, rouge et bleu : *tricolore !*
> Cet habit-là n'est pas commun,
> *Et je comprends qu'on l'adore.*

A l'index, *Tête de linotte*, parce qu'on y parle d'un officier *que l'on ne voit pas !*

Aussi, comme le public se rattrape, — petits bourgeois, boutiquiers, employés, ouvriers, — quand, dans une pièce, un couplet, une phrase, un mot, une allusion lui permet de manifester ses sentiments !

Comme il éclate de rire au nez des Allemands, quand, dans *la Jolie parfumeuse*, un personnage s'écrie :

— Eh bien, allons, loin de France, établir une parfumerie *chez les sauvages !*

Comme il applaudit à cette réplique de la duègne, dans *la Mariée du Mardi-Gras* :

— Caporal, je me mets sous la protection de l'armée française.

Et comme, dans *la Fille de madame Angot,* lorsque mademoiselle Lange chante :

> Les soldats d'Augereau sont des hommes !

— *Oh ! oui, oh ! oui,* est-il crié de toutes parts.

..

On m'avait affirmé que *la Fille du Tambour-major*
avait été représentée sans difficulté à Strasbourg : sans
difficulté, j'en suis aise; mais non — assurément —
sans modifications.

D'abord, l'action de l'ouvrage, qui se passe, comme
chacun sait, sous la première République, avait été
reportée au règne de Louis XV, et les comparses, au
lieu d'être habillés en grenadiers républicains, y étaient
travestis en gardes-françaises : habit blanc, perruque
poudrée et tricorne-lampion.

Ensuite, au lieu de :

> Petit *Français*, gentil *Français*,
> Viens *délivrer* notre patrie !

on chantait, — au mépris de la raison et de la rime :

> Petit *guerrier*, gentil *guerrier*,
> Viens *secourir* notre patrie !

Enfin, au défilé du troisième acte, — *l'Entrée des
Français à Milan*, — savez-vous ce que la musique
militaire jouait, au lieu du *Chant du Départ?*

Le *Chœur des soldats*, de *Faust*, intercalé, pour la
circonstance, dans la partition d'Offenbach !

XIV

A KEHL

Metzgerthor. — L'avenue de platanes, — Les beaux jours de Kehl.
— L'île des Epis. — Le monument de Desaix. — Factionnaire
allemand. — Le pont de bateaux. — Les deux sentinelles. —
A Ponson du Terrail. — *Pater Rhenus*. — Le mouchoir d'Alfred de Musset. — Kehl en 1871. — Pendant le siège. — Le
journal d'une Strasbourgeoise. — La reconnaissance des
Badois. — Veng' mais ruinés. — *Zum Salmen*. — Les petites
brocantes. — La ot de ces demoiselles.

En route pour Kehl.

Je passe sous la porte d'Austerlitz, devenue porte de
Metz, — *Metzgerthor*, — rien ne doit plus là-bas rappeler nos victoires, — et je m'engage dans cette allée
de platanes qui débouche sur le pont du Rhin, après
avoir fourni une traite de cinq kilomètres à travers la
plus grasse, la plus riche, la plus aimable campagne
qui soit.

Un clair soleil d'automne endimanche cette campagne. Il vente frais dans les feuilles, dont la verdure
commence à se plaquer de tons de rouille. Par moments, les platanes se penchent l'un vers l'autre, comme
s'ils avaient à se confier un secret...

Puis, ils se relèvent brusquement, en secouant la tête
et les bras...

On dirait que ce qu'ils viennent d'échanger les laisse
incertains, surpris et désolés.

Peut-être se demandent-ils ce que sont devenues
ces caravanes de familles strasbourgeoises qui s'en

allaient — sous leurs ombrages — faire *frichti* de l'autre côté de l'eau ?

Frühstück, déjeuner, en allemand ; en alsacien, on prononce *früchtück* ; d'où, par corruption, *frichti*.

Ah ! c'étaient les beaux jours de Kehl ! On prenait d'assaut l'*Hôtel du Rhin*, on envahissait le *Saumon*, on s'entassait dans quelque autre des cabarets qui ponctuent la longue rue aux maisons de pierre rouge, et l'on buvait, l'on mangeait, l'on trinquait, l'on chantait ! La *Marseillaise* était défendue à Strasbourg : on la chantait en paix à Kehl. On y chantait aussi cette sublime ineptie mise en musique par Pierre Dupont :

> Les peuples sont pour nous des frères !

Et, à la veille de Sadowa, pendant que l'on se battait en Allemagne, j'y ai entendu les bonnes gens d'Alsace-Lorraine fredonner le chœur paisible des bourgeois de *Faust :*

> Tandis que les autres, là-bas,
>   Se cassent la tête,
> Je vais m'asseoir sur les coteaux
> Qui sont le long de la rivière,
> Et je vois passer 'es bateaux
>   En vidant mon verre.

..*

Je marche, — je marche, — je marche...

Me voilà dans l'île des Epis.

Qui donc a dit que le gouvernement allemand avait autorisé la France à laisser un de ses anciens sol-

dats, un invalide de ses guerres, pour gardien du monument de forme carrée qui porte cette inscription :

AU GÉNÉRAL DESAIX L'ARMÉE DU RHIN, 1801.

Il n'en est rien.

C'est un fantassin allemand qui bat la semelle dans
un petit parterre, en contre-bas de l'avenue qui entoure
le monume.

Je me découvre et je passe.

Me voici au pont de bateaux qui servait autrefois de
trait d'union — mobile — entre la France et l'Allemagne.

Autrefois, à l'autre extrémité de ce pont', il y avait,
planté en terre, devant un corps de garde badois, une
sorte de mirliton peinturluré en jaune et noir, d'une
trentaine de pieds de haut. Un soldat se promenait
prés de ce mirliton. Ce soldat surmonté d'une marmite à
paratonnerre, s'avançait l'arme au bras, jusqu'au milieu
du pont...

Là, il se rencontrait avec un de nos troupiers, qui
venait de notre côté...

Tous deux demeuraient immobiles — un moment —
en face l'un de l'autre : le Français, l'air ouvert, bon
enfant, parfois goguenard ; l'Allemand, armé, cade-
nassé, impénétrable...

Puis, chacun d'eux faisait demi-tour et regagnait son
point de départ.

Cette possession partagée inspira un jour un assez
joli mot à notre ami le plus intime.

Ponson du Terrail lui demandait :

— Ce que j'écris n'est donc pas français ?

— Oh ! si fait : comme le pont de Kehl.

.·.

Aujourd'hui, le pont de Kehl n'est même plus français à moitié, il n'y a plus de mirliton, il n'y a plus de corps de garde, il n'y a plus de sentinelle. Rive droite et rive gauche, tout est à l'Allemagne.

Je traverse le pont.

La plupart des bateaux qui le soutiennent portent encore la lettre F en estampille sur le bordage, avec — en franç.is — différentes indications de provenance et de classement.

Le Rhin, — *pater Rhenus*, — roule dessous ses eaux glauques à reflets gris, avec un grondement sourd dans lequel il y a une menace.

Il a l'air de nous cracher au visage tous les outrages des poètes allemands.

— Crache, vieux père Rhin, disait Delvau : nous avons pour nous essuyer le mouchoir d'Alfred de Musset.

.·.

La dernière fois que j'étais entré dans la grande rue de Kehl, c'était au mois de juillet 1871.

Nombre de maisons effondrées; d'autres ajourées de projectiles; le clocher de l'église fortement entamé et le trou noir qu'un obus envoyé par un pointeur habile, — par un enfant de Strasbourg, — avait pratiqué justement au-dessous du cadran de l'horloge, prouvaient que le feu des assiégés avait ! bravement répondu à celui des assiégeants.

17

Mais qu'étaient les dommages causés par le premier en face des ravages exercés par le second ?

Pour avoir une idée de ceux-ci, parcourez avec nous quelques-unes de ces pages écrites par une courageuse Strasbourgeoise au jour le jour des émotions, des dangers du bombardement...

Vous y rencontrerez, avec le tableau *vu*, avec le récit *vécu* des horreurs qui accablèrent la malheureuse ville, la note exacte des sentiments qui animaient son héroïque population :

..

« 7 *Septembre* 1870. — C'est au bruit du canon, au sifflement des obus, au crépitement des boîtes à mitraille, qui éclatent au-dessus de ma tête, que je vous écris, ma bien chère amie...

» Ils se promettaient de prendre la ville le 15 août et de le fêter à Strasbourg. Ils n'ont heureusement pas réussi. Ils ne réussiront jamais. J'en ai la ferme espérance. Mais, depuis ce moment, ils nous bombardent avec un acharnement infatigable. Leur tir est surtout dirigé sur la cathédrale; ils ont pris pareillement la gare pour objectif, parce qu'ils ont appris que quelques officiers de service au rempart venaient s'y reposer la nuit. Ces officiers ont dû chercher un autre gîte : *soixante-sept* projectiles sont tombés autour d'eux en *trente-cinq minutes !*

» Nous sommes résignés et courageux. On a ouvert les portes pour laisser sortir les femmes et les enfants. Je n'aurais pas voulu commettre la lâcheté de partir. Je suis restée et, en bons Français, nous répétons : *Vaincre ou mourir !*

» Il est à remarquer que, malgré l'horreur de notre position, dans notre maison on n'entend pas une plainte. Chaque projectile qui passe sur nos têtes produit l'effet d'une voiture qui roule lentement sur les tuiles, ou bien on entend un bruit semblable à celui d'une grande toupie d'Allemagne, — *hauergeifs*. — Voilà près de quatre jours que les Allemands ne cessent de diriger leur tir sur notre quartier ; il est impossible de décrire les ravages de notre pauvre Strasbourg ; les victimes sont incalculables, car ceux qui ne meurent pas atteints par les obus meurent de frayeur ; plusieurs personnes de mes amis sont mutilées. J'apprends à l'instant que M. Pélissier, frère du maréchal, a été tué hier dans son domicile, hôtel Neuwiller, dans la partie de la maison donnant rue du Vieux-Marché-aux-Vins. Au moment où M. Pélissier était atteint par l'obus qui a mis fin à ses jours, la fabrique de chapeaux de paille de son gendre achevait de brûler.

»Et voilà trois semaines que ce bombardement continue ; mais on y est tellement habitué, que si, par hasard, le tir cesse un instant, le silence nous paraît sinistre. Ce n'est pas ce qui se produit en ce moment, car, pendant que j'écris ces lignes, j'entends tomber tout autour de moi des tuiles, des pierres et des débris de toutes sortes. Je viens de lire dans le *Courrier du Bas-Rhin* qu'il est tombé un obus entier qui renfermait *quatre cent soixante-dix* balles, et dont le poids était de *trente* kilogrammes. Les balles pesaient *trente* livres.

.∙.

» 9 *Septembre*. — Après une horrible nuit, pendant laquelle nous avons reçu une bombe qui a coupé l'es-

calier de notre maison, nous passons une journée bien
triste sous tous les rapports au milieu de nos meubles
brisés ou à demi-consumés. Le bœuf coûte six francs
le kilogramme. Le pain n'est pas augmenté. Il nous
reste du vin. Nous pouvons tenir encore.

» 16 *Septembre*. — Nous nous sommes installés dans
une écurie. Le bombardement continue sans relâche.
Le Broglie est abîmé. Le théâtre est en feu depuis ce
matin. Il n'en reste que les quatre murs. La préfecture est criblée de projectiles. Tout à l'heure, un obus
a broyé la lance dans la main d'un pompier qui com-
battait le feu.

» 19 *Septembre*. — Nous nous sommes réfugiés dans
une cour. Nous mangeons du cheval, et nous ne le
trouvons pas trop mauvais. Le lait est à quatre-vingts
centimes le litre : aussi se passe-t-on de café au lait.

» La cathédrale est mutilée. La croix et la couronne
penchent de côté. Une partie de la plate-forme est
enlevée.

» Hier, un oiseau de mauvais augure prétendait que
le général Uhrich venait d'annoncer à la commission la nécessité de rendre la place. Je ne puis ajouter
foi aux paroles de cet alarmiste. *Il serait honteux
de rendre une ville, sans motif de force majeure,
quand celle-ci n'a encore subi qu'un bombardement
de quarante jours.*

» 17 *Septembre*. — Ce soir, à cinq heures, j'ai été
surprise par des cris de colère qui se manifestaient au
lointain...

» Un drapeau blanc avait été arboré sur la cathédrale!...

» Comment ! on se rendrait ! Cela n'est pas possible !
A mon avis, on ne doit pas faire la moindre concession
à l'ennemi. *Mieux vaut nous faire massacrer tous que
d'être obligés de vivre, — ne fût ce que vingt-quatre
heures, — sous la domination des Allemands !* »

.·.

... Ah ça ! que leur avions-nous fait, que leur avaient-
ils fait, les pauvres gens de Strasbourg, à ces hôteliers,
à ces boutiquiers, à ces croupiers du Grand-Duché, — à
leur von Werder, à leur prince ?

N'avions-nous pas assez jeté notre argent sur le
tapis vert qui formait le plus net de leurs revenus ?

N'avions-nous pas payé assez cher leurs lits d'auberge et leur cuisine aux pruneaux et aux confitures ?

A Kehl, n'achetions-nous pas à beaux deniers comp-
tants leur tabac, leurs cigares, également détestables,
leurs fritures, leurs matelottes arrosées d'un faux cha-
blis capricant et purgatif, et, dans certains magasins
de tolérance, — bimbeloterie, amour et mystère, —
les jeux de cartes transparentes dont leurs demoiselles
de comptoir (qui étaient le plus souvent les filles du
patron) nous dévoilaient — à la chandelle — les bru-
tales et naïves priapées ?

C'est vrai pourtant, cela : plus ils vivaient de nous,
plus ces Badois nous exécraient. Plus de quatre cents
maisons brûlées ou renversées, près de quatre cents
citoyens de tous âges tués, près de deux mille autres
blessés ou mutilés dans la ville de Strasbourg, voilà
quelques chiffres du bilan de leur haine. Il fallait qu'ils
nous en voulussent terriblement de nos pourboires.

Soit : les voilà vengés !...

Mais l'herbe pousse dans les rues de Bade...

Et mon œil a beau enfiler jusqu'au bout l'unique et droite voie de Kehl, du diable s'il découvre un promeneur, — un seul ! — sur la longue et large chaussée !

Les brasseries, les *restaurations* sont vides. Çà et là, une servante tricote près d'une fenêtre. Personne ne vient la déranger.

J'entre au *Saumon : Zum Salmen*. Le bruit de mon pas résonne dans la vaste nef endormie comme celui du convive de pierre dans la salle du festin de don Juan. Une fille s'étire et bâille en m'apportant une chope, comme si elle s'éveillait d'un sommeil de cent ans. Ensuite elle s'en va reprendre dans un coin la pose de la Mignon de Scheffer : une Mignon de *trinkhalle* qui regrette le consommateur.

Je serais seul là dedans, sans un marchand d'en face qui vient s'asseoir auprès de moi.

Il m'expose ses doléances :

— On ne fait plus d'affaires... Jadis, les Strasbourgeois aimaient à venir banqueter sur *la terre étrangère*... Mais, du moment qu'ils sont chez eux à Kehl comme dans le reste de l'empire...

— Je comprends : à quoi bon se déranger ?

— C'est comme notre tabac et nos cigares... Qui voulez-vous qui en achète ?... Puisque ce n'est plus de la contrebande !

— Parbleu !

— Quant à nos petites *brocantes*...

Mon homme cligne de l'œil. Je saisis. Les « petites *brocantes* » de Kehl sont certains objets délictueux que la police parisienne poursuit entre les mains de nos camelots.

Mon interlocuteur poursuit en soupirant :

— L'Allemagne nous cause un tort immense en en
interdisant la vente.

— Il est constant qu'elle vous ruine en vous con-
traignant à devenir vertueux.

— C'étaient les bénéfices de nos chères enfants...
Elles y amassaient leur dot... En tout honneur, s'entend, monsieur...

A présent qu'est-ce qu'on veut qu'elles fassent ?...

Ah ! il y a pour les jeunes filles des positions bien
difficiles...

— Parmi les trente-deux qu'elles nous montraient
sur les cartes ?

XV

SCHILTIGHEIM ET KŒNIGSHOFFEN

Le village de la *la Belle au bois dormant*. — Le major Berkfeld. —
Le général von Werder et les valeurs françaises. — Les nouveaux forts. — Aménagement stratégique — Le terrain des
anciens remparts. — Destitution du maire Lauth. — Suppression
du conseil municipal. — M. Bach administrateur civil. — Rui-
neux agissements. — *On ne passe pas* ' — Fête de famille. — La
gare de Kœnigshoffen. — Rapatriement des prisonniers. — Les
dames de Strasbourg. — Les pontonniers et les coups de bâton.
— La mort de mademoiselle Ritton. — Ses funérailles.

Je m'en suis allé, ce matin, à Schilitgheim : on prononce *Chillick* en patois alsacien.

Encore un vide-bouteilles des Strasbourgeois d'antan.
Comme on s'y régalait de bière et du fameux *muska-
teller* des vignes de Mgr Rœss ! Aujourd'hui, plus un
buveur sous les tonnelles. Pas une silhouette derrière
les vitres. Les chiens qui me regardent passer ne font

pas un mouvement, ne poussent pas un aboi. Dans la poussière de la route, des groupes d'oies et de canards sont immobiles et silencieux. Les oiseaux eux-mêmes semblent morts. Le village de *la Belle au bois dormant!*

Je remarque des obus encastrés dans la façade blanche des maisons récemment rebâties.

Voici les hauteurs sur lesquelles les Germains, venus *en train de plaisir*, s'asseyaient pacifiquement, pendant les nuits du siège, — les tièdes nuits d'août, — pour assister au bombardement de la ville en savourant des *delicatessen* et en sirotant du vin du Rhin.

On raconte que ce fut un officier de l'artillerie ba doise qui pointa de sa propre main la pièce dont le boulet frappa la croix de la cathédrale.

Cet officier se nommait le major Berkfeld.

Il fut tué, à quelques jours de là, à l'attaque de Ram-bervillers, une petite ville des Vosges, qui, avec une poignée de volontaires, de gardes nationaux et de pompiers, se défendit héroïquement contre un corps de troupes ennemi et lui mit hors de combat un colonel, un major, sept officiers et cent quatre-vingts soldats.

Von Werder fut exaspéré par cette résistance.

Sous peine d'incendie, il imposa la ville de *deux cent mille francs* qu'il fallut verser séance tenante.

On lui apporta donc tout ce que, faute de numéraire, les habitants purent réunir de valeurs sur l'Etat.

Le général refusa de les recevoir :

— Votre trois pour cent, s'écria-t-il, et vos obligations de la ville de Paris ne valent pas un *silbergrossen*. Vous êtes absolument *finis* comme puissance financière. Voyez à me trouver autre chose.

On lui offrit alors je ne sais quelles actions d'une

banque espagnole qui était en train de faire fiasco un peu partout, — et il se jeta dessus avec avidité.

Après la guerre, ces actions furent négociées à la Bourse de Francfort : on les vendit en bloc *cinquante marcs*, — soit à peu près *soixante-deux francs cinquante*.

∴

De ces hauteurs, on aperçoit, — alors que l'œil les cherche avec soin dans les plis de terrain derrière lesquels ils se dérobent, — les forts de Oberhausbergen et de Niederhausbergen, de Bismarck, du Grand-Duc de Bade, du Prince-Impérial, de Mundohlseim, de Roon, etc., etc., etc.

Chacun d'eux avec son entrée tournante, ses case - mates gazonnées, sa casemate centrale surmontée du mât de pavillon, ses cavaliers sur les flancs, son fossé large d'une quinzaine de mètres, ses épaulements et ses tranchées prolongeant de soixante quinze mètres sur chaque aile la défense de la position.

Chacun d'eux, éclairé à la lumière électrique et relié topographiquement aux autres par un fil souterrain.

Chacun d'eux ayant sa garnison de huit cents hommes qui forme comme une colonie militaire.

Une route militaire, — toujours couverte sur son flanc extérieur par des dépressions naturelles ou artificielles du terrain, — fait le tour de l'enceinte de ces forts, en passant à cent mètres environ des ouvrages.

Une deuxième ligne, plus intérieure, suit celle-ci.

Elle est formée par la voie — saillante à peu près d'un mètre — du chemin de fer qui a servi à construire les forts.

Les rails, enlevés, sont accumulés derrière chaque ouvrage et prêts à être reposés.

Cette voie forme partout abri de tirailleurs.

Dans un magasin du génie, construit en bois, en arrière de chaque fort, se trouvent rassemblés tous les moyens de transport.

.·.

Quant aux terrains compris entre cette nouvelle enceinte et les anciens remparts, l'autorité allemande, — par la bouche du sieur Back ou Bach, directeur de la police, — en avait imposé l'achat au conseil municipal de Strasbourg.

Celui-ci, — sur l'avis du maire, M. Lauth, — déclina la proposition.

On fit alors courir le bruit que M. Lauth ne tenait à rester en fonctions que pour travailler plus efficacement au retour des Français.

Ce magistrat municipal fut aussitôt destitué.

Les quatre adjoints, ayant donné leur démission, furent révoqués.

Le conseil avait cru devoir protester contre ces mesures arbitraires : il fut suspendu, dès l'abord ; puis, définitivement dissous.

.·.

M. Bach recueillit sa succession.

Il fut nommé administrateur civil de Strasbourg, et, comme tel, investi des pouvoirs du maire et du conseil à jamais supprimés.

S'agit-il d'ouvrir un crédit ? M. Bach, maire, fait

une proposition à M. Bach, conseil municipal. Celui-ci délibère et vote. Il redevient ensuite maire pour approuver sa décision, pour promulguer celle-ci sous forme d'arrêté et pour veiller à l'exécution de ce dernier.

Une façon de gérer sans contrôle les finances urbaines.

C'est ainsi que cet autocrate a déclaré avoir acquis au nom de la ville, qu'il n'avait pas même consultée, les terrains dont il était question tout à l'heure : opération désastreuse pour la bourse des contribuables, lesquels n'ont pas payé moins de *dix-sept millions de marcs* — ou *vingt et un millions deux cent cinquante mille francs* — ces terrains qui ne seront entièrement revendus et surbâtis que dans plus d'un siècle peut-être !...

Ajoutez le percement des quartiers neufs, la construction du *Lichthoff* et les autres « embellissements » dont on se serait bien passé...

Et ne vous étonnez pas si les économies considérables, réalisées par la municipalité sous le régime français, s'en sont allées dans cette valse — allemande — des écus ; s'il a fallu recourir à des emprunts onéreux ; si la dette est devenue énorme, et si la fortune de Strasbourg se trouve engagée pour longtemps dans de formidables et inquiétantes proportions.

.*.

— *Wo gehen sie ?* Où allez-vous ?

C'est un sous-officier qui me barre le chemin. Je lui explique que je suis un promeneur inoffensif. Alors, en excellent français :

— L'approche des forts est interdite. Si je vous
laissais aller plus loin, il nous en cuirait à tous
deux.

Puis, baissant la tête et la voix :

— Je devrais vous conduire au poste pour vous être
autant avancé... Mais je suis un enfant de Strasbourg...
Il ne fait pas bon ici pour les gens de chez nous!

.·.

Je suis rentré en ville après avoir visité — à Kœnigshoffen — le vaste établissement dans lequel MM. Grüber
et Reeb, les riches brasseurs, donnèrent, en 1875, un
bal au profit de nos inondés du Midi.

Strasbourg tout entier y accourut. Les Allemands
eurent le bon goût de s'abstenir. Un seul se présenta à
la porte, devant le guichet établi là. C'était un officier
en tenue bourgeoise. On lui refusa poliment son
argent. Et, comme il insistait :

— Inutile, monsieur. Voyez, vous nous apportez des
marcs allemands, et nous ne recevons que de la monnaie française. C'est une fête de famille.

.·.

C'est par la gare de Kœnigshoffen que passèrent,
pour rentrer en France, les prisonniers rapatriés.

C'est là que les dames de Strasbourg, — depuis la
baronne de Tavernost, depuis la comtesse Zeppelin,
depuis madame Dupetit-Thouars, depuis madame
Saglio, la femme du député, madame Pron, la femme
du préfet, madame Bloch, la femme du grand-rabbin,
jusqu'à sœur Angélique, supérieure du couvent de la

Toussaint, jusqu'à mademoiselle Diehl, débitante de tabac, jusqu'à mademoiselle Valentin, qui reçut des coups de crosse d'un fusilier badois, jusqu'à mesdemoiselles Marie et Eugénie Waechter, l'une repasseuse, l'autre loueuse de chaises à l'église de la Madeleine, — c'est là, dis-je, que toutes ces vaillantes et bienveillantes créatures venaient attendre nos pauvres soldats affamés, demi-nus, exténués de fatigue et de besoin, nos blessés, nos malades, nos convalescents, pour leur distribuer des vivres, des vêtements et de l'argent.

A l'origine, elles conduisaient ces malheureux au *restaurant populaire*, organisé par MM. Molk, pharmacien, et Villard, négociant.

Au fond de la grande salle on lisait :

LES HABITANTS OFFRENT L'HOSPITALITÉ
AUX
PRISONNIERS DE PASSAGE

Là, chacun de ceux-ci trouvait devant lui un potage, de la viande, des légumes, du pain blanc et des cigares, le tout servi par des dames qui portaient au corsage une rosette tricolore.

Après quoi, on le ramenait à la gare, et on lui disait : *Au revoir !*

.•.

Par malheur, à l'arrivée de l'un de ces premiers convois, on poussa ce cri : *Vive la France !*

La police prussienne, furieuse, opéra des arrestations. Un pontonnier français fut compris dans cette râfle. On le condamna à recevoir cinquante coups de bâton. Aussitôt, une députation de Strasbourgeoises se fit annoncer chez le commissaire central allemand :

— Que désirez-vous de moi, mesdames ? s'informa galamment celui-ci, agréablement surpris de cette visite inattendue.

— Que vous nous fassiez donner à chacune un coup de bâton...

— Hein ?...

— Pour le compte du condamné. Nous sommes cinquante. Le chiffre y sera.

Le fonctionnaire n'était pas absolument une bête féroce.

Il fit remettre le soldat en liberté.

Seulement, il fut défendu aux prisonniers rapatriés de quitter au passage la gare de Kœnigshoffen, et les trains, qui les convoyaient, ne s'arrêtèrent plus à cette gare que la nuit.

Qu'imaginèrent alors les charitables femmes ?

Elles allèrent s'installer sur les quais de la gare et y restèrent à attendre les convois de prisonniers depuis huit heures du soir jusqu'à quatre heures du matin.

Ceci ne pouvait convenir aux Allemands.

Aussi le commandant de place von Hartmann adressa-t-il à madame Humann, présidente du comité de secours, une lettre qui parut en tête de la *Gazette officielle*, et qui se terminait ainsi :

« Les bureaux de l'administration militaire, moins

accablés de besogne à cette heure, se trouvent aujour-d'hui parfaitement en mesure de subvenir, autant qu'on peut le désirer, à tous les besoins visibles. En outre, il est arrivé plusieurs accidents à la gare de Kœnigshoffen. Le plus regrettable de tous a coûté la vie à l'une des dames de Strasbourg, sus men-tionnées.

» C'est pourquoi, tout en vous répétant ici l'expres-sion de la vive gratitude que m'inspire votre grand dévouement, je vous prie, madame, de vouloir bien cesser, à partir de demain, de nourrir et de soigner les soldats qui reviennent de captivité.

» A partir de demain matin, je ferai fermer militai-rement la gare de Kœnigshoffen, où ceux-là seuls auront le droit de pénétrer, qui s'y présenteront en qualité de voyageurs, ou qui seront munis de cartes d'entrée nouvellement signées par l'autorité. »

.·.

L'accident, auquel M. von Hartmann faisait allusion, avait eu pour victime mademoiselle Adèle Ritton, l'une des plus dévouées parmi les dévouées, l'une des plus héroïques parmi les héroïques.

Empruntons à l'une de ses meilleures amies, à ce *Journal d'une Strasbourgeoise*, dont nous avons déjà cité quelques extraits, le récit de ce déplorable événe-ment :

« *Mardi 9 juin.* — Nous partons en omnibus; elle était toute joyeuse, et me racontait la bonne moisson qu'elle avait faite dans la journée. Monseigneur avait envoyé trois cent soixante-quinze francs, et M. Mar-cotte quatre-vingt-treize francs vingt-cinq ou vingt-

cinq thalers. Elle était si gaie, si heureuse! Merci à
tous ceux qui, ce jour là, lui ont donné, car ils ont
embelli ses dernières heures. A minuit, elle alla distribuer, dans les wagons, du café qu'elle venait de préparer dans la voiture, et elle causait avec les prisonniers, leur faisant part de ses vœux pour la France.
Le train ne devait partir qu'à trois heures du matin.
Mais tout à coup il se met en marche, disparaît à nos
yeux, et notre amie avec lui. Nous pensâmes d'abord
qu'elle était allée reconduire nos soldats jusqu'à une
prochaine station et qu'elle reviendrait par le convoi
suivant, lorsqu'un employé accourt auprès du chef de
gare et lui glisse quelques mots à voix basse.

» — Qu'y a-t-il ? demandai-je.

» — Un grand malheur vient d'arriver : c'est un
prisonnier qui est tombé d'un wagon et qui a été
écrasé par le train.

» — Oh! mon Dieu! » m'écriai-je en même temps
que toutes ces dames qui étaient venues à Kœnigshoffen.

» Puis le chef de gare m'appela à part et me dit :

» — Vous êtes une femme forte, c'est à vous que je
dirai la vérité. Aucun prisonnier n'a été tué : c'est
votre amie, mademoiselle Ritton, qui a été broyée! »

.*.

12 *Juin.* — *Enterrement de ma pauvre amie.* Le
corps de mon Adèle adorée a été transporté à l'hôpital
civil et exposé dans une chapelle ardente. Les funérailles ont eu lieu aujourd'hui, et les soldats français,
de passage à Strasbourg, ont voulu porter la dépouille
mortelle de celle qui s'était sacrifiée pour eux. L'in-

specteur de police Kaltenbach s'est complètement op-
posé à cet hommage si naturel de reconnaissance et
de regret. Nous voulions aussi placer sur le cercueil
un flot de rubans tricolores; mais la famille nous a
priés de n'en rien faire, pour éviter toute altercation
avec les Prussiens. Le flot de rubans fut enveloppé et
remis à un sous-officier de pontonniers qui devait le
jeter dans la tombe.

Le cortège funèbre se mit en marche. Sur son passage, de l'hospice à la cathédrale, les soldats français
formaient la haie. Ce spectacle témoignait d'une si
profonde sympathie pour mademoiselle Ritton, pour la
France, que, sur l'ordre de M. G..., le pontonnier a
développé le flot de rubans tricolores et l'a exhibé à la
tête du cercueil. Alors, un murmure d'enthousiasme a
circulé au milieu de cette foule émue. Tout le monde
était en deuil et portait un bouquet d'immortelles fourni
par un fleuriste de la ville, qui n'avait pas voulu qu'on
le payât; le brassard des membres de la Société de
secours était également couvert de crêpes.

Après la messe, on se dirigea vers le cimetière, et la
foule s'augmenta des prisonniers arrivés en ville pendant l'enterrement, qui venaient en courant et tout
poudreux rejoindre le convoi.

Les plus touchants adieux furent adressés à mademoiselle Ritton, et le patriotisme alsacien se manifesta
alors librement. Malgré la présence de l'autorité prussienne, des cris de : *Vive la France!* interrompirent les
discours. Un brave sous-officier d'artillerie, les yeux
gros de larmes, en jetant le ruban tricolore dans la fosse,
murmura : « Adieu, Française! au nom de l'armée! »

Plusieurs discours furent prononcés, et je transcris

celui d'un sergent-major au 44e régiment d'infanterie de ligne :

« Messieurs,

» Au bout d'une longue et triste captivité, nous rentrions, la joie au cœur, bienheureux de revoir la France, lorsque le récit d'un bien triste accident nous a profondément émus.

» Nous avons donc résolu de retarder notre départ, afin que l'armée française, la France, fussent représentées au bord de la tombe de celle qui a sacrifié sa vie pour secourir les prisonniers français.

» Je viens ici prendre la parole au nom de mes camarades. Je n'ai pas la prétention de vous faire un discours ; non, c'est un soldat qui vient simplement s'unir à vous pour pleurer au bord de cette tombe celle qui a été si fatalement enlevée à sa famille, à ses amis.

» En accomplissant ce devoir, nous devons vous prouver que l'accueil qui nous a été fait à Strasbourg nous a profondément touchés.

» Quoique le drapeau français ne flotte plus sur cette ville, nous savons tous ce que vous avez fait pour éviter ce malheur ; nous savons combien de braves habitants, combien de braves soldats ont été ici les victimes de leur dévouement à la patrie.

» Je le dis au bord de cette tombe, auprès de celle qui a perdu la vie en se dévouant pour ses frères : Strasbourg est et restera toujours de cœur une ville française ; à ceux qui prétendraient le contraire, je montrerais ces petits enfants se jetant dans les rues au cou des soldats français, et n'ayant qu'une pensée, n'articulant que ces mots : *Vive la France!*

» Oui, mes amis, vive la France ! Vive notre chère

patrie! Elle peut être abattue, mais elle se relèvera;
croyez-le, et dites-vous qu'il y a encore des cœurs
dont le sang appartient à la patrie et qui seront toujours prêts à le verser.

» Adieu donc, mademoiselle Ritton, ange de bonté,
si belle et si bonne! Au revoir, dames et demoiselles de Strasbourg, vous dont le dévouement a été
si grand pour les blessés et prisonniers français! Au
revoir, Strasbourgeois! Songez que c'est l'espérance
qui fait vivre, et que tant que vos petits enfants crie-
ront : Vive la France! nous pourrons toujours espérer
et compter sur l'avenir! »

DE STRASBOURG

A BELFORT

I

COLMAR

En chemin de fer. — Confort et *carotts* mêlés. — Le sous-officier
et le cabaretier. — L'officier et le fermier. — Les percepteurs.
— Question naïve. — Moralité. — Le sous-chef de gare de
Thionville. — Récit d'un père de famille. — Pointe dans Colmar. — Revue d'instruction — La statue de Rapp. — Un mot
d'ouvrier. — Un mot de femme du peuple. — Préfet, assesseur
et secrétaires. — Question de chiffres. — M. Vauban. — Pauvre
budget! — Apostrophe de l'abbé Simonis. — Mariage français. — Les papiers bleus. — L'officier et le sacristain.

On voyage sur les lignes intérieures d'Alsace-Lorraine avec plus de confort que chez nous.

Leurs secondes classes sont beaucoup mieux aména-
gées que nos premières: plus hautes, plus larges,
mieux rembourrées, chauffées dès le début du froid,
munies d'une carte de parcours — affichée devant chaque place — laquelle permet de suivre de l'œil le trajet que l'on est en train d'effectuer, et pourvues à l'arrière de chaque voiture, d'un cabinet de toilette et de
nécessité.

Par exemple, il est rare que vous soyez en route depuis quelques minutes, sans qu'un employé vienne vous dire :

— Monsieur, il y a encore tant de *pfennigs* à payer.

Vous vous cabrez — naturellement :

— Comment ?... Mais voici mon billet... J'ai donné ce qu'on m'a demandé au guichet.

— C'est possible ; mais il y a un petit supplément.

— Quel supplément ?... Pourquoi ?... De combien ?

L'employé se met à vous l'expliquer : en allemand, si vous êtes français ; en français, si vous êtes allemand...

Et cela dure, cela dure, cela dure !...

Si bien que, d'oreille lasse, vous finissez par vous exécuter !

On cultivait généralement le chou, en Alsace, avant l'annexion.

Nos vainqueurs y ont importé la culture de la carotte.

.·.

Exemple :

Un sous-officier des dragons brandebourgeois entre dans une auberge de la banlieue de Colmar et se fait servir à déjeuner.

Le *frühstück* achevé, il s'adresse à l'aubergiste :

— On t'a peut-être dit que nous ne payons pas ce que nous consommions chez l'habitant...

— Dame !...

— On t'a trompé, combien te dois-je ?

— Trois francs.

— C'est bien.

Et notre Allemand met la main à la poche...

Seulement il n'en tire qu'un chiffon de papier :

— Voilà un bon de réquisition qui vaut cent sous en argent de France. Paye-toi et rends-moi la monnaie. C'est juste deux francs à me remettre.

⁎

Voici, maintenant, pour l'officier.

Un fermier alsacien avait à héberger un capitaine, dix cavaliers et leurs chevaux. Superbes bêtes, les chevaux, et d'un appétit formidable. Le foin, l'avoine, la litière, tout cela, avec la nourriture des hommes, était fourni *gratis pro Deo : pro Deo, Rege et Patriâ*, comme ils ont écrit — en baragouin — sur leurs casques.

Un matin, le capitaine appelle son hôte dans la cour, et, lui montrant un tas de fumier qui pouvait faire une douzaine de voitures :

— Combien m'en donnes-tu ?

— De mon fumier ?

— Du nôtre : c'est le travail de nos chevaux...

— Mais, sous votre respect, capitaine, vos chevaux n'ont rendu que ce qu'ils m'avaient pris, et m'est avis qu'en bonne justice...

— Assez ! Je te répète que ce fumier est à vendre. Si tu en veux, dis-le ; sinon, nous le vendons à un autre et nous te le faisons transporter chez l'acquéreur par réquisition.

Le paysan s'exécuta.

⁎

— Avec eux, me disait un de mes compagnons de route, il faut toujours s'exécuter.

Du reste, ce ne sont pas seulement leurs employés subalternes, leurs officiers et leurs soldats qui « pratiquent la carotte » sur une vaste échelle...

Ce sont aussi leurs fonctionnaires — d'un rang relativement élevé — dans les ordres administratif et financier.

Dans ce dernier, surtout.

Leurs percepteurs ne sont pas rares, qui prennent la clef des champs, en emportant la caisse. La chose est arrivée, il n'y a pas si longtemps, à Dornach, puis à Mutzig. A Metz, un receveur des douanes a été arrêté au moment où il allait enjamber la frontière. Un autre collecteur des deniers publics, pincé la main dans le sac, a fait à ses juges une réponse épique, pour laquelle j'imagine qu'il aura emprunté l'air et la voix de Léonce, dans son personnage de caissier des *Brigands*, aux Variétés :

— Ce n'est donc pas pour moi l'argent que je reçois !... Alors on m'a trompé !... C'est un malentendu !

Mon interlocuteur ajoute :

— Il a fallu créer des postes d'inspecteurs spéciaux chargés de surveiller tous les agents du fisc et de les empêcher de s'approprier les fonds de l'État...

Et il n'y a pas lieu de s'étonner d'une semblable situation, si l'on songe parmi quels coquins le gouvernement allemand a choisi — sans le moindre examen — ses représentants en Alsace-Lorraine.

C'est ainsi que le percepteur de Horbourg, à la résidence de Colmar, était un simple organiste marié, père d'une nombreuse lignée, qui fut chassé de Bischwiller pour avoir abusé d'une jeune fille de bonne famille, faisant partie de la société chorale qu'il dirigeait...

C'est ainsi que le percepteur de Sainte-Marie aux-Mines est un ancien tourneur qui a mal tourné...

C'est ainsi que le percepteur Eigert, de Colmar, s'est enfui en Suisse en laissant un déficit considérable...

Les tribunaux sont sur les dents : ils ont à condamner, chaque jour, quelque employé, quelque fonctionnaire infidèles...

Tenez, voici un journal que je viens d'acheter, tout à l'heure, à la gare. Je ne l'ai pas encore parcouru. Eh bien! je gage que nous allons y rencontrer un procès pour détournement de fonds publics...

.·.

Il me tend le *Moniteur de la Moselle* du mardi 21 octobre; je l'ouvre, et j'y trouve en effet :

Troisième session des assises de Lorraine.

« La première affaire portée au rôle concerne le sous-chef de gare Chrétien Meurer, âgé de quarante ans, en dernier lieu à Thionville.

» Celui-ci est inculpé d'avoir, dans ces derniers temps, en sa qualité de fonctionnaire, opéré un détournement de 8,870 marcs encaissés au détriment de l'État. Pour arriver à accomplir cette malversation, il lui avait fallu faire des faux en écriture dans les comptes, registres et autres livres, ainsi que dans les règlements de comptes et pièces à l'appui qu'il était tenu de soumettre à ses supérieurs.

» En sa qualité de sous-chef de gare, l'inculpé avait l'administration de la caisse des trains de marchandises.

18

» Il avoue les faits à sa charge.

» En conséquence, la Cour le condamne à trois ans de prison. »

.˙.

... A Schlestadt, un nouveau voyageur monte dans mon compartiment. Un de mes compagnons de route le reconnaît. La conversation s'engage. Le survenant nous raconte ceci :

— Mon fils, âgé de dix-huit ans, ayant fait ses études à la Malgrange et au lycée de Nancy, est entré chez un de mes amis à Saint-Dié pour apprendre le commerce.

Il tombe malade de la fièvre muqueuse; le médecin conseille de le faire rentrer chez moi, à Ribeauvillé. La situation du malade s'aggrave en route; il reste à Sainte-Marie, chez sa grand'mère, madame H..., rentière, pendant à peu près un mois.

Le docteur M... le traita. Aussitôt que sa situation le permit, il revint chez moi, à Ribeauvillé, où je le fis soigner par le docteur B...

Au bout d'un mois, le jeune homme se sentit convalescent et hasarda une promenade.

Le même jour, le commissaire de police court après moi dans la rue en s'informant où était mon fils. Je lui demandai pourquoi. Il me répondit qu'il avait quelque chose à lui communiquer. Je lui demandai de nouveau ce dont il s'agissait, et il me dit :

« — *De son expulsion immédiate du pays.* »

Et, comme je le questionnais sur la cause d'une telle mesure :

« — Parce qu'il ne s'est pas déclaré à la mairie. »

J'écrivis à ce bien doucereux M. de Manteuffel, pour solliciter un répit, et, au bout de quelques jours, le commissaire m'apprit que ma requête n'avait eu aucun résultat.

.·.

J'arrive à Colmar. Encore une gare sinon neuve, du moins restaurée et agrandie. Je pousse une pointe dans la ville...

Sur le Champ-de-Mars, un colonel passe une revue d'*instruction*...

L'instruction des recrues allemandes se fait par compagnie : dans chacune d'elles, un lieutenant, un sergent et cinq ou six *gefreite* (soldats libérables, exercés, d'élite) sont spécialement chargés de former les conscrits. Quand l'éducation de ceux-ci est terminée, le chef de corps inspecte tour à tour chacune des compagnies, pour se rendre compte des résultats obtenus. C'est à une de ces inspections que j'assiste. Les recrues sont placées sur trois rangs. Quoique la pluie tombe par torrents, le colonel passe lentement et successivement devant ces trois rangs. Il fait exécuter à chaque homme un mouvement du maniement d'armes. Ensuite, chaque conscrit défile devant lui, au pas accéléré, puis au pas gymnastique. Après ce défilé individuel, un autre a lieu par compagnies, au son de la musique, des fifres et des tambours...

Tout cela ne dure pas moins de deux heures !...

Lorsque je reviens de mon excursion en ville, le régiment est encore là, — trempé jusqu'aux os et les pieds dans la boue...

Le colonel a fait former le cercle sous l'averse, et, non moins mouillé que ses subordonnés, il distribue aux instructeurs des paroles de blâme ou d'éloge...

.˙.

Au théâtre, on joue *Der Raub der Sabinerinnen* (*l'Enlèvement des Sabines)* de MM. P. et V. Schontan.

Mais le vieil hôtel des *Deux Clefs* a conservé son enseigne française. Le café Vauban aussi, près de la porte de Brisach. La statue de Rapp est toujours là, sur la promenade, dans son brillant uniforme d'officier général de la grande armée et d'aide de camp de Napoléon. Comme je m'arrête pour la regarder, un ouvrier passe : une figure énergique d'ancien troupier; le ruban des médailles de Crimée et d'Italie cousu sur la toile de son bourgeron. Il m'interpelle, et, me désignant alternativement le soldat de bronze, campé en crânerie sur son piédestal, et les fantassins qui évoluent à quelques pas :

— Encore un qui leur a foutu du tabac !

Quand la musique militaire joue sur cette promenade, on s'en éloigne comme de la peste. Ainsi qu'à Metz et à Strasbourg. Une femme du peuple, qui s'était fourvoyée à proximité de l'un de ces concerts, s'approche des musiciens, dans l'intervalle des deux morceaux, et leur dit avec compassion :

— Ah! mes pauvres enfants, vous avez un double travail : il faut que vous fassiez cette musique et encore que vous l'écoutiez vous-mêmes !

∴

Je vois un monsieur sortir de la préfecture. La barbe grave, les lunettes dignes, le chapeau majestueux. Un Colmarien, qui m'accompagne, me souffle à l'oreille :

— C'est le président départemental.

Un second monsieur le suit à quelque distance. Même barbe, mêmes lunettes, même chapeau. En plus, un cigare solennel. Mon compagnon reprend :

— C'est un des assesseurs du président.

Un troisième leur emboîte le pas. Poil, bésicles et couvre-chef non moins sérieux. Mais cigare de moindre importance :

— C'est un des secrétaires de l'assesseur.

Un quatrième succède au troisième, dont il ne diffère que par une pipe d'une apparence respectable :

— C'est le secrétaire du secrétaire.

Partant, ne soyez point surpris si le budget d'une préfecture en Alsace-Lorraine, qui ne dépassait pas *cent trente-quatre mille francs* avant l'annexion, s'élève maintenant à *cent mille francs de plus!*

Toujours avant l'annexion, le service des sous-préfectures se montait, dans les deux provinces, à *soixante-cinq mille francs par an*, y compris l'arrondissement de Belfort : aujourd'hui, l'administration des mêmes cercles coûte *trois cent quatre-vingt-trois mille francs*, près du quadruple! Il y a treize *Kreis-Directors* ou sous-préfets, treize assesseurs, treize secrétaires, treize secrétaires des secrétaires! Tout cela appointé avec munificence. Sans compter les conseillers, les

18.

chefs de bureau, les employés auxiliaires! Et quels
gaillards ferrés sur l'histoire élémentaire des pays où
ils émargent! Il y a, à Colmar, une rue et un café
Vauban, du nom du célèbre ingénieur à qui l'on doit
les fortifications de la plupart des petites places envi-
ronnantes. Eh bien, un assesseur départemental ayant
à écrire au propriétaire de ce café, adressait sa lettre

> *A M. Vauban, limonadier,*
>> *Rue du même nom,*
>>> *En ville.*

Et ces messieurs ont droit — par direction — à une
voiture à deux chevaux, dont l'entretien, pour les treize
cercles, ne revient pas à moins de *quarante-huit mille
francs par an!*

Une indemnité de *douze mille francs* est allouée,
d'avance, à chacun d'eux pour frais de déplacement.

Sous le prétexte qu'ils ont quelque part, dans une
armoire, un grand sabre, une casquette galonnée et
une capote d'uniforme en réserve pour certaines cérémonies officielles, on les assimile aux militaires et ils
touchent une copieuse *entrée en campagne* lorsqu'ils
prennent possession de leur poste.

Quand ils le quittent ou qu'ils en changent, ils em-
pochent une nouvelle somme : un double emploi avec
les frais de déplacement.

En vérité, n'est-ce pas à s'écrier, comme le fit, il y
a quelque temps, l'abbé Simonis au Reichstag :

— On dirait que vous envoyez vos fonctionnaires

chez des sauvages et qu'il leur faut des compensa-
tions !

∴

Aux *Deux-Clefs*, où je déjeune, le garçon me dit en
me servant :

— Si vous aviez été ici la semaine passée, vous
auriez assisté à un curieux spectacle. Un enfant du
pays, capitaine, en France, dans un régiment d'infanterie, épousait la fille d'un ancien magistrat qui a donné
sa démission pour ne pas servir les Allemands. Toute
la ville était en l'air avec des rubans et des bouquets.
Si vous saviez comme on a acclamé les mariés ! Les
officiers de la garnison faisaient un nez, oh ! mais un
nez, — comme s'ils avaient trouvé du papier bleu dans
le fourreau de leur sabre !

Je demande l'explication de cette dernière phrase, et
et voici ce que l'on m'apprend :

Une petite feuille protestataire, la *Ligue d'Alsace*,
était imprimée sur du papier de couleur bleuâtre.

Cette petite feuille, fort cruelle pour nos vainqueurs,
était très répandue en Alsace-Lorraine, dans les premières années de l'annexion.

Si répandue même, que, par des gamineries dont on
n'a jamais su le secret, le gouverneur la trouvait tous
les matins, à déjeuner, sous sa serviette ; qu'elle appa-
raissait piquée avec une épingle aux rideaux des fonctionnaires prussiens, et que, plus d'une fois, les officiers eurent la stupéfaction de l'apercevoir accrochée à
la poignée ou de la découvrir tamponnée au fond du
fourreau de leur sabre !

.·.

Dans un village des environs de Colmar, il y a une chapelle à pèlerinage : il y en a du reste beaucoup en Alsace, où les paysans ne sont pas encore familiarisés avec ce qu'on appelle ici la libre-pensée.

Un officier prussien, qui visitait cette chapelle, fut très étonné de voir, parmi les *ex-voto* offerts par les fidèles, une souris d'argent, et il en demanda l'explication au sacristain qui, bien contre son gré, lui servait de cicérone.

— Ça, monsieur, raconta l'Alsacien, c'est une vieille histoire... Par une punition du ciel, tout un quartier de la ville se trouva un jour envahi par une telle quantité de souris que c'en était un désastre. Une bonne dame, bien dévote, eut l'idée de faire fabriquer une souris en argent et de la consacrer à la Vierge. Huit jours après, toutes les souris avaient disparu.

Et l'officier de rire et de s'écrier :

— Comment! on est assez bête dans ce pays pour croire à ces choses-là!

— Non, monsieur, répondit vivement le sacristain, car si nous y croyions, il y a longtemps que nous aurions offert à la Vierge un Prussien d'argent.

II

MULHOUSE

Orphéonistes et musiciens. — La ville. — Jadis et aujourd'hui.
— Les enfants. — Enseignement obligatoire *sur place.* — Circulaire aux parents. — Les dames de Mulhouse. — Intervention de l'autorité. — Avis du *Kreis-director.* — Les écoles communales. — Les instituteurs. — Discours de l'abbé Winterer. —
— Indignité des maîtres. — L'éloge de Jean Huss. — *Papa et
Maman sous la couverture.* — Dans les rues. — *Les Cuirassiers
de Reischoffen.* — La Mulhousienne. — Dame et servante. —
Le chien tricolore. — La légende du peuplier. — Un quatrain.

A la gare de Mulhouse, où je descends, une fanfare
et une société d'orphéonistes sont prêtes à s'enwagon-
ner pour Belfort, où a lieu un concours de musique et
de chant.

Plusieurs membres de la fanfare sont d'anciens ga-
gistes de l'armée. Nous trinquons au buffet. L'un d'eux
me dit en me quittant :

— Nous savons à quoi nous nous exposons en allant
concourir là-bas...

— Et à quoi donc?

— A entendre, au retour, l'autorité allemande prononcer la dissolution, la suppression de notre société...
C'est ce qui arrive à toutes celles qui vont prendre part
à une fête sur le territoire français... Mais bah! on y va
tout de même... Songez quelle ivresse c'est pour nous
de pouvoir jouer *la Marseillaise* tout à notre aise, de
voir notre bannière flotter près de notre cher drapeau
tricolore, et de serrer la main à des compatriotes, à des
amis, à des frères !

.·.

... Sous les arcades de la place de la Bourse, je ne
rencontre guère que deux ou trois figures à bec de cor-
bin: Shylock hébraïsant avec Gobseck à propos du
« dernier cours » de Francfort. Moins d'officiers et de
soldats dans les rues. Les magasins du quartier neuf
ont conservé ce cachet parisien qui fait leur renommée
à vingt lieues à la ronde. Mais ces magasins sont vides.
Vides aussi, ou à peu près, les hôtels et les cafés. Le
Casino est morne. On donne *Faust* au théâtre, devant
une poignée de spectateurs. En semaine, pas un promeneur au Tannenwald. En hiver, plus de cavalcades
de bienfaisance attirant des curieux de tous les points
de la province. Au carnaval, plus de bals masqués au
Lion Rouge, où l'on venait de Strasbourg, de Fribourg
et de Bâle. Plus de ces frairies nocturnes où le champagne moussait dans les verres, où l'on roulait sur les
tables, et où la jeunesse du crû se délassait dans de
tapageuses folies du rude et productif labeur de la
journée.

.·.

Aujourd'hui, il n'y a plus de jeunesse à Mulhouse.
Ce ne sont pas, cependant, les enfants qui y manquent.
L'Alsacien est prolifique. Nulle part je n'ai vu sortir
autant de bambins de l'école...
Il est bien entendu que cette école est faite — par
des maîtres expédiés d'outre-Rhin — en vue de la germanisation la plus immédiate et la plus complète de
l'élève.
Quelle école! et quels maîtres! M. l'abbé Winterer

vous en parlera tout à l'heure. L'enseignement est, d'abord, obligatoire *sur place* ; c'est-à-dire que le père de famille n'a pas le droit d'envoyer ses enfants étudier en France. Ceux qui ont eu le moyen de recourir à cet expédient ont reçu, en effet, du *kreis-director* une circulaire ainsi conçue :

« Monsieur, vous faites élever votre fils, né en..., au collège de... (France), où il ne reçoit pas une instruction conforme au plan d'études des écoles élémentaires d'Alsace-Lorraine.

» Je vous invite, en conséquence, à retirer votre fils de l'établissement où il se trouve, pour l'envoyer dans une école, où il recevra une instruction conforme au programme prescrit.

» Dans le cas où *vous n'obéiriez pas*, vous encourrez les peines légales. »

.·.

Ai-je besoin d'ajouter qu'en tête de ce programme officiel se trouve inscrit l'usage exclusif de la langue allemande?

> Parler français n'est plus permis
> Aux petits enfants de l'Alsace.

Les dames de Mulhouse essayèrent de réagir contre cette tentative d'abrutissement.

Chacune d'elles enrôla dix marmots de son voisinage, les réunit à l'heure du goûter, leur distribua des gâteaux, des fruits, des confitures, et se transforma en institutrice pour leur apprendre à s'exprimer, à lire et à écrire en français.

Toute la population courut au-devant de ce bienfait avec une vive reconnaissance.

Mais l'autorité intervint par cet *avis* :

« Depuis l'introduction du plan d'études allemand dans les écoles d'ici, plusieurs dames de Mulhouse ont pris l'habitude de rassembler, vers le soir, dans leurs habitations, les enfants des écoles, afin de les instruire dans la langue française qui leur est complètement étrangère.

» Outre le curieux assemblage des matières d'instruction (?), on donne aussi à ces enfants des friandises, au point qu'on a pu acquérir la preuve qu'ils sortent de ces cours avec la tête lourde et *l'estomac dérangé* ; alors, ils ne veulent plus apprendre ni se plier à la méthode des écoles communales, méthode plus sévère et sans accompagnement de victuailles.

» Contrairement à mes espérances, cet état de choses n'ayant pas pris fin au renouvellement de la saison, j'exprime ici aux dames que cela concerne, qu'elles veuillent bien laisser les facultés des enfants libres pour une instruction plus sérieuse.

» Dans le cas où cet avis ne suffirait pas, je serais, à mon grand regret, obligé d'agir policièrement.

» Le *kreis-director*,

» D. Schultz. »

•
• •

Et que leur enseigne-t-on, dans les écoles communales, à ces enfants dont l'estomac inspire à l'administration une si touchante sollicitude ?

Quels sont ceux que l'on a chargés de les instruire et

de leur démontrer — par l'exemple — la pratique des devoirs qu'ils doivent leur inculquer?

M. Winterer, curé de Mulhouse, va nous édifier sur ce double point :

« Il est inouï, s'écriait-il en plein Parlement, que le système scolaire d'un peuple ait été bouleversé aussi brutalement qu'en Alsace-Lorraine. La dictature s'est complètement emparée de l'école. Elle l'a enlevée à la famille, à la commune, à l'Etat.

» La dictature a mis la main sur toutes les classes, sans exception, depuis la salle d'asile jusqu'aux écoles d'adultes. Les maîtres alsaciens sont partis et une nuée de maîtres étrangers, recrutés en Allemagne et en Suisse, se sont abattus sur l'Alsace. Pas un ne pouvait présenter un témoignage de capacité ni un témoignage de moralité! Des valets d'écurie, des coupeurs de bois, des employés de chemin de fer prennent le titre d'instituteurs et viennent enseigner dans nos écoles !

» J'ai vu des garçons de quinze ans à la tête de certaines écoles, des femmes dirigeant des classes d'adultes. Un de ces maîtres a été condamné par le tribunal pour attentat aux mœurs, un autre s'est enfui en laissant des dettes criardes. On impose des maîtres d'école protestants à des communes catholiques. Un prêtre apostat a même été nommé professeur d'histoire dans une école de jeunes filles et il a épousé civilement une de ses élèves.

» Nous avons vu des ouvriers paveurs et tisseurs, des menuisiers, des bûcherons, des marchands ambulants, subir d'une semaine à l'autre la plus merveilleuse métamorphose et devenir des instituteurs.

» Jamais l'Alsace n'a compté un nombre si considérable d'adolescents à la tête des écoles. Je pourrais

19

nommer des cantons entiers, qui n'ont pas un seul instituteur muni du brevet, ou qui n'en ont qu'un ou deux
dans cette condition.

» Pour le personnel enseignant d'une petite ville de
trois mille âmes, personnel composé d'un instituteur
principal et de quatre aides, il y a eu, en moins de deux
années, seize nominations d'instituteurs, parmi lesquelles onze ou douze ne pouvaient présenter aucun
diplôme ; un paveur, un tisseur, un garde-frein et un
enfant de quinze ans se trouvaient au nombre des
aides, gratifiés d'une nomination.

» Pourquoi éloigner des institutrices estimées à bon
droit, quand on n'a pas un personnel d'instituteurs
homogène, appartenant au pays même, connu et appré-
cié des populations ?

» Forcera-t-on un père de famille à confier ses enfants, ses filles, à un maître qui lui est tout à fait inconnu ?

» Le forcera-t-on à les confier à un prêtre interdit et
marié civilement ?

» Le forcera-t-on à les confier à un instituteur étranger, qui s'est fait passer pour célibataire dans la commune où il est employé, et qui s'y est conduit en conséquence, jusqu'à ce que sa femme, mère de plusieurs
enfants, soit venue demander au maire des nouvelles
de son mari ? »

.·.

L'orateur ajoutait plus loin :

« La langue française est partout bannie. L'enseignement est un enseignement païen. La religion est le
point de mire des railleries les plus grossières. A Mul-

house, une petite fille catholique, qui fréquentait une
école mixte, fut invitée par son maître à lire à haute
voix l'histoire de l'hérétique Jean Huss, et à entendre
les remarques les plus injurieuses pour sa religion. La
pauvre petite pleurait à chaudes larmes.

» Voilà les faits qui se produisent sous un semblable
régime.

» Et comment ose-t-on encore parler de la liberté des
communes !

» Combien d'écoles, qui, depuis vingt ans, répandaient
la lumière autour d'elles, ont été fermées ! Les droits
d'un million et demi d'Alsaciens-Lorrains ont été mé-
connus par des hommes qui n'ont d'autre souci que de
se jeter à plat ventre devant M. de Bismarck. »

C'était au Reichstag que l'abbé Winterer tenait ce
langage courageux et indigné.

Personne n'osa élever la voix pour lui répondre.

.*.

Tous paillards, couards et cafards, ces pédagogues
de fabrique allemande.

La plupart profitent de la fusion des deux sexes sur
les bancs de l'école, — une mesure immorale décrétée
par un règlement du 4 janvier 1874, — pour faire entendre à leurs élèves de stupides polissonneries.

L'un d'eux adressait à une fillette cette demande du
catéchisme :

— *Qui vous a créée et mise au monde?*
La petite répondit selon la formule :
— *C'est Dieu par sa toute puissance.*
— Non pas, rectifia le maître sévèrement. Il faut

répondre désormais : *C'est papa et maman sous la couverture.*

L'enfant répéta la chose à ses parents.

Ceux-ci, le lendemain matin, s'en furent trouver le drôle qui était encore couché. A leur aspect, il se renfonça dans le lit. Mais eux tombèrent dessus à bras raccourcis ; et, comme il criait, sous les coups, qu'il se plaindrait à la police :

— Eh bien, répartit le père, si elle te demande qui t'a arrangé de la sorte, tu lui répondras sans mentir : *C'est papa et maman sous la couverture.*

.·.

Pauvres chers innocents des écoles communales !

On leur fait célébrer l'anniversaire de cette journée de Sedan, dans laquelle plus d'un parmi eux a perdu un parent, un frère !

On leur fait chanter les louanges de Guillaume le Victorieux !

On leur fait réciter par cœur toutes les prétendues poésies vomies par des Tyrtées de cabaret et par des Fracasses d'antichambre contre la France et les Français.

— Cela peut vous paraître parfaitement odieux, nous disait à ce propos un fonctionnaire prussien ; mais nous voulons, de gré ou de force, faire des Allemands de ces enfants.

Eh bien, non :

> Il veut être Français, l'enfant : c'est son idée.
> Dans ce crâne carré la chose est décidée
> Irrévocablement. Il verrait à ses pieds
> Dieu le Père, son Fils et la Vierge elle-même,
> Il leur répondrait : Non ! c'est la France que j'aime,
> Et j'ai toujours rêvé de suivre nos troupiers.

.

... A Mulhouse, les rues sont plus animées qu'à
Metz et qu'à Strasbourg. Il y circule plus de monde. En
dépit de l'occupation étrangère et de l'émigration considérable, on y sent battre la vie industrielle et com-
merciale. Les uniformes y disparaissent au milieu des
vêtements de travail, dans le va-et-vient des ouvriers
et des commis, et le bruit des tambours, l'éclat des
trompettes, le roulement des canons s'y perdent dans
le fracas des camions, le heurt des marteaux, le sifflement, le bourdonnement des machines et le babil des
métiers.

Mais le patron dans son salon ou à sa caisse, le commis à son bureau, l'ouvrier à l'atelier, le manœuvre
sur les bords du canal, — le dos plié sous la balle de
coton ou sous le sac de charbon, — tous ces intrépides
besogneux ont conservé leurs souvenirs, leurs regrets
et leurs espérances. Allez au musée de la ville. A l'endroit le plus apparent, vous reconnaîtrez l'émouvante
toile : *les Cuirassiers de Reischoffen*, que vous avez
admirée, au palais de l'Industrie, voici tantôt sept ou
huit ans. Au bas, on lit dans un cartouche :

ACQUIS PAR LA VLILE

SOUSCRIPTION NATIONALE

Car c'est avec l'argent de tous que l'œuvre de
Detaille a été achetée. « L'ennemi exalte ses victoires;
nous, se sont dit les gens de Mulhouse, nous ferons
fête à nos héroïques défaites. » Et la population s'est
cotisée; chacun a apporté son obole, depuis les plus
riches, les plus connus, les patriciens de cette ancienne

République, — les Dolfus, les Kœchlin, les Mieg, les Siegfried, les Thierry, etc., etc., etc.,— jusqu'aux plus pauvres, aux plus obscurs, aux plus humbles parmi les filateurs, les tisserands, les imprimeurs sur étoffes, les teinturiers, les constructeurs de machines, les hommes de peine et les charretiers; et ils ont eu leur *Gloria victis!* et ils l'ont accroché à la place d'honneur; et un bourgeois de l'endroit me disait :

— Allez, nous sommes plus fiers en le regardant, ce tableau, que s'il représentait l'Empereur sur le champ de bataille d'Iéna ou l'entrée triomphale de nos troupes à Berlin.

.·.

Dans cette ville de fabricants et de marchands, les sentiments patriotiques l'emportent sur les intérêts pécuniaires.

L'industrie y avait cruellement souffert des suites de la guerre.

M. de Bismarck, en acceptant l'article 11, que MM. Thiers et Pouyer-Quertier avaient fait insérer dans la traité de Francfort, se proposait surtout d'accorder à ses nouveaux administrés des avantages particuliers.

On ne lui tint pas compte de ces avances.

Il y eut plus :

En 1879, une députation d'industriels du Haut-Rhin vint à Paris, se fit présenter aux chefs du gouvernement et leur démontra que l'adoption des nouveaux tarifs serait une cause de ruine pour l'industrie française...

Démarche d'autant plus respectable que ces mêmes

tarifs favorisaient l'importation des tissus de Mulhouse!

.∴.

J'ai retrouvé la Mulhousienne telle que je l'avais
connue autrefois : élégante et charmante; la Parisienne
de l'Alsace. Plus charmante encore, avec l'ombre de
mélancolie qui rend sa joliesse plus sérieuse et les
nuances foncées qui atténuent la note évaporée de ses
toilettes. La langue toujours bien pendue, affilée,
prompte à la riposte. Nos vainqueurs n'ont pas beau
jeu avec elle. L'un d'eux disait dans un salon :

— Les Français nous accusent d'être lourds; cependant, nous savons courir à l'occasion.

— Courir, vous êtes trop modeste! répliqua une
dame de Mulhouse. Dites donc : voler à l'occasion !

Les servantes elles-mêmes ne se gênent pas pour
« mettre la pièce au trou » des *Schwobs.*

La femme d'un fonctionnaire prussien, de récente
fournée, bougonnait une bonne alsacienne :

— Ah ça! riposta celle-ci, vous n'allez pas, j'espère,
m'apprendre ce que j'ai à faire. J'ai toujours eu des
maîtres, moi. Vous n'avez peut-être jamais eu de domestiques.

.∴.

A Metz, on se tait; à Strasbourg, on grogne; à
Mulhouse, on rit. On rit, mais on n'est pas désarmé
pour cela. C'est une ruche laborieuse. Les abeilles ont
un dard. Elles piquent.

Ce peuple d'honnêtes travailleurs a le côté faubou-
rien de nos ouvriers de Paris. Il *blague* volontiers le
pouvoir, il lui fait des pieds de nez, il lui joue des
farces. Tous les fumistes ne sont pas italiens.

On connaît l'histoire de ce basset teint en bleu, en
blanc et en rouge, et lâché à travers la ville, aux éclats
de rire de la foule ameutée. L'animal infortuné appar-
tenait justement au *kreis-director*. Celui-ci faillit en
faire une maladie.

On n'ignore pas non plus la légende du drapeau tricolore arboré par une main mystérieuse à la cime d'un
peuplier, sur les rives du canal; les branches sciées;
la culbute dans le vide de ceux qui tentent d'enlever
cet « emblème séditieux »; l'arbre abattu par l'autorité
au milieu d'une espèce d'émeute; l'inscription : *Mort
pour la patrie,* placée, le lendemain, sur sa souche, et
la pièce de vers — *facit indignatio versum —* qui
circula à ce propos :

Innocent peuplier, que leur as-tu donc fait?
Quel crime as-tu commis? Quel est le noir forfait
Qui t'attire aujourd'hui la haine et la colère
De ces porteurs de casque et de paratonnerre?...
Oh! pauvre peuplier!... Quoi! le drapeau français
Des bandits d'outre-Rhin vient braver les succès!
Je m'explique leur rage. Ils ont pu, sans scrupules,
Détruire nos maisons et voler nos pendules;
Mais pourront-ils jamais s'emparer de nos cœurs?
Notre profond mépris répond aux oppresseurs :
« Vous le craignez donc bien, ce drapeau tricolore!
C'est qu'en effet, on l'aime autant qu'on vous abhorre.
Votre souffle fétide aura beau le flétrir...
Il rappelle à nos yeux la France et l'avenir! »

Eh bien, le jour de mon passage à Mulhouse, un
quatrain, — si quatrain il y a, — audacieusement

charbonné, s'étalait sur toutes les murailles, où la police avait assez à faire de l'effacer.

Je ne le donne pas pour le *summum* de l'exquisité du goût, de la délicatesse de la poésie et de l'opulence de la rime.

Mais quoi! celui qui avait omis de le signer — et pour cause — n'avait probablement pas la prétention d'éclipser Leconte de Lisle ou de damer le pion à Banville.

Le voici donc, aussi déculotté que je l'ai vu sur l'un des piliers des arcades, — place de la Bourse, — où chacun le déchiffrait en se tenant les côtes :

> Du nom de Prussien, j'imagine,
> Peu de gens savent l'origine.
> La voilà! soyez convaincus:
> C'est que les Prussiens sont des c.....

C'est égal : après quatorze ans de domination dans un pays, s'entendre dire de ces choses-là, c'est cruel.

PARIS

I

PENDANT LA GUERRE

Un épisode du siège. — Une reconnaissance à Rueil. — Effet de froid. — Les chasseurs bavarois. — Le lieutenant Giroux. — L'officier allemand. — La maison périlleuse. — *Nous sommes volés!* — Dans la rue du Sentier. — Une rencontre. — Nouvelle reconnaissance. — Honorable commerçant. — Celui-là... et les autres !

C'était en 1870, au commencement de novembre, pendant le siège. Mon bataillon de francs-tireurs (1) venait de prendre position à Nanterre, aux avant-postes. Un matin, on poussa une pointe dans Rueil, — *en amateur*, histoire d'apercevoir le bout du nez de l'ennemi.

Nous étions une quinzaine. Le lieutenant Giroux nous commandait, — ce pauvre garçon qui eut, à Montretout, les deux jambes écrabouillées par un obus et qui mourut à l'hôpital, après cinq ou six jours de souf-

---

(1) Dans quelques lignes, d'une bienveillance excessive, de son dernier ouvrage : *La Police secrète prussienne*, M. Victor Tissot m'élève, d'un trait de plume, au grade de commandant de ce bataillon. Je regrette d'avoir à décliner cet honneur. J'étais tout simplement sergent aux francs-tireurs *de la branche de houx.*

frances horribles, sans que la croix soit venue lui dire, comme à l'acteur Séveste ou au pianiste Pérelli : — *Tu as fait bravement ton devoir!*

Il faisait un bon petit froid, sec et cassant comme un coup de trique. La terre, gercée et durcie, craquait sous les clous de nos souliers. Le givre suspendait sa peluche aux branches des arbres qui s'allongeaient par dessus les murailles des parcs et des jardins, ainsi que des bras de squelette. Les toits des maisons closes et des villas muettes se dessinaient, tantôt en clair, tantôt en vigueur, sur un ciel variable où la bise promenait les nuages. Rien ne saurait rendre le ton gris, fin, argenté de ce paysage d'automne que l'on aurait cru transporté d'une toile de Van de Velde ou de Van der Heyden dans la banlieue de Paris.

Nous suivions une ruelle. On allait lentement et avec précaution, rasant les murs, l'œil et l'oreille au guet, la carabine armée, les paroles gelées sur les lèvres...

Or, ne voilà-t-il pas que, soudain, — à un détour, — nous nous rencontrons face à face avec une patrouille de chasseurs bavarois...

Je les vois encore d'ici : des jeunes gens courts, trapus, solidement râblés, — avec des bouquets de poils roux au menton, de grandes capotes d'un noir sale et des casques de cuir bouilli qui n'avaient pas dû être *astiqués* depuis le début de la campagne.

Giroux ne perdit pas une seconde :

— Rendez-vous! leur cria-t-il d'un ton qui ne souffrait point de réplique.

Nous avions déjà l'arme à l'épaule, — prêts à faire feu.

Les Allemands ne comprirent pas la phrase.

Mais ils comprirent notre attitude, le geste et l'accent de Giroux.

Ils mirent la crosse au pied, l'un après l'autre, en nous regardant d'un air inquiet. Leur officier s'approcha du nôtre : un gars de riche taille et de plantureuse encolure, haut en couleur, la barbe et les cheveux — frisés — d'un blond de paille, les yeux ronds, le nez gros, la bouche épaisse, — une bouche à pipe et à cigares :

— Monsieur, déclara-t-il en excellent français, je dois vous prévenir que j'ai là un piquet de cinquante hommes qui va vous écraser...

Il nous désignait une maison qui s'élevait à quelques pas.

Giroux paya d'audace :

— Et moi, monsieur, répondit-il en tirant sa montre, je vous préviens que le reste de mon ba'aillon est sur mes talons, et je vous prie d'aller annoncer à vos cinquante hommes que si, dans cinq minutes, ils ne sont pas sortis *sans armes*, on ira les relancer — *à la baïonnette.*

.

L'Allemand fit demi-tour, se dirigea vers la maison et y pénétra sans se presser.

Nous attendîmes, — assez anxieux de la tournure que prenaient les choses.

Cinq minutes s'écoulèrent : six, — sept, — huit, — neuf, — dix !...

Je pensais :

— Quand ces brigands verront qu'on ne nous renforce pas, ils nous canarderont d'une jolie manière !... Et ceux qui sont ici nous tomberont sur le dos !...

Giroux mit le revolver au poing :

— Attention! nous dit-il. Que la moitié d'entre vous désarme les prisonniers. Brûlez-leur la figure s'ils bougent. Je vais m'introduire dans le nid. L'autre moitié me rejoindra si j'appelle ou si vous entendez un coup de feu.

Il s'en fut droit à la maison indiquée et y entra résolument...

Plusieurs instants se passèrent, — longs comme des siècles...

Puis, notre lieutenant reparut sur le seuil, — la physionomie bouleversée de colère :

— Mes enfants, nous sommes volés ! J'ai fouillé de la cave au grenier. Pas plus d'Allemands que sur ma main. Leur officier s'est f...ichu de nous : il a joué des jambes par une porte de derrière, — et il est loin s'il court toujours.

.*.

L'autre jour, en passant dans la rue du Sentier, j'avisai un quidam, qui, la tête nue et la plume fichée derrière l'oreille, se tenait près d'une porte cochère vis-à-vis de laquelle on chargeait un camion. Il était habillé d'une façon cossue et fumait un londrès avec sérénité. C'était sans doute un négociant du quartier en train de surveiller une expédition.

Ce personnage me frappa par quelque chose de *déjà vu* qui m'arrêta dans mon chemin. J'avais certainement rencontré ce crâne carré, ce masque rougeaud, ce poil jaune et crépu et ces lèvres faites pour têter l'alourdissante vapeur du tabac. Par exemple, où, quand et dans quelles circonstances avais-je rencontré tout cela? C'est ce que je ne pouvais m'expliquer.

Le quidam s'aperçut que je le considérais avec attention. Il me dévisagea à son tour et me salua d'un sourire. Je m'approchai :

— Est-ce que, par hasard, j'aurais eu l'avantage...
Il m'interrompit cordialement :

— Moi aussi, je vous reconnais. Ça va bien. Allons,
tant mieux !

— Vous me reconnaissez ?...

— Parbleu !... Vous ne vous rappelez donc pas ? A
Rueil, pendant la guerre...

— Pendant la guerre ?...

— Ne faisiez-vous pas partie des francs-tireurs *à la
branche de houx* ?...

— Oui ; mais j'ai beau chercher...

— Où nous nous sommes trouvés ensemble ?... —
Dans une ruelle, un matin de novembre. Vous alliez en
reconnaissance avec les vôtres. Moi, j'étais avec les
miens et je commandais une patrouille...

Je m'écriai avec stupéfaction :

— Vous êtes l'officier des chasseurs bavarois !...
Il me répondit :

— *Ya wohl...* Ma foi, vous pouvez vous vanter de
m'avoir fait passer une minute désagréable... En revanche, quel bon tour j'ai joué à votre satané lieutenant, qui m'attendait devant une porte, tandis que je
m'esquivais par l'autre !...

— Ah ça ! balbutiai-je interloqué, les détours intérieurs de la maison de Rueil vous étaient donc bien familiers ?...

— S'ils m'étaient familiers !... C'était la maison de
campagne de mon associé, — un de vos compatriotes.
J'y venais dîner, tous les dimanches, en été, depuis des
années...

Il poursuivit en se frottant les mains :

— Je suis arrivé en France, en 1860, avec trois *kreutzers* dans la poche. Aujourd'hui, je fais pour deux millions d'affaires par an.

J'avais envie de l'étrangler.

Il lut — probablement — cette velléité dans mes yeux...

Car il se recula en murmurant :

— Je suis sous la protection de vos lois, — et il y a un gardien de la paix à l'extrémité de la rue...

Ensuite, d'un ton où il y avait de l'ironie, de l'orgueil et de la menace :

— D'ailleurs, nous sommes comme ça, dans le commerce, vingt-cinq mille Allemands à Paris.

II

AVANT LA GUERRE

Fatalité géographique. — L'émigration. — L'hospitalité en Belgique, en Angleterre, en France. — L'Allemagne à Paris. — Les *éclaireurs-secrets*. — M. Beckmann. — Le chanteur Stockhausen. — Extrait des *Petites-Affiches*. — Vendangeurs et moissonneurs. — Faux touristes. — Un comte marchand de balais. — Le lieutenant Hart. — Réponse significative. — La fièvre obsidionale. — Une cheminée à la prussienne. — Le départ des Allemands. — *Vive Bismarck!* — Trois mois plus tard.

Mon Dieu, oui, c'est ainsi : ils étaient venus par milliers !

L'émigration, c'est la fatalité géographique. L'Allemagne est le point exact où se concentre l'invasion barbare. C'est le point d'où elle s'élancera de nouveau sur le monde.

Les émigrants sont des impatients à qui manquent le temps et le moyen d'attendre l'invasion.

Un écrivain éminent l'a dit :

Ce n'est pas le bonheur qui fait les aventuriers ou les conquérants ; c'est le malheur sous toutes ses formes : le froid, la faim, l'esclavage. Les populations qui souffrent sont toujours prêtes à se ruer hors de chez elles. Partout ailleurs, en effet, elles sont certaines de rencontrer plus de bien-être et de liberté.

Sur la masse énorme des émigrants allemands, un bon tiers se dirigeait vers la France...

Et notre hospitalité les choyait, les dorlotait, les cajolait ! Une noble chose, l'hospitalité ! Elle a été célébrée par presque autant de poètes que l'affection de l'Arabe pour son coursier !

En Angleterre aussi ils sont hospitaliers. En Belgique pareillement. Mais à bon escient. Londres exploite depuis cent ans la révolution européenne, et nos banqueroutiers viennent dépenser à Bruxelles l'argent qu'ils nous ont emporté.

Mais nous, de quoi tirions-nous notre profit ? De rien. Nous sommes les héros de la bêtise humaine.

Nous ouvrions nos flancs, non pas à nos enfants, mais à nos ennemis, pour le seul plaisir de crier sur les toits, en vers et en prose :

— France, ton nom est synonyme de magnanimité !

.·.

Et, s'il y avait des Bavarois dans la rue du Sentier, il y avait des Saxons dans le quartier Saint-Denis, des gens de Francfort dans la Chaussée-d'Antin, des Wurtembergeois ici, des Poméraniens là, des Silésiens ail-

leurs, des Allemands partout ! Il ne cessait d'en débar-
quer par les gares de l'Est et du Nord. Tous pauvres,
cela va de soi. Il faut la faim à celui dont le devoir est
de dévorer. Mais n'arrivaient-ils donc chez nous que
dans le seul but de gagner leur vie ?

J'ignore si chacun d'eux avait en poche ce brevet
d'*éclaireur-secret* dont parle Paul Féval dans l'un de
ses romans...

Ce qu'il y a de certain, c'est qu'ils se reconnaissaient.
Leur poignée de main était un mot d'ordre. Leur œil
de lynx saisissait tout. Ils savaient leur Paris sur le
bout de leur doigt. La banlieue n'avait pas de sentier
caché pour eux. Le dimanche, en s'installant à nos côtés sous une tonnelle de Clamart ou dans une guinguette de Saint-Cloud, ils notaient dans leur for intérieur :

« Une propriété, un palais, un village qu'il sera bon
de brûler plus tard. »

Ou bien encore, en s'asseyant à notre table, sur l'une
des collines qui dominent « la Babylone moderne » et en
trinquant avec nous, leur verre empli de notre vin, à la
fraternité des peuples, ils se disaient :

— Excellente place où établir une batterie pour
foudroyer les Incurables ou les Enfants-Assistés.

* *

Il y en avait qui conduisaient le cotillon aux bals de
la cour. Il y en avait dans les journaux. Il y en avait
sur les théâtres. M. Beckmann collaborait au *Temps*.
M. Stockhausen jouait à l'Opéra Comique. Ce dernier
avait reçu gratis les leçons de notre Conservatoire.
Il sut s'en servir à propos pour vocaliser avec mé-

thode le dithyrambe du vieux Guillaume, vainqueur
de ces Français assez niais pour apprendre à chanter
aux serins dont le bec doit les siffler plus tard.

Il y en avait dans les bureaux des ministères.

Il y en avait dans les ateliers de l'Etat.

N'a-t-on pas lu, dans les *Petites Affiches* du 28 septembre courant, le curieux document que voici :

INVITATION

« Joh. Adam Stoll, tourneur sur métaux, de Fell-
bach (Wurtemberg), présentement âgé de soixante-dix
ans, qui séjournait à Paris en 1870-71 et *y travaillait
dans une fabrique de chassepots*, comme sujet belge,
est prié d'envoyer son adresse à Haasenstein et Vogler,
à Stuttgard, pour une affaire importante et intéressante
pour lui. »

.·.

Sans compter ces sauterelles des provinces rhénanes qui s'abattaient sur nos campagnes de l'Est au
temps de la vendange et de la moisson. La charité, s'il
vous plaît ! Au nom de la bonté divine!

Les pauvres gens ! Comme ils faisaient compassion !
Et comme ils préparaient le chemin aux canons! Dans
leur besace, à côté de la croûte de pain mendiée, ils nous
ont emporté l'Alsace et la Lorraine. Et ils regrettent
de ne pas y avoir joint la Champagne : histoire d'ar-
roser de bon vin blanc mousseux le morceau de lard
obtenu de la pitié de nos fermiers.

Sans compter les faux touristes, —. Autrichiens ou

Alsaciens de contrebande, — qui visitaient, pour leur plaisir, nos forteresses et nos arsenaux; les ouvriers apocryphes qui s'embauchaient dans nos fabriques; les prétendus marchands de bestiaux, les pseudo-colporteurs qui parcouraient nos provinces pour en étudier les replis et les ressources. Le chef d'un détachement prussien disait, en 1870, au maire d'une commune de Seine-et-Oise:

— Votre canton a fourni soixante-sept conscrits sur cent trente neuf inscrits au dernier tirage. Cinquante-huit savaient lire et écrire. Soldats libérés, vingt-trois, dont quatre canonniers. Dans votre village, il y a une demi-section de pompiers, onze fusils de chasse et de l'artillerie...

— De l'artillerie!...

— Hé! oui, ce petit mortier de cuivre, qui est dans le grenier de la mairie, et dont vous vous servez pour tirer des boîtes le jour de la fête patronale. J'étais ici, l'année passée, à cette époque. Je vendais des balais de crin et de la colle à raccommoder les faïences. Aujourd'hui, il convient qu'en me parlant, vous me donniez le titre qui m'appartient. Appelez-moi donc *Herr Graff* ou *M. le comte*.

.·.

Il paraît que, parmi ces observateurs, il y avait nombre d'officiers. Chose possible, après tout. Ils l'expliquent en disant : « C'est l'esprit allemand. » De fait, on en arrêta un au début de la guerre: un lieutenant nommé Hart. C'était un homme distingué, froid et brave. Devant le tribunal qui le condamna à mort, il prononça cette phrase typique:

— Nous autres, nous ne reculons devant aucun moyen de servir notre pays.

On le fusilla dans un coin de l'Ecole-Militaire.

C'était trop tard et trop peu.

Il eût fallu s'y prendre quelques années plus tôt et en arquebuser comme cela quelques centaines.

A la suite de cette exécution, un vertige d'épouvante saisit les Parisiens. Ils virent des Allemands et des espions partout. On se souvient de ces jours du siège où quiconque avait une tournure équivoque et un accent problématique courait risque d'être mis en pièces sur le boulevard. Un peintre de l'avenue de Villiers me disait en ce temps de *delirium tremens :*

— Il y a des gardes nationaux qui ont tiré sur une de mes cheminées.

— Pourquoi cela?

— Probablement parce qu'elle était à la prussienne.

.˙.

Hé ! les espions et les Allemands n'étaient plus alors dans Paris. Ils en étaient sortis, le jour de la déclaration de guerre, pour aller achever leur œuvre au dehors. Nous les avions vus monter vers la gare du Nord, — d'où ils allaient regagner leur pays par la Belgique et le Luxembourg, — et leur nombre nous avait fait venir de la sueur aux tempes...

Ils cheminaient en colonnes serrées, — artisans, commis, négociants, financiers, bourgeois, prolétaires, — confondus dans le rang comme dans la haine commune...

Car la haine est le seul sentiment que transpirent, en quelque sorte, tous les cuirs de cet immense troupeau mené au sabre et au fouet par une tyrannie placée au-dessus de la discussion...

La haine de notre éclat, de notre clémence — et de nos richesses !

Ils tenaient toute la largeur de la rue Lafayette, marquant le pas comme sous les armes, graves, lourds, décidés, ironiques en dessous, et répondant à nos cris idiots : *A Berlin ! A Berlin !* par cette clameur sourde et farouche, coupée de silences menaçants :

— *Vive Bismarck ! Vive Bismarck ! Vive Bismarck !*

Ils ne l'aiment, cependant, qu'à moitié leur chancelier de fer !...

Mais ils l'admirent, parce que leur cœur s'enfle et frémit à ce mot : *Patrie*, que nous ne prononçons plus sans rire...

Et ils le suivent, parce que la discipline c'est la force.

En vérité, ceux-là sont redoutables, qui savent obéir, même à ce qu'ils détestent !

.˙.

Voilà comment, trois mois plus tard, c'était le Bavarois de la rue du Sentier ; c'était le Saxon du quartier Saint-Denis ; c'étaient le Wurtembergeois de la Villette, le Silésien de Montrouge, le Hessois d'ici, le Brunswickois de là, le Hanovrien d'ailleurs, — tous les hôtes de ce grand Paris accueillant, magnifique et stu-pide, — qui nous payaient en monnaie de fonte et de flamme la dette de la reconnaissance ; qui nous bou-claient aux flancs le cilice de la faim et la ceinture de leurs bombardes ; qui pointaient celles-ci sur nos monuments, sur nos palais, sur nos hôpitaux, sur nos écoles, sur le toit qui avait abrité et leur fortune et leur famille; enfin, qui nous tuaient nos soldats, nos vieillards, nos femmes et nos petits enfants!

III

APRÈS LA GUERRE

Leçon et châtiment. — Inutilité de l'une et de l'autre. — Le retour des Allemands. — *L'Almanach des vingt-cinq mille Adresses.* — *Ponchur, mon ger!* — A la Bourse. — Quelques lignes des *Grimaces.* — Le secrétaire de la mairie de Vierzon. — Les ouvriers allemands à Paris et en province. — L'usine Martiny, d'après le *Cri du Peuple.* — Encore les espions. — Fournisseurs et entrepreneurs. — Aventurières. — Sociétés de gymnastique et de chant. — Malheur à qui voit clair! — Niais ou toqué. — Notre intention bien arrêtée. — Livre futur. — Complément de ce volume. — *Les Prussiens de Paris.*

Il est constant que l'histoire ne contient pas, dans l'innombrable multiplicité de ses pages, une leçon plus cruelle que la nôtre, un châtiment plus complet ni plus terrible que notre châtiment.

Aussi, comme nous allions être désormais prudents, vigilants — et patriotes!

Eh bien, non : la sévérité de la leçon ne nous a pas corrigés; l'outrance du châtiment ne nous a pas rendus plus sages.

Ils étaient venus par milliers : ils sont revenus davantage. — Combien? — Comptez les chenilles qui dévorent les feuilles sur les branches du chêne, dont la tête n'a plus de sève!

Et Paris les a laissés revenir. Avec contrainte, d'abord; avec indifférence, ensuite. Une indifférence

qui est un crime de lèse-nation. Tenez, je connaissais
un ancien négociant fort à l'aise, lequel s'était retiré
des affaires dans une villa, entre Bougival et Chatou,
où s'installa, pendant le siège, l'état-major d'une division allemande. Notre propriétaire débuta par faire une
assez triste mine à ces hôtes imposés par la force des
choses; puis, il s'habitua à eux ; à la longue, il finit par
ne plus pouvoir s'en passer. Après la guerre, il avoua
« qu'ils lui manquaient », et, comme quelqu'un lui reprochait et son langage et sa conduite :

— Que voulez-vous ? répondit-il, ils étaient très
doux, très polis, très aimables... Et puis, il faut bien
causer... Moi, d'abord, j'aime à causer...

On en a fusillé de plus méchants...

De plus bêtes, jamais !

Eh bien, nos Parisiens d'aujourd'hui sont cent fois
plus stupides et plus coupables que ce Bobèche.

.˙.

Mais voyez, regardez, ayez quelque pudeur...
Ayez-en pour vous et pour eux, ô Parisiens, mes
frères ! Car du diable s'ils en montrent la moindre ! On
n'a pas besoin de les chercher. Ils sont là. Ils travail-
lent à découvert dans nos rues. Si, sur les enseignes, ils
se cachent derrière le nom de leurs associés, il est telle
page de l'*Almanach des vingt-cinq mille Adresses* que
l'on croirait imprimée à Leipzig ou à Berlin.
Le même accent guttural bourdonne de nouveau sur
les boulevards :

— *Pon chur, mon ger, gomment fus bordez fus?*

Et, sur le parvis de ce vénérable temple : la Bourse, cet accent est si fort, qu'on ne s'entend plus parler français.

Il n'y a là que des noms en *child*, en *heim*, en *ulz*, en *uhrer* ou en *ormspire*.

Un de nos confrères l'a dit dans un pamphlet trop hardi pour vivre longtemps (1) :

« De la Bourse, où ils ont établi leur quartier général, ils rayonnent partout, dans les ministères, dans les ambassades, dans les appartements privés de l'Elysée, dans tous les endroits où, contre argent comptant, on leur vend des morceaux de notre pays qu'ils n'avaient pas encore.

» Ils entrent dans nos affaires, dans notre politique, dans nos finances.

» Ils détiennent dans leurs mains des parcelles de ce qui nous reste de patrie, jusqu'au moment où ils les accapareront définitivement. Cette pacifique invasion est complète, irrémédiable. Elle est bien autrement terrible que l'invasion armée, et l'on se dit qu'il vaut mieux encore voir les sabres étrangers traîner sur nos trottoirs qu'entendre les souliers vernis de ces juifs allemands craquer sur le parquet de nos salons. »

.·.

Oui, dans nos affaires et dans notre politique...

Lisez plutôt l'article suivant qui a paru, — il y a un mois, — à peu près dans tous les journaux :

UN PRUSSIEN A LA MAIRIE DE VIERZON

« Depuis six ans, le secrétariat de la mairie de Vier-

(1) Octave Mirbeau, — *les Grimaces*, — 15 septembre 1883.

20

zon était confié à un individu qui affichait les opinions les plus radicales et qui, par conséquent, était au mieux avec ses chefs administratifs.

» Dernièrement, quelques habitants de Vierzon se sont avisés de prendre des renseignements sur ce personnage; ils ont écrit dans la ville qu'il habitait antérieurement et ont acquis bientôt la preuve que ce secrétaire de la mairie était un Prussien authentique.

» Aussitôt mis au pied du mur, Eppling (c'est le nom de cet Allemand) a été forcé de donner sa démission. Ceci est fort bien; mais que pensera-t-on de ceux qui, sans prendre aucun renseignement et simplement sur une déclaration de principes républicains, acceptent, pour remplir une fonction municipale, un individu de nationalité étrangère qui peut garder l'anonymat pendant six ans? »

.·.

La Villette, Pantin, les faubourgs, la banlieue sont des nids d'ouvriers allemands.

Il n'y en a pas moins à Lyon, à Lille, à Marseille, — dans tous nos centres industriels et commerçants.

Les fabricants, les entrepreneurs, en province comme à Paris, n'hésitent pas à les employer, parce qu'ils y trouvent leur bénéfice.

Ouvrez, par exemple, le *Cri du Peuple* du 19 décembre dernier.

Voici ce que vous y trouverez concernant l'usine Martiny, à Saint-Denis :

« La Compagnie franco-américaine, ainsi appelée parce qu'elle est franco-belge, et que les compagnons sont Allemands, peut être classée parmi les manufactures cosmopolites de troisième ou même de deuxième ordre. Déjà ses usines près Paris et lez-Bruxelles ne lui suffisent plus ; elle en monte une autre au Hanovre.

» Cette Compagnie menace de devenir bataillon, régiment, armée envahissante. Elle a un grand et un petit état-major... allemands.

» Le père Martiny, officier de l'armée allemande, en 70-71, a bombardé Saint-Denis. Les fils ont balayé les obus lancés par le père, achevé d'abattre les ruines qu'il avait faites, et construit leur usine.

» Le directeur de la fabrication est M. Werzel, un Allemand. Le chef de la fabrication est M. Konstadt, encore un Allemand. Le chimiste principal est M. Cohn, toujours un Allemand. Ce Cohn est un ex-capitaine de dragons de l'armée d'invasion.

» Karl Kulmann, un autre officier de cette même armée, est chef de bureau.

» C'est le fils d'un gros marchand de ciment de Hanovre. »

.·.

On recommence pareillement à rencontrer dans nos campagnes d'étranges voyageurs, qui ont un déguisement sur le dos et de l'or dans leur poche.

Ceux-là rôdent autour de nos nouveaux forts pour en chaîner les glacis, en mesurer les talus, en compter les canons. Ou bien ils mettent la main dans nos grèves. Leur souffle sournois attise chez nous le feu de la question sociale qui les dévorera quelque jour.

Les journaux n'ont-ils pas dénoncé qu'il y avait des Allemands parmi les fournisseurs actuels de l'armée, des Allemands encore parmi les concessionnaires de nos travaux de défense de l'Est ?

Et n'a-t-on pas vu plus d'une aventurière allemande, ou soudoyée par l'Allemagne, tenter, il n'y a pas si longtemps, d'escamoter entre les doigts d'un vieillard enamouré la clef du tiroir où le ministre de la guerre renferme ses plans de mobilisation et de campagne?

.·.

En même temps, tout ce qu'ils ont à Paris de jeune, d'actif, de robuste et d'intelligent forme de prétendues sociétés de bienfaisance, de gymnastique et de chant qui ont leurs statuts, leurs chefs, leurs signes de ralliement, leurs lieux de réunion, leur but caché et militant sous le pavillon apparent et pacifique.

Je me bornerai aujourd'hui à en citer quatre des plus importantes dans des genres différents :

Deutscher Hilfsverein ou *Société de secours aux compatriotes*, qui compte près de six mille adhérents;

La *Société du Quatuor*, qui donne des concerts et des bals où affluent la fine fleur de la colonie féminine, ainsi que les *Chevaliers de la haute Cheminée*, comme l'on appelle outre-Rhin ces fils de bourgeois cossus que leurs parents envoient chez nous pour observer ce qui s'y passe non moins que pour se perfectionner dans le commerce ou l'industrie; ces jeunes gens ont, pour la plupart, un grade quelconque dans la landwehr;

La *Teutonia*, qui se réunit dans les salons de Lemardelay;

Et la *Société de Gymnastique*, qui, après avoir eu son siège dans le passage des Panoramas, puis dans la rue de Caumartin, occupe, maintenant, sur la place de la République, un vaste local dans un immeuble appartenant au baron Erlanger.

Les autres sociétés — *minores* — se chiffrent par centaines.

Elles tiennent des assises régulières.

On y glorifie, le verre en main, les victoires, les carnages et les incendies du passé; on s'y entretient dans l'espoir d'en finir un jour une bonne fois avec « l'ennemi héréditaire »; on s'y prépare en vue de la prochaine guerre, — celle où la pointe d'acier des casques mirera le soleil dans la maîtresse allée des Tuileries. On y célèbre, à notre barbe, la Saint-Guillaume et la Saint-Sedan. On y vote des bronzes *d'honneur* aux diplomates qui représentent chez nous la politique bismarckienne.

Sociétés de gymnastique, oui, certes; car on s'y endurcit les poings et l'on s'y assouplit les muscles pour les combats de l'avenir.

Sociétés de chant, c'est indéniable; car on y expectore — en musique — toutes les injures patriotiques rimées à notre adresse par les successeurs de Frédéric Ruckert, le poète à la bouche libre *(Freimund Reinmar)*, et de Maurice Arndt, le *Franzosenfresser* ou dévoreur de Français.

Voulez-vous un échantillon de ces aménités lyriques? Ecoutez. Ceci est le couplet par lequel, d'habitude, on ouvre la séance :

> Décroche le sabre du mur, mon fils,
> Et fais pleuvoir sur cette vieille table
>   Une grêle de coups.
> Baptise-la, cette table, du nom de *Français*.
> Et taille-lui les entrailles dans le ventre.

Et si quelqu'un de nous, surprenant la note rageuse de ce concert, voyant clair dans cette fumée des bras-

20.

series à vitraux coloriés, flairant la poudre dans l'odeur des choux aigres et des saucisses de Francfort; si quelqu'un se hasarde à pousser un cri d'alarme, Paris, qui a bien trop d'esprit pour croire à ce qui lui crève les yeux, répète en hochant les épaules :

— Peuh! c'est un niais ou un toqué!

Niais, en effet.

Toqué, d'accord.

N'est-ce pas le comble de la sottise ou de la folie que d'essayer de parler à des sourds?

C'est, cependant, ce que nous avons la ferme intention de faire.

Mon Dieu, oui : il ne nous paraît pas tout à fait intempestif et inutile de compter et de désigner les Nucingen de la Bourse; d'indiquer combien il y a de Bavarois dans la rue du Sentier, et dans toutes les rues de la ville, et dans toutes les villes de France; de dévoiler ce que sont en réalité les sociétés que nous signalions tout à l'heure, leur composition, leurs agissements, le chiffre de leurs membres, leurs tenants et aboutissants, et les établissements qui leur prêtent leur ombre; enfin, la physionomie et l'œuvre des Allemands dans « la capitale » comme nous nous sommes efforcés de fixer leur œuvre et leur physionomie dans les provinces annexées.

Ce complément du présent volume ne sera pas un livre de rancune non plus que de délation.

Ce sera — tout simplement — un livre d'avertissement et de bon conseil.

Il s'appellera

LES PRUSSIENS DE PARIS

Et il paraîtra, *qui qu'en grogne*.

Juillet-Octobre 1884.

FIN

TABLE DES MATIÈRES

METZ

—

IV. — Le commerce.

V. — La garnison.

VI. — Exercices et manœuvres.

VII. — Les officiers.

VIII. — Les voyages de l'empereur.

IX. — Les tribunaux.

X. — La municipalité.

XI. — Le cas de M. Antoine.

STRASBOURG
1871-1879-1884

—

DE STRASBOURG A BELFORT

—

PARIS

—

FIN DE LA TABLE

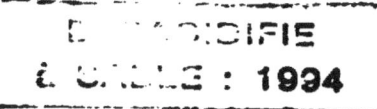

Imprimerie de Poissy — S. LEJAY et Cie.